白房子 藍瓶子

社會邊緣人心靈小說

The White House, Blue Bottles

范遷——著 Victor Fan

給M. M.

在一個風雨如晦的深秋下午，卻斯沿著香樟木街，登上柏克萊山麓。佇立在高崗上，透過絲一樣的雨幕。他極目望去，在鱗次櫛比的屋瓦中，依稀可以看見白房子的塔樓。整個城市沉浸在灰色的霧靄之中。梧桐樹金黃透明的殘葉在枝頭搖曳，飄零。那所載著他九個月生命碎片的維多麗亞白色大屋，掩敝在重重疊疊的松柏樹叢之後。周圍杳無人跡，小徑上傳來雨中丁香的味道。他若有所失地在潮濕的石階上坐下，掏出受潮的香菸點上，深深地陷入往事之中。

我憐憫地注視著蒼白而頹廢的卻斯，多日以來，他的身影像鬼魂一樣地在山間小徑出沒，踟躕而疲憊。在雨霧蒼茫中我眼前浮起多年前穹彎街靜謐的夏日午後；濃蔭中憩息著古老的建築，慵懶安寧。高高的陰涼穿堂裡，少女時代的卡洛琳穿著白色長裙，光著腳在橡木地板上走來走去。舉手投足充滿了青春氣息。似水流年，如今她已白髮蒼蒼，無涉世事，終日在蘭花叢中蒔弄。六十年代的風景早已成了過眼的煙雲。只有那股若有若無沉鬱的大麻香味，像縷不安的幽魂，始終在這幢三千呎的大房子裡飄盪。

我每天散步經過穹彎街，這幢雍容華貴的白房子呈現出一種莫名的滄桑，對我說來有著不可抗拒，魔幻般的吸引力。我一直揣測在它那青藤纏繞的窗臺後掩蔽著什麼樣的節奏和樂章？但是沉重的雕花大門冰冷地終日緊閉，漠然地隔斷行人窺視的目光。某一天，在偶然情況下我遇見一位白房子的現任住客，在深夜的酒吧裡，聽他娓娓地講述這幢房子裡發生的事之後，我的心情就沒有平靜過。我的思緒一直追隨著卻斯和阿心的身影和軌跡，他們似喜似悲的故事就長久地停留在我的指尖。但困惑於那像藤蔓交纏一樣的緣由。也交代不了那難測的結局；我告訴自己：讓發生過的一切淹沒吧！淡忘下去。最終趨於平靜，卡洛琳、阿心、卻斯和我自己終究會回歸自然，只剩下這幢帶鐘樓的白房子，安詳地棲息在夏季濃綠和紫色的陰影之中。

校園的鐘聲從遠處傳來，穿透時空。驀然回首，卻斯不知什麼時候已離去。我走近他踞坐的石階，地上六個菸頭擺成圓形，像一圈左輪的子彈。一種說不出的情愫縈繞在我心頭，苦澀而清涼，像含著一片雨中的柏葉。在這個晦暗的彤雲密布的黃昏，我慢慢地走回自己的住處。在昏暗的屋子裡，白房子的故事又一次清晰起來，像汛水一樣高漲，聚積在堤壩的閘口。我坐在黑暗的窗前，聽著外面淅瀝的雨聲。二個小時之後，我按熄手中的香菸，打開檯燈，鋪下第一張8×11的稿紙。

1

中國民航八五三次航班進入舊金山航空港，沈追隨著人群進入移民局關卡，他將在這兒辦理入關手續，然後換乘美國國內航班去紐約。

十六個小時的飛機坐得腿都麻了，他拖著手提行李，在隊列中一步步地向移民局哨卡蹭去。透過半吋厚的皮鞋底，他現在是摯摯實實地踩在一個全新國度的土地上。一年多來的奔波操心，幾分鐘之後將在那小小的櫃臺後作個了結。

他英文不錯，在北京時下過點工夫，能在課堂上指出語法混亂的英文老師的to be和to do的混淆。來美國之前混在留學生圈子裡一點問題也沒有。當移民局官員把他護照上的名字一再念走音時，他忍不住告訴那個一頭淺色金髮，而眼睫毛好像看不見的女人：追就是英文卻斯的意思。那女人嘀咕一聲：「你早講省多少事！哦，卻斯，你可以走了。」

此時是一九九一年一月十六日，掛在候機廳的鐘指向十二時零一分，去紐約的飛機還有二個小時起飛。在他二十歲十個月另八天，口袋裡裝著一百七十塊美金，一本蓋了永久移民章的護照，拖著二大件行李茫然四顧。他舌頭半抬，然後牙齒輕輕一咬「卻斯」。一個全新的生命符號。

母親和她新婚的丈夫在甘迺迪機場接到卻斯，一身淺綠色套裝使她看來像個白領麗人。這四十出頭的麗人以前在北京大學教中國古典文學，一本二百七十六頁的《論辛棄疾和李清照的異同》奠定了她在詩詞研究上的學術地位。她又是個語言天才，英文、西班牙語、京片子、上海話和廣東腔都能講得聒聒叫。但當她把那掛在手臂上的男人帶到兒子面前時卻顯得有些語無倫次。

「這是我兒子，我的意思是我們的兒子。這位是周先生，怎麼說呢，呃，你知道我的意思，我們已經結婚了，兒子，應該叫爸爸。」

一向口舌伶俐的前詩詞專家這次搞砸了。兩個男人尷尬地打量著對方，卻斯想：這麼快，一天中有了新名字，新身分，還多了個新爸爸，連母親看來也是全新的。

「歡迎來美國，好英俊的小夥子。」周先生先反應過來，伸出粗大的手跟他相握。

卻斯注視著這個皮膚黝黑，頭髮花白的男人，粗礪的臉上有一雙坦率的眼睛。他動了動嘴唇，很想做一次乖兒子，照母親的吩咐叫一聲爸爸。出口的卻是：「周先生，您好，真高興見到您。」

沒人在意，至少表面上沒有。

在那輛去紐約的林肯轎車上，母子倆有一搭沒一搭地說話，聊的都是不著邊際的瑣事。也許有第三者在場的關係，兩人都有一絲生分感。一年多不見，卻斯又拔高了，差不多六尺出頭的個子，嘴角的茸毛變成發青的鬍渣。說起話來嗡聲嗡氣的，處處維護他年輕人的自尊心。母親呢？母親變得過份地活躍，以前在北大講臺上那個溫文爾雅的女學者變成一個想討人喜歡的小姑娘。有時搞不清有趣和肉麻的區別。尤其是她用寧波話叫周先生「寧波亨浪頭」時，卻斯不由得起了一絲反感，無論如何，第一次見面時不應該那麼輕浮，那個稱呼在他聽來有種狎戲的味道。那寧波亨浪頭全然好脾氣，笑瞇瞇地悶聲不響。進了曼哈頓，車子在擁擠的街道中蝸行。卻斯眼花撩亂地望著窗外，耳中聽得母親喋喋不休地介紹他新丈夫是一家專門供應曼哈頓中國餐館的海產批發公司的老闆；我們現在就去位於中國城的批發門市店，在布魯克林還有一個冷凍倉庫。周先生擺擺手說：「不值一提，我跟大家一樣，只是打份工吃飯。」卻斯嘴裡嗯嗯啊啊，心中卻詫異老媽怎麼了？真是士別三日，刮目相待。以前那麼清高的一個知識婦女，現在見面就把別人的財產掛在口頭上。我說老媽啊，妳就是要找人，也該睜大眼睛來一個文化人，教授什麼的。不過寧波亨浪頭看起來人還不壞，而且明顯地傾心於他新婚妻子，五十幾歲的人像剛墜入情網的年輕人一樣，癡癡迷迷的幸福神情，洋溢在他皺紋縱橫的臉上。

唉，天要下雨娘要嫁。他才到美國第一天，昏頭昏腦地實在管不了這麼多。

剛來紐約的幾天，卻斯想北京想得厲害。他懷念那批嬉鬧無間的朋友，無拘無束的生活。

紐約這個大都市雖然給他帶來新奇與興奮，卻像一部巨大機器，自顧自地轟轟運轉，把他排除在外。整天對著變得陌生的母親和寧波亨浪頭，他變得心緒很壞，不久就跟母親起了一次大衝突。起因是母親一定要在希爾頓酒店裡和周先生舉行正式的婚禮。一年多前，母親作為一個學術訪問團成員下榻於同一家酒店，在大堂的電視上看到天安門事件之後連夜出走。二十個月內，她找到工作，安定下來，跟北京的丈夫離了婚，又把卻斯接到美國。

父母離異是卻斯出國的代價，他心中當然不好受。父親是無辜的，老頭子絕對想不到結褵二十年的妻子出國訪問一次會有這樣的後果，學院裡沒完沒了的審查使他窮於應付。如今唯一的兒子又要離開他遠走高飛了。

在北京時卻斯沒有時間去體會父親淒涼的心境，雖然來美國之後常常夢見他耄耄老去孤苦的父親。那時他熱衷出國，每天花好多小時泡在朝陽門外的美國大使館。心血全花在打聽出國的關節上了。那段時間，他對美國移民法的瞭解可以使領事們汗顏。他差幾個月就滿二十一歲了，成年子女去依親可不那麼容易。他賣力鑽營的另一個原因是：從小青梅竹馬的女朋友連個招呼都不打就嫁去了加拿大。前女友不知出於什麼心態，嫁去之後還頻頻寄照片來刺激卻斯。卻斯看著她與英俊白人丈夫的幸福合影夜不成眠，以前兩人的甜言蜜語海誓山盟如同兒戲一樣。心靈空虛之時鬱悶透頂之際，他會對著前女友的照片手淫。白天就沒了精神，老是恍恍惚惚的。除了這些男女勾當使人心不在焉之外，他的日常處境也使人頭痛。天安門事件之前，文化圈裡濁浪湧動，渣滓浮起，卻斯跟星星畫展的幾個傢伙走得太近。這批人大都是半桶水，論畫技、修養都不怎麼樣，標新立異和嘩眾取寵的本領卻很大，還有就是五體投地地迷戀西方的一切東西。他們常常把路上遇見的高鼻子往家裡帶，強迫外國人欣賞那些鬼畫符似的畫。最好是撞上一個畫廊老闆或文化偵探，從而邀請他們去國外開畫展。不幸的是：雞跟鴨講鼓搗了半天，那金髮碧眼的傢伙在本國只是個修水管的。這些星星畫展們從不氣餒，下次在馬路上瞅見洋人還是照章辦理。北京前一陣鬆動時常有外國留學生的派對，卻斯喜歡跟他們一起混跡其中，擎了一杯可口可樂，空氣中瀰漫著洋人胳肢窩散發出來的狐臭味，在震耳欲聾的迪斯可音樂中高談闊論當今政治，自有一種糞土萬戶侯的快感。這夥人中間很有幾個女的，說她們是畫家卻斯都會臉紅。雖然畫出來的畫四不像。但找外國人上床卻是一把好手，結果被公安局堵在賓館的床上。在送去白洋汀勞教農場之前，這幾個傻X把圈子裡每個人都咬個遍。中央工藝美術學院給卻斯記個大過，加上留校一年察看。那段時間員警一天上門三次，老父親差一點心臟病發作。卻斯如今想起來還心有餘悸。

卻斯想不到一來美國，母親就要搞個丟人現眼的婚禮，用基督教的儀式，由牧師證婚，把一個前中國詩詞專家，北京大學中共黨委委員，配給一個紐約海產批發店老闆。在卻斯看來世界上沒有比這件事更為好笑的了。還要他一本正經地穿上嶄新的聖羅蘭西裝，在這齣滑稽戲中去跑龍套，怎麼不使得他滿心抗拒？他可以預見到在那個荒唐的儀式中，自己穿了小丑般的衣服，被領帶勒出滿臉的傻笑，被眾賓客在背後指指點點。

母親看到他冰冷繃緊的臉色，知道這個從小被寵壞的兒子真會在重要關頭給她下不了臺的。寧波亨浪頭是個好好先生，但眾多的來賓會怎麼想！母親覺得大有必要端正一下卻斯的態度。

「小追，我真不懂這幾天你一直給我看個臭臉，我已忍了好久了。今天對我講來是個特殊的日子，無論如何合作一點，好嗎？」

「那是妳自己神經過敏，我只是不想和寧波佬的那些鄉下人親戚打成一片。這樣吧，你們舉行婚禮時我待在酒吧裡，接下來的舞會我參加。這樣安排應該可以了。」卻斯望著母親那剛做過美容，煥發光彩的臉，不年輕了卻還動人。不過，在雪白的新婚禮服中總還摻雜著一絲魚腥味，海產店的準老闆娘不知自己有沒有察覺。

「小追，你是我在美國的唯一親屬，照基督教的儀式，你要把我挽著帶到主婚的牧師面前，就這麼一小段儀式，不會超過十五分鐘。」

「老媽，妳真是的，在市政府結婚不簡單得多了嗎？來這麼一套花麗狐哨的儀式，把我扯進去。來賓肚裡不會嘀咕，新娘的兒子這麼大了？妳知道嗎，寧波人對我這樣身分的叫法是什麼？」

「叫什麼？」

「叫『拖油瓶』，很形象化，是不是？」

卻斯和母親都忍不住一笑，母親旋即斂起笑容。

「什麼『拖油瓶』，美國的叫法要好聽得多，叫『Stepson』。再說寧波佬在前次婚姻中也有一個女兒，比你大兩歲，還是個混血兒。雙方完全平等。我說你啊，別耍小孩子脾氣了，沒有這個婚禮你怎麼能順順利利來美國呢？」

卻斯知道她是指寧波亨浪頭收養他的事，為了趕在他二十一歲之前可以簽證出來，寧波佬天天跑議員辦公室要他們給移民局加壓力，捐了好大一筆競選經費。不過這很難打動卻斯，現在年輕人對到手的東西很少感恩。對這位淳厚勤懇，滿是皺紋的臉龐像顆胡桃，操著一口蔣介石式的寧波官話的新爸爸。卻斯心中一直有層隔閡，認為不是一個檔次。他在北京的家裡一直是「相交亦鴻儒，來往無白丁」。父親是清華的名教授，母親在北大，卻斯自己上了中央工藝美術學院還覺得委屈。現在天天面對這個蝦兵蟹將的總司令，聽他嘮叨早年在歐洲跑船的勞苦經歷。心中真的很難產生認同。母親除了要弄身分，把卻斯辦來美國之外，難道真的是看中了寧波佬長島的房子，布魯克林的棧房，曼哈頓的海產批發店嗎？一個曾在最高學府明亮教室中揮灑自如的女學者，真的甘心埋沒在那魚腥味濃重的櫃臺後對付那些枯燥的帳目嗎？

母親接著說教：「人不能忘本，你到紐約之後一切都是現成的。且不說我剛離團出走之後住在中國城的小旅店裡，跟人分租一個六十呎的房間，一人睡床一人只能打地鋪。在成衣廠工作十六個小時賺取二十塊美金一天。你看看那些在寧波亨浪頭倉庫裡扛大包的，有兩個就是天安門廣場上逃出來的精英份子，這些人在冷凍庫裡幹三個月就患上關節炎。我不是在嚇你。你是成年人了，人各有志，你如果樣樣都看不順眼的話，我也不想勉強你。你北京的學籍不是還保留著……？」

郤斯就是在這一句幾近脅迫的話的壓力之下參加了那個荒唐婚禮。婚禮並沒他想像的那麼難堪，在接下去的舞會中，寧波亨浪頭跳得一手出色的恰恰和倫巴。郤斯擠在滿頭熱汗，拍手跺腳的賓客中，矜持而辛酸地笑著，望著戴了耀眼結婚鑽戒的母親像小鳥依人般依偎在寧波佬肩上曼舞。在黝暗的燈光下沒人注意他的表情。只有他自己聽到喀登一聲有什麼地方在心中裂開，留下好大一塊空洞。真正的成年是從這一刻開始。

2

在婚禮之後，卻斯實在不能忍受再在長島的大房子裡住下去了，屋子裡塞滿了老式的雕花紅木家具，地下室、車庫裡排列著八個巨大冰櫃，堆著倉庫裡周轉不靈的，賣不出去的海產品，整個房子裡瀰漫著一股魚腥氣。寧波亨浪頭那部奇大無比的黑色林肯車泊在長長的車道上。離開二個街口就是荒草淒淒的海灘，灰色的天際線永遠壓得低低的，大西洋黑色的波浪不安地湧動著。每天早上八點整，卻斯搭上黑色林肯去曼哈頓，寧波亨浪頭把他在四十二街放下。下車之後，買上一杯星巴克的咖啡，漫無目的地沿著麥迪遜大道一直逛到大都會博物館，泡在莫內和畢沙羅的圖畫之間。直看到脖子發硬，那色彩繽紛的畫幅不再對眼睛起作用為止。出來之後乘上地鐵去格林威治，華盛頓廣場上有神經質的潦倒詩人，對著空無一人的觀眾席口沫橫飛地朗誦他的作品。一個頭上紮滿小辮子的黑人像老鼠一樣竄來竄去：「大麻，抽大麻，大麻啊。」如果時間還早，走半個小時去蘇荷，或小義大利區，坐在咖啡店裡，看著各種各樣的人種川流不息來來去去。俟到六點半，再在老地方搭上林肯車回長島。

日子一長，紐約也變得乏味了，卻斯向他母親說想找個工作，天天這樣逛也不是個辦法。正在廚房弄晚餐的母親頭也不抬地說：「謝天謝地，你遊手好閒的日子過夠了？很多中國移民來到紐約第一天就進餐館打工賺錢了。」

「妳不見得想要我去洗碗跑堂吧！你的兒子細皮嫩肉，從小被妳慣壞了，吃不得那份苦。我想找個跟畫畫有關的工作。」卻斯自嘲地說。

「那好，」母親說：「紐約有幾千家出版社，幾百家廣告商，中央工藝美院的高材生一定會有用武之地，明天買張報紙看看有沒有請藝術家的廣告。」

卻斯買了報紙，打了電話，也乘地鐵去面談了幾次。最後都不得要領。一天路過四十二街時，看到一排中國來的黃面孔畫家，在路邊擺開攤子替人畫像，用洋涇濱英語拉生意。他產生了加入他們的念頭，在晚飯桌上剛提了個頭，母親就大聲反對，說去年有個從杭州來的畫家在街頭畫像時，跟一個黑人混混起了點小衝突，結果被黑人開槍打死，紐約都傳遍了。你要我夜夜睡不著覺擔心你嗎？一直在旁邊悶頭吃飯的寧波佬突然開口問道：「卻斯，你會不會畫壁畫？」

「當然會。」

「我那間在唐人街的批發公司，面朝運河街有一面空的牆壁，大約三千來呎。你能不能幫我畫一張壁畫？我出三千塊錢。」

哈，來美國賺第一筆錢的機會放在面前，三千塊對他說來是個不小的數字。這筆錢夠父親在清華吃十年的粉筆灰。卻斯白天泡圖書館找資料，晚上在燈光下勾勒一張接一張的草圖。最後定稿的是「海底世界」，正好符合寧波亨浪頭的海產生意。卻斯穿著汗衫短褲，每天爬在梯子上塗抹那塊凹凸不平的磚牆，把手臂大腿曬得烏黑。那些奇形怪狀的深海魚類，有些是從紐約中央圖書館畫冊裡找來的，有些根本就是從他想像中游出來的，沒有一個生物學家叫得出牠們的名字。在漂拂的海草和鮮紅的珊瑚礁之間，大魚小魚們和平共處，穿梭於深藍色的海底世界。畫完成之後，寧波佬讓工人在牆壁頂端裝了幾盞照明燈。在天氣晴朗的夜晚，駕車人經過運河街，驚鴻一瞥地看到一塊巨大藍色水晶，鑲嵌在深紫色的夜幕中，銀色閃耀的魚群在其間忽隱忽現。可惜這張壁畫只生存了二年，它成了紐約無處不在街頭幫派的目標，很快地布滿了慘不忍睹的塗鴉。寧波亨浪頭只好忍痛叫人把它刷掉。但在小義大利區的買醉夜歸者，都還記得月光下的那個清涼世界。

三千塊錢在卻斯的口袋中不安地跳動，紐約的天氣一天比一天熱，地下室發出的魚腥味越發難以忍受。有一天晚上做夢，卻斯夢見床變成煎鍋，自己躺在煎鍋裡輾轉反覆。魚腥味從自己身上一陣陣騰起，朝上看去，母親和寧波亨浪頭在鍋邊陰險地向他微笑。他大叫一聲，渾身冷汗地坐起來。

二天之後，卻斯買了一張全國通行的灰狗巴士票。

3

卡洛琳從記事起就住在穹彎街的白色房子中。

她六歲時，父親用九千塊錢買下這幢三千呎的大屋供全家人住，父親、年老的姑媽、她和小她二歲的兄弟。童年的記憶像張褪色的明信片，保存在回憶的深處；夏日的午後，外面驕陽似火，她穿著白色的布吉拉長裙，和弟弟一齊在陰涼的穿堂裡睡午覺，門開著，暖暖的風從迴廊上吹進來。她在一片靜謐中醒來，午後的斜陽穿透綠色的藤蔓，在迴廊上投下斑駁搖曳的光影。父親答應晚上帶他們去游泳。再後來她上高中二年級時，想盡辦法躲過年老姑媽的監視，和隔壁的小夥子在底樓那間堆放雜物的儲藏室裡約會，接吻，在一張舊的床墊上失去了她的童貞。當她在柏克萊大學上三年級時，兄弟在越南陣亡。卡洛琳還記得那黑色的夢魘籠罩了這幢白色大房子達三年之久，姑媽在接到陣亡通知之後二個月罹患了癌症，七個月之後去世。父親則借助到處旅行來排遣心中的鬱悶。她最後一年就沒怎麼上課，全身心地投進了反戰運動。夜以繼日的遊行集會，對員警和防暴隊揮舞著拳頭，聲嘶力竭地罵著粗俗不堪的髒話。父親不在時家裡變成嬉皮們的聚會場所，大家在客廳裡抽大麻，注射海洛因，聽披頭四的音樂。在姑媽的大床上跟不同的男人做愛，卡洛琳記得其中有一個黑豹黨的黑人，頭髮編成一根根髮辮。那怕在夜裡也不脫下他的墨鏡，胸膛上一叢捲曲的黑毛，而陰莖上嵌有一圈不鏽鋼珠。

卡洛琳結果還是想辦法讀完了學分，取得社會學的學位。當初如火如荼的反戰運動在七十年代風流雲散，那個黑豹黨人在搶劫銀行時被打傷抓住，如今在內華達州的監獄裡服無期徒刑。父親在七六年感恩節中了風，卡洛琳把他送進北邊索諾馬縣的一家療養院，一個禮拜去探望他一次，直到他去世為止。

父親留下不多的一些ＩＢＭ股票，和這幢白色的大房子。卡洛琳繼承遺產之後把房子修葺了一番，隔成了三個公寓，頂層以前姑媽住的閣樓租給了一個娶了義大利太太的黑人，自己住中間那一層。底層原來的家庭房改成一房一廳的公寓，租給了一個在家開業心理醫生，叫瓊安，六十來歲。後面那間雜物室堆滿了老舊的家具，包括那染上她第一片血跡的床墊。

卡洛琳從來沒出去工作過，她仔細地用收來的房租和ＩＢＭ的股息來維持她清淡日子，她吃得很簡單，穿著姑媽留下的舊衣服，唯一使她難以抗拒的是上好的大麻，濃郁馨香的淡藍色煙霧縈繞在她花白鬢角處，帶回年輕瘋狂的記憶。樓下的瓊安很會抱怨，但交租準時。樓上的黑人格林是個畫家，和善而健談。月初時常常交來的不是支票，而是一張裝在框裡的畫，希望卡洛琳接受以抵房租。他的義大利太太燒得一手好菜，有時請房東和他們共用一頓帶紅酒的晚餐。卡洛琳礙於情面，把接受下來的畫掛在穿廊裡和樓梯間，共有十幾張之多。八十年代中期，ＩＢＭ營運不佳，股息減少，卡洛琳不得已為自己找了個室友，一個在柏克萊大學念書的年輕女孩，把那間臨街的大睡房租給她。

這個嬌小而長相甜美的女孩英文名字叫瑪心妲，中文叫阿心，是個中英混血兒，搬進來時帶了一張骨董大床和幾百個藍色的玻璃瓶子。她把她的收集品排列在沿街的窗臺上，路人常被那些各種形狀顏色不一的藍瓶子所吸引。瓊安向房東抱怨常有人按她的門鈴，詢問那些藍瓶子是否出售？搞得她不勝其煩。卡洛琳不能干涉阿心怎麼布置房間，只得好言安撫瓊安了事。

阿心有個男朋友戴維，天天來串門，晚上就留在廚房裡吃阿心烹煮的晚餐。使得卡洛琳稍感不便。阿心是個烹飪高手，總是笑瞇瞇地邀請房東嘗嘗她做的精緻的中國菜。戴維也常送給她幾支上好的大麻煙。久而久之，卡洛琳也就默許了戴維的天天上門。三人常在一起吃飯抽菸聊天。餐後，當卡洛琳收拾廚房時，偶爾會聽到關緊的睡房門後，傳來隱隱約約男女做愛的呢喃聲響，於是臉上浮起一個既曖昧又寬容的微笑。

一天，在吃完阿心做的芝麻雞和糖醋魚塊之後，三人像往常一樣坐在桌邊分享著一支大麻。當阿心提出有一個弟弟，在洛杉磯受了點傷，想到柏克萊來將養兩個禮拜時，卡洛琳心情很好，想都沒想就同意了。

4

卻斯一直有個疑問，為什麼美國所有的灰狗巴士站都設在城市裡最破敗的區域中？在紐約、芝加哥如此，在密西西比河沿岸無名小城裡，在拉斯維加斯，在洛杉磯中城區一直到奧克蘭這裡，每個候車室裡都擠滿了衣衫襤褸的無家可歸者，躺在長椅上或地上。年老的墨西哥人帶著巨大的箱子，像從邊境剛剛偷渡進來，用驚慌的目光瞪著行人。黑人老太太塗了鮮紅的嘴唇膏，掛滿亂七八糟的便宜首飾，正襟危坐，像貧民窟走出來高傲的女皇。空氣中瀰漫著尿臭和久不洗澡的體味，熏人作嘔。他拄起拐杖，攜著背囊和一個小提包來到門口透氣。停車場上，幾部泊在那兒的汽車車窗全被打破，滿地的碎玻璃屑在陽光底下閃爍。頭髮梳得奇形怪狀的年輕黑人坐在大馬力的汽車裡，看人的眼光兇險詭譎。另幾個在樹蔭下交換現款和白色紙包，這分明是一個半公開的販毒場所。阿心就讓他等在這種地方？

他的旅行可說是一路順利，先北上布法羅，遠眺前女友現在棲息的那塊土地。尼加拉瀑布奔騰而下的水流沖走心底所剩最後一點惆悵，往事一去不復返。沿著八十號公路，到了芝加哥美術學院，密西根湖在六月酷暑中就像一盆滾水。白天他躲進芝加哥藝術學院冷氣開放的畫廊，晚上暑熱消退之後泡在密西根大道上古色古香的酒吧裡，女招待把冰鎮啤酒放在桌上時，會順手捎來一籃蓋著毛巾剛炒熟的帶殼花生。晚上漫步回到青年會旅館，湖面的風才拂來一絲涼意。半個月來卻斯穿過聖路易士的拱門，進入密西西比河流域，他的一日三餐都在路邊的麥當勞和漢堡王對付。他在新墨西哥州逗留了一天半，一個人跑到曠野，面對嶙嶙怪石和遍地紅土，想像著喬治婭、奧可夫如何在這塊跡近史前的土地上培育出那麼性感的花朵。灰狗巴士橫過燠熱的德克薩斯，來到不夜城拉斯維加斯，在二十一點牌桌上他運氣不錯，贏了七百塊大洋，那個滿臉橫肉的荷官說第一次賭錢的人手氣都不錯。這筆意外之財使他決定到了洛杉磯之後好好犒勞自己一番；住個像樣點的旅館，在澡缸中好好地泡一泡，洗卻旅途中多日的勞乏。他挑了北嶺假日旅館，離好萊塢製片廠不遠。

將近七點，天色還亮，卻斯從澡缸裡爬起來，換上乾淨的衣服，準備出門去找家中國館子吃一頓，天天吃的速食把他口水都逼出來了。

剛走出電梯，突然，整個旅館大堂像一艘風浪中的船舶一樣搖晃起來，到處是玻璃迸裂的清脆聲，頭頂上，巨大的水晶吊燈像鐘擺一樣來回晃盪，接著就帶著一部分天花板摔碎在卻斯的腳前。所有的客人呆若木雞，幾秒鐘的死寂之後，又是一陣大晃動。有個聲音大叫「地震了，快出去！」一大廳裡起了一陣驚慌失措的騷動，人人爭先恐後往外跑去。卻斯一移步，右腳背鑽心地痛，他知道自己受傷了。但情況危急，在下一波地震中，也許整幢旅館都會崩塌下來。再疼也得忍著，就是四腳著地，也要趕快爬出去。他扶著牆壁單腳跳著，隨著人群湧出大門，來到停車場的空地上。周圍警報轟鳴，臉色嚇得發青的旅客從各個出口逃出來。有些人受了傷，頭上臉上流著血。有些人衣冠不整，裸身裹著被單。一個老太婆戴著滿頭捲髮器，假牙卻沒帶出來，滿嘴嗚嚕不清地到處問人：「旅館退不退房錢？我女兒送我一個禮拜假期，今天才第二天啊。」卻斯想道：「老天，我們這些人命都夠大的。如果給砸在裡面的話，那真叫一勞永逸了。」腳背上越來越痛，脫下鞋襪一看，腳背已腫得老高，第四趾和小趾血肉模糊。大概是被大吊燈擊中的。老太太在旁邊看到了，尖了嗓子大叫：「快叫救護車，有人出血了。」

在醫院的急診室中擠滿了傷患。卻斯拍了X光，蹠骨斷了二根，右腳小趾粉碎性骨折，馬上動手術開刀取出碎骨，打上石膏，疼痛在麻藥的作用之下還過得去。卻斯問醫生他會不會變成跛子？醫生大笑，問他是不是想好好地訛旅館一筆，卻斯解嘲地說：「我只是怕找不到老婆。」

母親在電話上讓他回紐約去養傷，卻斯不想這麼快地回長島的那所房子去，整個夏天浸沒在魚腥味裡。他的旅程只進行了一半，巴士票好孬也值四百多塊錢。他說這點傷不算什麼，找個小旅館養息幾天，一樣可以乘巴士旅行。寧波亨浪頭在另一條線上說：「去舊金山吧，我女兒在那兒，她應該可以照顧你一兩個禮拜，我先打個電話讓阿心知道。」

當晚阿心就打電話來醫院，卻斯聽她說一口跟寧波佬一模一樣的寧波官話，肚子裡覺得好笑。阿心告訴他她其實住在一個離舊金山十五里的小城柏克萊，最近的灰狗巴士站在奧克蘭。她會去那兒接他。

奧克蘭，顧名思義是長滿橡樹的土地。卻斯現在就站在這塊千橡之地上，名字好聽，觸目望去，見不到一株橡樹，只有滿眼的荒涼破敗。一架飛機很低地在天空掠過，他記起五個月前第一次踏上美洲大地，舊金山機場應該離這兒不遠吧，一個圈子又兜回到這兒。他隨手扔掉菸蒂，想回到候車室裡找個座位將養那只痛腳。剛轉身，冷不防和一個青年女子結結實實地撞了個滿懷，拐杖飛了出去，人失去平衡，晃了晃差點跌倒，那青年女子眼明手捷，一把扶住，綻開一個笑臉：「卻斯，是你嗎？我是阿心。」

卻斯怔在那兒，望著面前這個棕髮碧眼，一臉笑容的女孩發楞，這個穿一套牛仔衫褲的美國女孩會是寧波亨浪頭的女兒？不過她那口滑稽的寧波官話又使他無庸置疑。阿心問道：「你的行李就這些？」卻斯點點頭，阿心轉身把二個手指放在口中，吹了一聲口哨，從轉角蹚過來一部六十年代的福特敞篷野馬，駕駛座上紮馬尾的小夥子伸出滿是金色汗毛的大手：「嗨，卻斯，歡迎來到加州，我是戴維。」阿心把卻斯扶進乘客座，替他關上門，自己一個鷂子翻身躍進後座。野馬車怒吼一聲，擦過那些毒販們絕塵而去。

5

穹彎街的房子都有著長長的車道，庭院深深，濃蔭覆地。卻斯下車之後打量著這幢白色大屋，奇怪地有一種似曾相識的感覺。這幢三層樓的房子有一個裝飾性的鐘樓，金色的尖塔掩隱在紫色的樹蔭之中，每一層都有寬大的陽臺，樓底是個木製的迴廊，一張白色帆布的吊椅靜靜地懸掛著，沿牆擺滿了盆栽的蘭花。迎面大門厚重典雅，鑄銅的把手透著綠鏽，纏繞了一圈古色古香的雕刻花紋。進門去是個天花板高敞的客廳，寬大陰涼，把暑熱隔在外面，渾身的汗意一下收住。

客廳裡掛著許多裝在鏡框裡的畫，卻斯駐足略略一覽。而後，阿心帶了他登上精雕細琢的橡木樓梯，來到二樓進入她的閨房。這是一間非常精緻華美的大房間，高高的天花板，古色古香的吊燈，朝南是一排穹形的大窗，垂掛著透明的紗質窗簾，房裡的光線似明似暗。最為奇特的是：阿心房間裡到處是密密麻麻，形狀各異的藍色玻璃瓶子，滿布在窗臺上，壁爐架上，音響櫃上和書桌上。像是一首藍色的交響曲，房間靠後面有一個凹處，放了一張巨大的，有四根立柱的老式紅木床，用一扇日本屏風與前部隔開。阿心說：「我跟房東太太打過招呼，卻斯，你就睡廳裡的沙發吧。」

阿心在柏克萊醫學院上最後一年，在畢業前還缺幾個學分，所以趁暑假時補上。阿心說等兩個禮拜後考試結束，她和戴維會帶卻斯去蒙地西諾潛水。

夏日的穹彎街安靜得使人沉沉睡去，卻斯躺在迴廊上的吊椅中，速寫簿從他手中滑下，朦朧中聽得大學的鐘樓每小時敲響一次，餘音繞樑，時光好像停住。藍樫鳥倏地滑過枝頭，斜陽慢慢爬上迴廊，一縷暖意烙在他的肩膀和脖項上。滿廊的蘭花暗香襲人。卻斯伸了一個大大的懶腰，昏昏欲醒。正在這時，身後的雕花大門開了，住在三樓的格林提了一把鐵鍬，跨下迴廊往前院走去。卻斯曾在樓上看到這個黑人在下面院子裡翻掘泥土，還帶了一個金屬探測器，尋尋覓覓，像士兵找地雷似的在地上一吋一吋地搜尋。他揉揉眼睛，在吊床上坐了起來，好奇道：「嗨，老兄，你在找什麼呢？」

格林抬起頭來，露出一個友善的笑容，他滿頭鬈曲的頭髮全部花白了，平時戴一頂蘇格蘭呢的禮帽，每天早晚駕著小卡車送太太上下班，白天常在前後院忙碌。阿心幫他們作過介紹，說房東太太客廳裡的畫都是格林畫的。卻斯恰如其份地稱讚了幾句，從此格林看到卻斯特別友好熱情。

老頭拿了二罐冰鎮啤酒，在迴廊的臺階上坐了下來，順手遞給卻斯一罐，「你的腳傷怎麼樣了？」他很高興在這個漫長的午後有個聊天的夥伴。

「還不錯，石膏裡面在發熱發癢，我想再過幾天就可以拆掉了。怎麼，老兄你忙什麼，前園裡有地雷嗎？」卻斯啜了一口冰涼的啤酒。

格林爆發出一陣黑人特有的大笑：「對了，有地雷！不過不會爆炸，要爆炸的話，也是令人暴發的那種地雷。」他看到卻斯一臉不解的表情，笑得更起勁了。

「告訴你一個天大的祕密。」格林湊近卻斯的耳邊，神祕地說：「這房子的什麼地方埋藏著一大筆財富。」

卻斯愕然地問他何以見得。

「我查了市政府的資料，」格林鬼祟地左右看了看：「這房子的第一任房主叫諾曼羅夫。」

「So。」

「你不知道諾曼羅夫？」

卻斯搖搖頭。

「諾曼羅夫是最後一代的俄國沙皇。」

「他不是被布爾什維克處決了嗎？」

格林說這諾曼羅夫是被處決沙皇的一個侄子，在十月革命之後逃來美國，在柏克萊造了這幢房子，隱姓埋名地住了下來。「你看那鐘樓的塔尖，像不像俄國東正教的教堂風格。」

卻斯想了一想，雖然有那麼一點相似，不過這也太牽強了。「你何以斷定這房子裡藏有一大筆財富？」

「這房子裡發生過一件轟動一時的謀殺案。」格林擺出一副推心置腹的樣子。

卻斯早就聽說過柏克萊二種人多，一種是心理醫生，一種是神經病。今天真運氣，給他碰上一個。不過他在這個午後除了等阿心回家之外沒別的事可做。他喝乾啤酒，把空罐捏扁，微笑著鼓勵格林說下去。

格林說那是四十年代初，他還在奧克蘭讀中學。在那件轟動當時的案子中，諾曼羅夫和他一個姪女被人勒死在房子裡，根據警方報告，兇手在殺人之後至少在房子裡停留了六個小時大肆搜掠，牆壁鑿開，地板被撬起。當時的報紙就紛紛揣測兇手是在尋找財寶，據說諾曼羅夫藏匿了一批冬宮陷落之前運出的鑽石。但也有人說是謀殺案是契卡（克格勃前身）幹的。格林說他還收藏著當年的剪報，有空翻出來給卻斯看。

「那個案子最後結果怎麼樣了？」卻斯心不在焉地問。

格林說一直沒破案。

「那你何以確定還有財寶留在房子裡呢？也許你曾找到過一、二件？」

格林又一次大笑：「如果找到，那我就不是今天這樣一個窮光蛋了。」他看到房東太太來到走廊上，立即壓低聲音，悄悄地說：「不要讓她知道。」卻斯隨口問了一句：「謀殺案發生在哪個樓層？」格林沒回答，卻斯抬起頭來，驚異地看到格林用口形跟他無聲地講：「就是你住的那一間，在窗前，在壁爐前。」

卻斯在上初中時曾在北京西郊看到過公開槍斃犯人，在讀大學時為了賭一頓東來順的涮羊肉曾一個人在萬國公墓過夜。在中央工藝美院，解剖課上親手解剖過屍體，有些膽小的同學嚇得昏了過去。格林看到他出神，以為他嚇著了，安慰他道：「事情過去好多年了，你不要害怕。」

「不知道那個俄國女孩漂亮不漂亮，」卻斯調笑道：「我還想邀請她一塊喝下午茶呢。」

「那你念些普希金的詩，」格林也跟著調侃：「這樣比較對女孩子胃口。」

「如果想請諾曼羅夫先生一起出席的話，看來我還要去讀些陀思妥耶夫斯基的東西。」卻斯接下去：「如果他們接受邀請的話，我一定替你問問那些鑽石到底藏在哪兒！」

6

在晚餐桌上，卻斯把下午跟格林的聊天當笑話告訴阿心和戴維。阿心說這房子裡每一個人都知道格林異想天開的尋寶夢，包括房東太太卡洛琳，沒人把他當一回事。房東太太有時跟格林講：「靠近籬笆那兒有些異樣，你去看看。」等格林把那一帶的土地全翻了一遍之後，卡洛琳就乘機埋下她的鬱金花球莖。阿心笑著說：「他還告訴你些什麼？」卻斯沒看到戴維在對面不斷地向他眨眼睛暗示，脫口而出：「他還告訴我這間房子裡發生過謀殺案。」阿心的臉蒼白一下：「這件事，卡洛琳在我搬進來時就告訴過我了。不過你不要講細節，我不想聽。」吃完晚餐之後阿心在廚房洗碗，卻斯和戴維去樓下迴廊上抽菸。卻斯為了剛才多嘴的事感到難堪。戴維安慰他道：「女人多少都有點迷信，你不要看阿心是學醫的，她將來一定會成為一個很好的小兒科醫生，但她還是怕鬼。有時半夜裡打電話叫我過來，說是聽到房間裡有奇怪的響動。我告訴她那是房子木結構乾裂而發出的爆響。像這種老舊年代的建築是常有現象。她說還是害怕。勸她另找一個住處，她又捨不得這安靜的環境，離學校又近，跟房東相處得又好。女人們有時真的不可理喻。不過你千萬不要再提這案件了。」他們抽完菸之後回到樓上，看到阿心在房裡點了幾十根蠟燭，幽幽燭光掩映在藍色的玻璃瓶之間，像一串冰涼的音符，房間裡波光粼粼，像郤斯畫的運河街海底世界。

郤斯的腳傷好得很快，他自己動手把石膏拆掉，走路也不用拐杖了。洛杉磯旅館方面的律師向他提供一份二萬塊錢的痛苦賠償費，郤斯一生從沒見過這麼多錢。他在永不再找麻煩的切結書上簽了字之後，一張見票即付的銀行本票就躺在穹彎街的信箱中等他。阿心的考試結束了，戴維邀請郤斯一塊去北加州拜訪他的哥哥，中途先去蒙地西諾潛水。

7

他們在下午四點多出發，陷進下班的車流，過了金門橋就寸步難行。郤斯口袋裡多了二萬塊錢，同時也想感謝一下阿心和戴維在這段時間對他的照顧。提議在莎斯麗都先吃晚餐，找了一家臨灣的海鮮餐廳。三個人先在吧檯吃牡蠣喝白酒，欣賞海灣中的點點白帆。一盤牡蠣二十四隻，酒保當場一隻只替客人剖開，放在冰塊上，擠上鮮檸檬汁。郤斯點了一瓶八四年的羅伯特，蒙大維。一共開銷掉四打牡蠣，又上餐廳叫了西班牙海鮮飯，一頓飯下來加上酒帳、稅差不多二百六十塊，郤斯抽出三張百元大鈔壓在酒杯底下離席而去。阿心只喝了很少的酒，說要保留點清醒開車。

戴維酒喝得最多，不過他拒絕把方向盤讓給阿心，說這點酒對他是小意思。回頭告訴郤斯，他從六歲起就會開車了。阿心嗤之以鼻：「戴維，你這個牛皮也吹了太多次，每次新認識個人，就要吹一次。」戴維瞪著阿心：「我六歲時妳還沒生出來，怎麼知道我不會開車？」阿心頂回去：「車管所還發給你駕照了吧，拿出來看看。」「駕照倒是沒有，不過我們可以去問喬治。」

阿心向卻斯解釋喬治是戴維的哥哥，在蒙地西諾潛完水就要去看望他。卻斯饒有趣味地聽著兩人像小孩子一樣拌嘴，微笑著不說話。不管戴維是否吹牛，他車技嫻熟是沒話說的，那部野馬車就像他身體的一部分。他斜斜地靠在椅背上，單手掌著方向盤，音響開得震天響。車子隨著重金屬樂隊的節拍像跳舞一樣一上一下地聳動。路過的駕車人都側目看著他的招搖。阿心啐道：「你發神經了，小心高速公路員警，別忘了你已經有二張告票了。」戴維說這一帶他熟得很，這個時候絕對不會有公路巡警出現。

天已全黑，他們從一號公路拐上一二八號車道，這是一條又窄又彎，中間沒有間隔的盤山車道，道旁都是穹天茂密的紅木森林。戴維轉彎又急又快，卻斯坐在後面，這部老車沒有安全帶，離心力把他從左面甩到右邊，又從右邊甩回左邊，像坐雲霄飛車一樣。卻斯從沒坐過這麼瘋狂刺激的車，加上有點酒意，在後座一面左右滑動一面放聲大笑。阿心嘴上罵著神經病，卻也偷笑不已。在兩人的笑聲中戴維駕車愈加瘋狂，在一段九曲十八彎的盤旋車道上，突然關上車頭大燈，在伸手不見五指的黑夜中全速行駛。路邊都是幾人抱的巨樹，如果他一個疏忽撞上去，後果不堪設想。幾秒鐘之後他打開車燈。卻斯喝下去的酒都變成冷汗粘在背上。阿心卻好像司空見慣地說了句：「好了，玩夠了吧。」一邊點上一支大麻，深吸一口之後遞給戴維，再接過來傳給卻斯。在北京時他就聽說過這種「軟毒品」，這是他第一次嘗試，學著阿心的樣，深深地吸進去，壓在胸腔裡二十秒鐘，再慢慢地從鼻腔裡噴出來。幾個來回，大家都變得非常放鬆。阿心把音樂換成藍調爵士；納可。金那寬洪深沉的嗓音：「沿著那條六十六號公路……。」

卻斯太鬆弛了，身心都沐浴在微醺的音樂和搖晃的車身中。一個不小心放了一串屁，車廂中瀰漫著年輕人特有的屁臭。戴維大吼了一聲：「誰放他媽的屁。」卻斯窘得滿臉通紅，沒想到阿心卻平靜地說了一句：「那是我。」戴維聽了閉嘴無話。

如果你今天再問阿心和戴維關於去蒙地西諾途中的這個小節，他們保證記不起這點屁事。當時卻斯卻感動莫名。

住在柏克萊的二個禮拜中，阿心一直對他這個陌生的弟弟呵護備至，每天做出新鮮的飯菜，卻斯在她那兒吃到標準的四川涼麵和上海餛飩。阿心在上課之前總是做好三明治放在冰箱讓他當午餐。在空閑的週末，他們一起去夏特克轉角上的那家斯達巴克咖啡店消磨一個上午，一人一杯咖啡，阿心看書，卻斯畫那些進進出出的嬉皮們的速寫，有時分享一塊核桃蛋糕，安靜地聊著天。阿心從沒去過中國，關於中國的印象都是從寧波亨浪頭和她祖母那兒聽來的，幾十年前的老皇曆，比如她父親工作的第一家輪船公司在豐記碼頭上，聽說她們家在席爾頓路上的老房子住進了十幾家人家。哪一天她要回去看看寧波老家，還要在黃浦江裡汰汰腳。聽著這個美國女孩操著吳儂軟語憧憬著似是而非的中國風土人情，卻斯好笑之餘心中卻跟她親近起來，像碰見一個失散多年的朋友。他們很少提起紐約的卻斯母親和阿心父親。卻斯有點擔心住阿心那兒會不會妨礙她和戴維。她淡淡一笑：「沒關係，戴維從不在我那兒過夜。」

用任何標準來看，戴維是個絕對的柏克萊嬉皮文化產物；不修邊幅，放蕩不羈，頭上紮馬尾，手臂上刺青，抽菸喝酒用大麻，古柯鹼。如果寧波亨浪頭有幸見到他寶貝獨生女兒的男朋友，他所會用的形容詞只有一個「癟三」。

但這個癟三卻是個擁有博士頭銜的量子物理學家，在加大柏克萊做博士後研究。他跟一個韓國人，一個喀麥隆學生合租一幢二睡房的房子，坐落在柏克萊南面和奧克蘭交界之處。他住在那魚龍混雜的地方是貪圖房租便宜，另一個原因是為了買大麻方便，晚上出門，拐過街角就可以買到上好的「草」，戴維的工資一半花在他的癮上。

卻斯去過那房子一次，韓國人室友養了二條巨大的英國鬥牛犬，滿屋子的狗騷味，加上男人的膠鞋臭，和廚房中隔夜沒收起來的食物味道，水槽裡堆滿未洗的髒盤子，吃剩的披薩上落滿蒼蠅。天花板剝落，樓梯底下放一個塑膠桶，接著上面浴室漏下來的水。過道的牆上都是黃漬，地板鬆動翹起，走在上面吱吱直響，好好的一幢維多利亞式的房子被糟蹋得不成樣子。卻斯詫異房東幹什麼去了，聽任他的產業被如此地糟蹋？阿心說：柏克萊是個房客多於房東的城市，市政府裡的政客為了爭取選票，制定了嚴苛的租房管制來討好房客，房東一旦與房客有了爭執打官司的話，輸的一定是房東，不管他是怎麼有理。所以房東們都只好睜一隻眼閉一隻眼，只要還能收房租，房子沒有燒起來就該慶幸了。卻斯聽了不由感歎，說：現在中國的階級敵人都沒活得這麼窩囊。戴維在這房子待的時間不多，只是晚上回來睡覺而已。他白天在學校實驗室做實驗，下了班就直奔阿心住處。七點整，他一定在飯桌上準時出現，左手拿叉，右手握刀地坐在那兒，不住抽動著鼻子，大肆讚嘆著食物的香味。當菜餚上桌之後，戴維總是當仁不讓，搶先給自己拿菜，用叉子捲了大團的炸醬麵，嘴裡塞得滿滿的，還嗚嚕不清地叫好：「Great Chinese Pasta.」面對兩個食量巨大的男人，阿心像個溺愛弟弟們的大姐姐，只要他們吃飽吃好，就心滿意足，飯後連盤子都不讓他們洗。戴維在滿足口腹之慾之後，喜歡高談闊論政治和時事，他的政治觀點極為左傾，凡是美國政府的內外政策，一概都能被他挑出骯髒卑鄙的動機，有些論調荒謬無稽得連馬克思都會大吃一驚。卻斯常常會跟他爭辯起來，阿心在旁忙碌，洗碗，收拾廚房，在他們嗓音高起來時打個圓場。卡洛琳坐在窗邊長榻上，悠然自得地抽著戴維帶來的大麻煙，靜靜地聽著美國的左派和中國來的右派吵架，有時插上一兩句，她是站在戴維那一邊的，不過帶了過來人看透了一切的表情。

柏克萊凡是有任何的政治集會或民權遊行，戴維總是一個不拉地參加，不知道他是如何擠出時間來搞他那艱深晦澀的博士後研究的。有一次遊行示威跟員警撕打了起來，被抓去關在扣留所，還是阿心去把他保了出來。卻斯除了跟他政治觀點不同，平時相處得倒還不錯，戴維為人熱情，理想主義氣質濃厚，書讀得很多，知識面非常豐富。說到戴維離經叛道的那一面，比他更甚的有得是。戴維的哥哥喬治，也是一個物理學家，五年前辭掉了利物摩爾國家物理實驗室的工作，在北加州一處四面不見人的山裡買了六十英畝地，跟同性戀人一起住在那兒自耕自種。這次要去拜訪的就是他。

8

半夜他們才到達蒙地西諾，這是一個非常小的城。沿著海岸懸崖而建，左邊是霧氣瀰漫的海面，右手邊是一條一英里半的街道，此時只剩一二間酒吧還開著，朦朧透出寥寂的燈光。風從海上吹來，潮濕的空氣中帶著海藻的腥味。戴維說還有兩三個小時就天亮了，何必花那個旅館錢，大家在車裡打個盹算了。兜了幾圈，找到一個沒人看管的停車場，過去就是那片荒草及膝的海岸。戴維安排阿心睡後座，他和卻斯把前座椅子放平睡。戴維從行李箱裡取來一條毯子和二件舊的軍大衣，這些東西都散發著他房子裡的狗味和膠鞋臭，不過也沒法多講究了。卻斯抽完煙之後取了一件軍大衣，搖上車窗。他一天下來真的累了，那瓶蒙大維在血管裡緩緩地流淌，他很快地睡著了。

不知迷糊了多久，車門一響，戴維離開車子，大概是去小便。卻斯朦朧中聽得他回來，沒回到座椅上，卻鑽進後座阿心的毯子裡。車廂裡這麼小的空間，前面的椅背差不多貼著阿心的膝蓋。卻斯沒料到他們就這麼在車裡搞起來了，後座的動靜好像貼著他身邊進行。分分毫毫入耳驚心。阿心先是默默地抗拒掙扎。微弱的星光下可以見到在毯子底下滑動的手和扭來扭去的腰肢大腿。郤斯完全醒了，醒得雙目炯炯，耳中聽得男人和女人壓抑的喘息聲，皮椅有節奏地吱吱作響。他尷尬之極，拿不定主意是應該開門出去抽菸散步撒尿放屁，識相地騰出讓別人盡情的空間呢？還是乾脆不理，裝著睡得人事不知，第二天醒來作出一副好像什麼事都沒發生，沒見到，沒聽到？想得口乾舌燥也沒個頭緒。郤斯感到自己硬了起來，無恥地頂在緊繃繃的牛仔褲上。戴維的動作大了起來，阿心開始嬌喘連連。他真怕自己控制不住跟他們一起射了出來。過了好一陣，後座的兩個男女總算安靜下來。郤斯眼睜睜地看著海面上泛出淡青色，在椅子上誇張地伸了個大懶腰，打開車門踏進晨曦之中。

沿著這片荒涼的海岸，可以一直走到懸崖邊上，低頭向筆直的峭壁望下去，暗灰色，沉重的海浪湧動著，舔卷著赭色的岩石，飛沫濺揚。郤斯掏出擠扁的香菸，深深地吸了一口，在清晨冷冽的海風中，尼古丁甘甜無比。極目望去，白色柵欄後面的城鎮還掩在淡紫色的霧靄之中，此地一切建築還保留著西部大開發時的風貌，鱗次櫛比的房屋刷著深紅粉綠的顏色，雕樑畫棟，有木製迴廊和陽臺，都是古色古香的維多利亞風格。

沿著主要大街是一長列店鋪，大都是些酒吧餐館和賣旅遊紀念品的商店。二樓住家的窗臺上掩著百葉窗，屋後高聳著古老的水塔。街道窄窄的，為當年的雙輪馬車而建，到處都是松樹，年深代遠被海風壓得一律向陸地傾斜，大批的鳥雀忙碌地穿梭盤旋其間。郤斯回過頭來，一個人影逆光從沒膝的荒草小徑中向他走來，從身影步態上分辨出那是阿心，阿心走到他身邊站定，伸手從他唇上取走香煙，吸了兩口再還給他：「嗨，我們去找個地方喝咖啡吧。」她平靜地說。卻斯看進她的眼睛，那雙似灰似藍的瞳仁純淨無邪，找不到一絲昨晚激情的餘燼。卻斯自己卻臉熱心跳，不敢正視阿心，只得垂下目光去看她留在煙嘴上的一圈口紅印痕。

去潛水的地方還要往北走五英里，那兒有一個小小的漁港，汽車駛過架在懸崖上的高架橋，可以看到泊列在港灣中的一排排漁船。漁港裡的小店出租潛水用具，他們租了橡膠緊身潛水衣，灌鉛的腰帶，甲蹼和潛望鏡。戴維對這一帶很熟悉，帶著他們從懸崖邊的一條小道爬下去，來到一片礁石崢嶸的海灘上。對面聳立著一座海島，幾十頭巨大的海象棲息在礁石上。戴維說游到那座小島大概四十分鐘，問卻斯行不行？卻斯說沒問題，他在北京曾得過游泳比賽的冠軍。戴維說：「那好吧，阿心就交給你照顧了。」

更衣下水之後，戴維很快地就游得不見影蹤了。這兒的水不深，踩在海床上，水也只到腰際。但海底有暗溝，跌進去就會沒頂。水面下礁石犬牙交錯，不小心膝蓋撞上去生痛。不過海底的景物美妙無比，陽光折射進水裡，長長的海草飄拂，顏色瑰麗的海葵錯落星布，不知名的魚兒穿梭其間，鮮紅橙黃五色繽紛。卻斯雖然會游泳，但還是第一次潛水，不是太會用帶呼吸器的潛水鏡，幾次嘗試很是讓他嗆了好幾口苦澀的海水。灌鉛的腰帶是讓人可以擺脫浮力潛下水去的，但是使用不得法的話，該沉時沉不下去，該浮起來時又把人從水裡拖。

還有一次卻斯潛了下去，不辨上下左右，想要浮出水面時卻一直冒不出頭來，心中不禁驚慌，掙扎了幾下，忽然雙腳一下站在沙礫上站直了身，發覺海水只到胸口，自己也覺得好笑。小小的游泳池真是不能跟這廣袤無垠的大海相比。他環顧四周，阿心在十米之外，小島還有三分之一的路程。萬籟俱寂，海天寥廓萬裡，遠處島上的海象如一塊塊礁石一樣，一動不動。濤聲像脈搏一樣規律起伏，白茫茫的海面蒼涼悠遠。以這衡古的天地來說，人類的文明顯得那麼單薄脆弱，也許更像一種偶然。卻斯正在遐想，突然看到阿心向他急速地揮手，他遊近後，看到她臉色蒼白，強忍著痛楚：「哦，卻斯，我的小腿抽筋了。」一面攀住卻斯的肩，他連忙扶住她，同時不斷踩水，讓二人的頭部保持在水面以上。「是不是疼得很厲害？」阿心疼得連話都說不出來，只是點點頭。卻斯估了一下距離，大概十多分鐘可以遊到小島，遊回岸邊則需要半小時。此處海水已變深，雙腳夠不到底。卻斯問阿心能不能堅持一下，遊到島上去休息。「你把腰帶解下來扔了，攀著我的肩膀，不要用力蹬腿，浮在那兒就可以了。」阿心緊咬牙關忍著痛苦照他的話做了。卻斯也解下那條二十磅重的灌鉛腰帶，看著它在清冽的水中緩緩地沉到沙底，然後牽著阿心奮力向小島遊去。那些海象看到他們遊近來，紛紛撲通撲通地跳下水去。卻斯有點擔心這些龐然大物會不會攻擊他們，雖然他大約知道海象是一種和平的生物，但此刻看到這些幾千磅的水中巨獸就在身邊七八呎遠，心中還是有些害怕。所幸並沒有意外發生。

攀著礁石，卻斯把阿心拖出水面，扶著她爬上島去。這個小島上除了岩石和苔蘚，一無所有。卻斯找了一塊較平整的石頭，扶著阿心坐下。極目望去，戴維不見蹤影，卻斯把手捲成喇叭喊了幾聲，只聽得海濤的嘯聲和海鷗的鳴叫。他蹲下來，幫阿心褪去潛水衣和腳蹼，阿心的小腿肌肉由於抽筋變得硬繃繃的，卻斯用兩個掌心幫她搓揉，又旋轉推拿她的腳踝。阿心雙肘撐靠在石壁上，把那條抽筋的左腿橫擱在卻斯的膝蓋上，經過大力的按摩，小腿肌肉漸漸地回復了鬆弛柔軟。卻斯滿頭大汗地抬起頭來，正好與阿心的目光相遇，她淺淺一笑：「好多了，剛才疼死我了。」卻斯說：「海水太冷，抽筋是凍出來的，如果有點酒就更好了。來，再幫妳揉一下，等會我們還要游回去。」

阿心閉上眼睛，聽憑卻斯把她的腿抱在懷中繼續按摩。

也許是混血的關係，阿心的皮膚特別白皙細膩，卻斯第一次這麼貼近地觀察女人的足踝和腳掌，不由得心猿意馬，在按摩之際，欣賞把玩著這隻形狀柔細優美，足弓高高聳起的纖足，渾圓的腳踵透出淺淺的粉紅，腳心像嬰兒般地柔嫩，絲綢般白皙的皮膚繃在腳背上五根細細的蹠骨上，成扇形延伸到五個豆蔻般圓潤的腳趾。沒塗蔻丹的指甲修得整整齊齊，如珠玉般地可人。卻斯的指尖輕輕地滑過足弓，柔滑的感覺使他戰慄。如果，如果他膽敢低下頭去親吻這隻秀美的腳，把嘴唇貼在象牙般涼爽的皮膚上，讓滾熱的臉頰捕捉皮膚下血管輕微的律動，把那些柔軟的腳趾輕輕地噙在齒間，感受它們在唇舌間的蠕動，然後用舌尖舔遍足弓，輕輕地撓搔敏感的足底，看著五粒圓豆般的腳趾在微癢中一起蹺縮……

遐想無邊，心迷神醉，時光倏忽，卻斯在恍惚中醒過來時，不知道剛才自己有沒有失控，真的親吻了阿心的腳背？他抬頭怯怯地看了看阿心，她的臉色酡紅，眼瞼下垂，輕聲說：「卻斯，我們要回去了，你看，漲潮了。」

潮水已漲到離他們棲息的岩石不遠，遠遠望去，蒙地西諾懸崖比來時遠多了。必須走了，海水說不定會淹沒這個小島，卻斯有點擔心地問：「妳行嗎？戴維在就好了。」

「他可能已經游回去找我們了，抽筋差不多好了，我們不能等了，再待下去要做魯賓遜了。」

「那妳還像來的時候那樣，盡量放鬆，攀住我的肩膀，我們慢慢地游回去。千萬不要緊張，一緊張，小腿肌肉可能會再度抽筋的。來，把妳的腿放在我的胸口上，在下水之前再幫妳暖一下。」

還好，老天保佑，回去是漲潮順水。卻斯一手托著阿心，一手劃水，潮水一波一波地把他們往岸邊推送。阿心很鎮靜地傍在他邊上游著，兩人游累了，就漂浮一陣，抽筋沒有再度發生。當海岸的輪廓線漸漸地清晰起來，卻斯才放下心來。再近一點，看到戴維高高地踞坐在一塊礁石上向他們揮手。

上了岸，戴維扔掉菸蒂：「嗨，你們兩個去了哪裡，我等了半個多小時，正想游回去找你們，生怕那些海象把你們當午餐吃掉了。」

「阿心的小腿抽了筋，我們在那個島上休息了一會。」卻斯把毛巾遞給阿心讓她擦乾頭髮。

「哦，抽筋了嗎！現在好點了沒有？」戴維轉向阿心，伸出手臂，像要把她擁在懷裡。「甜心妳真的確定是沒有問題了嗎？」

阿心閃過戴維的擁抱，轉身去拿裝衣服的背包：「不是游回來了嗎？我有點冷，我們去吃午餐吧！」

他們三人坐在一家小店的露臺上，遠眺連綿不斷的碧海青天。阿心頭髮上包了毛巾，披著軍大衣，喝著戴維為她叫來的熱蘋果蘇打。店主兼侍者向他們推薦說：今天的英式奶油蛤蜊湯很不錯，剛出鍋。他們每人來了一大碗，火熱滾燙地撒上很多黑胡椒，就著蘇打餅乾吃。還叫了炸魚和薯條，魚是今早才打上來的，很新鮮，吃在嘴裡帶一絲甜味。一早上泡在冰冷的海水裡好幾個鐘頭，卻斯也真的餓狠了，狼吞虎嚥，很快就把他那一份吃完。阿心把她那一份魚排叉到他盤子裡說：「卻斯，我喝奶油蛤蜊湯就夠了，這個你幫我吃掉。」

下午他們去蒙地西諾逛商店，看畫廊。小鎮優雅精緻，到處是花團簇擁，飄蕩著咖啡的香味，行人道是用木頭鋪成的，保留著遠古的風味。小小方圓一英里的鎮上竟有幾十家畫廊，大部分是商品畫，但也有些陳列的作品很精緻，有一個俄國雕塑家做的高不盈尺的青銅作品，全是各種各樣的飛禽走獸，卻有一副人類的臉龐，掛著深思詭譎的表情，像是傳說中的妖精。其中有一座雕塑是狐狸般的動物，身上裹著穿山甲那樣的甲冑，尾巴高高蹺起，臉上卻呈現出一幅傑克・尼可遜式的詭譎笑容，這座雕塑通體布滿瑩瑩的銅綠，蹲踞在一個晶瑩斑斕的大理石基座上。大家都說好，阿心更是對這小精靈愛不釋手。卻斯掂起掛在雕像尾巴上的標籤牌，看到開價是五百元。於是掏出錢包數出五張大鈔買下，吩咐畫廊打包交送郵局，直接寄到阿心在柏克萊穹彎街的住處。

整個下午，戴維對阿心殷勤備至，一口一個甜心，到哪兒都摟著阿心的肩膀，走幾步就要停下來接個吻。也許，他早上潛水時只顧自己玩，忽略了女友，戴維想表達一下他的歉負。卻想不到旁邊的卻斯尷尬之極。他們一親嘴，他就得別過頭去。最後，為了眼不見為淨，索性跟他們各走各的，拐進小店去買了一杯咖啡，獨自坐在遮陽傘下抽煙看海。過了一會，阿心和戴維過來會合，阿心不經意地拿過放在桌上的咖啡，喝了一口，再交還給卻斯。

在咖啡的紙杯沿上，留下一枚清晰的，帶著口紅的唇紋。

9

第二天上路，他們先在路邊的水果攤上買了一大箱剛上市的櫻桃，大如鴿蛋，個個紫紅脆甜。今天是阿心駕車，她穿了條牛仔短褲，兩膝間放了一大袋櫻桃，光了腳丫子，邊吃櫻桃邊開車。沿著海邊的一號公路，巨木參天，光影斑斕。穿過伐木城尤利加，再轉去九十九號公路進入山區。喬治的農場位於雷廷城東面的夏斯塔深山中，一路上大山連綿，人煙稀少，半天才見到一輛載重卡車。海拔越來越高，空氣稀薄，他們這輛野馬跑車也有二十多年的車齡了，上山道上顯得有些力不從心，吭哧吭哧地爬得很吃力。遠處夏斯塔山峰頂上還覆蓋著皚皚白雪，在黃昏之際，夕陽斜照過去，天邊一片青黛，山頂的白雪卻映成了粉紅色。

公路邊豎了一個孤零零的信箱，戴維指引阿心拐上一條沒鋪柏油的泥路，再翻過一座小山岬就來到喬治的農場。喬治看起來幽四十多歲，非常地高瘦，滿臉風霜。站在他身邊的是喬治的同性戀人，比他年輕很多。車子一停穩，兩條巨大的秋田犬就撲上來撒歡打滾，拼命地舔客人的臉。戴維和他哥哥緊緊擁抱。卻斯環顧四野，這裡實在不能稱為農場，至少和他想像中的農場相去甚遠；高低不平的山坡上光禿禿的，只是在一片向陽的平地上停泊了一輛老舊的宿營車。柴油發電機連接著放在露天的冰箱，冰箱頂上擱了一具索尼收音機，天線高高地聳起。冰箱旁邊是一張粗木打造的桌子，還有幾張凳子。遍地是空瓶子和舊輪胎，幾頭小豬在腳邊拱來拱去。一個大型汽油桶放在兩個丫形支架中間，正在煙薰火燎地烤一隻全羊，那個叫西恩的同性戀小夥子不住地往羊身上刷醬料。戴維從野馬車後廂裡拿出兩打啤酒，晚餐就開在霞光映照的粗木桌上。溫溫的啤酒，烤得很好的羊肉，再配上菜園裡摘下新鮮蔬菜拌的沙拉。小豬們在桌下鉆進鉆出，與秋田犬搶奪桌上扔下的食物。卻斯喝著啤酒，心不在焉地聽喬治和戴維討論一個加州的新提案，說是明天在加州首府薩克門多有遊行示威。西恩是個羞怯的小夥子，很少講話，像個主婦那樣地切肉拌沙拉。看得出來，有客來訪是他們與世隔絕生活中一件大事。西恩告訴客人，喬治和他養了兩頭乳牛，平時自己擠牛奶喝。還有六十隻羊，兩百隻雞，都自然放養在野外。他指著遠處的山坡，笑著說：我們的家和孩子們都在那兒，喬治和他是富有階級。西恩說山裡非常清靜，最近的超市離這兒有六十英里，喬治每個月會去買些必需品，如電池和柴油發電機的燃料之類。阿心沉思著，問在你們野外如果生了病怎麼辦？西恩聳聳肩說：「有次我生病發燒到一百零一度，喬治就割開我手腕上的血管，放掉兩百西西的血，燒就馬上退了。」西恩還說他以前曾是舊金山芭蕾舞團的第二男主角，跳捷塞爾的。身體一向很棒，很少生病的。

在中國社會環境中長大的人，很難想像在美國這個繁華世界裡，會有人捨棄一切現代生活便利，心甘情願地放逐自己，到貧瘠的荒山野嶺中耕耘小小的一方天地。坐在卻斯面前的這兩個男人不是沒文化，到處流浪的紅頭頸。喬治和西恩都受過高深的教育，浸沐於現代文明的燻陶，並曾在上層領域佔有一席之地。那是什麼使得他們割捨下一切的親情，辭去工作，離開先進的實驗室，離開水銀燈下的舞臺，選擇了這塊荒蕪之地來度他們的餘生呢？話又說回來，既使毅然決然地出了世，那又為什麼念念不忘被他們拋在身後小小的政治波瀾呢？矛盾如此，真叫人百思不得其解。

坐在廣袤的星空下，初月掛在天邊，四周蟲鳴起伏。跟這些相識不過兩個禮拜的同伴把酒相談，天南地北，共用著一株香醇的大麻煙。卻斯所感受到的文化震撼是前所未有的。

戴維繞過桌來，在阿心和卻斯前面蹲下，說他非常抱歉，不能在此陪伴他們了。剛才和喬治說好，今晚就出發，連夜趕去薩克門多，以便參加第二天的示威遊行：「真是對不起，老遠過來卻把你們晾在這兒。好在我們一兩天就回來，我把野馬車留下，你們可以到處逛逛。冰箱裡有擠好的牛奶，羊肉還剩許多。噢，我差點忘了，離這半裡有一條小河，可以游泳。風景也很優美。你們會很享受的。」阿心說那些牲口怎麼辦？戴維說牲口不需要照料，你們只要照顧好自己就是了。

戴維笑著又說：「聽說薩克門多也有中國城，如時間寬裕的話我會跑一趟，帶個外賣炸醬麵回來鎬賞大家。真的，甜心，好久沒吃上妳的炸醬麵了。」

三個大男人擠在喬治的小卡車中，向他們揮手告別。直到卡車駛下山坡，卻斯這才想起一個驚天動地的大問題還未解決；今晚他跟阿心兩人怎麼個睡法？宿營車裡只有一張床位，看起來還算乾淨，床墊上有一股淡淡的古龍水氣味，像是文明世界的最後一縷幽魂。阿心在整理床鋪，卻斯尷尬地說：那我去睡野馬車的後座好了。阿心看了他一眼，說：「別傻了，這山裡的氣溫在夜裡可以降到很低。而且車裡睡不好的，擠一下吧。」又說：「噢，你能不能去河邊打點水來？一天下來，我都聞得到自己的汗味。」

卻斯提著塑膠水桶往河邊而去，心中七上八下，想到今晚將要和阿心同榻而眠，感覺是緊張又刺激。抬頭望天，夜色像夢境一樣籠罩著山巒懷抱的谷地，月光如水。卻斯一遍一遍對自己說：阿心是你法律上的姐姐，不可造次（寧波亨浪頭為了他能在二十一歲之前來美國而領養了他）。另一個聲音說：她和你又沒一絲一毫血緣關係，別裝腔作勢了。問題只是你自己把得定嗎？卻斯對這點確實沒把握，二具年輕的軀體躺在一張床上，肌膚相親，上帝都不能保證會發生什麼事。卻斯不禁想起在蒙地西諾的海島上，阿心雪白裸露的小腿被他抱在懷中，神迷意亂。還有那夜戴維和阿心在車後座做愛時的喘息聲，聲猶在耳。想著想著，卻斯真的把握不住自己，踏在山道上的腿都軟了。

那條小河布滿鵝卵石，淺水淙淙，水色清冽晶瑩。卻斯掬起一握冰涼的水，復在他滾燙的臉頰和額頭上，擦了身之後他脫下鞋襪，把雙腳伸進溪流之中，向後仰臥在草地上。天穹上繁星燦爛，紫色的夜幕低垂，遠山柔和的天際線淡淡的，一個大好晴朗的夜晚。卻斯思緒空白地躺了很久，夜氣漸漸地涼了起來，他打了一個寒噤，坐起身來擦乾雙腳。打定了主意，不管怎樣，睡覺就睡覺，別的什麼也不要多想。

阿心洗漱完了，穿著T恤和短褲先爬上床去睡了。郤斯檢查了一下烤肉的餘燼，抽了最後一支菸，再鎖上宿營車的門鎖，爬上床去，掀開毯子躺下。阿心背對著他，迷迷糊糊咕噥了一句「晚安」。郤斯平躺著，雙手插在枕下，一動也不敢動，宿營車天窗開著通氣，他眼睜睜地望著窗外一小塊黑暗的天空，幾顆星星在眨眼。他和阿心的身體之間隔著一尺的距離，不敢挨近去，毯子的空隙中漏進寒意來。外面萬籟俱寂，偶爾有夜鳥的啾鳴。阿心已響起輕微的鼾聲。白日的勞累使郤斯眼皮漸漸地變得沉重，終於沉沉睡去。

不知睡了多久，郤斯突然從熟睡中一激靈醒來，驚訝地發現有一個柔軟的身體在懷中。好一陣才恢復了意識，不知道在睡夢中，是他滑過去還是阿心滾過來，或許是那張彈簧鬆弛的舊床，把渾沌酣睡中的他們一起陷入它的凹處。阿心的睡姿像個小女孩，在毯子下蜷縮起身體，膝蓋頂著郤斯的腰窩，頭枕在他的肩上，兩手攀著他的臂膀，好像在蒙地西諾海灣中他們一起漂浮那樣。從車頂透進的微弱的星光下，她的嘴唇微啟，嘴角有細細的一絲涎水，眼睫毛輕輕地顫動，在無邪地酣睡，吐出很輕很淺的氣息在郤斯耳邊飄拂。郤斯盡量保持平躺的姿勢一動不動，但感覺到陰莖卻一點點脹大起來，終於像根旗杆那樣豎得高高的。他們的身體手腳像八爪魚那樣糾纏在一起，雖然有衣服的遮隔，但郤斯害怕在睡夢中阿心不經意地觸碰到那不聽話的器官，那就更受不了了。他掙了一掙被枕得發麻的肩膀，阿心就翻過身去，把背對著他，那條手臂還是被她壓在身下。卻斯跟著轉過去，把另一條手臂輕輕地搭上她纖細柔軟的腰肢，胸膛貼住她溫暖的背脊，把臉埋在她的秀髮中，深深地嗅進如蘭如麝的少女氣息。

他腰部以下還保持一點距離，不敢貿然靠上去，那兒像把尺樣筆直。這樣已經過份了，卻斯對自己說。擱在腰上那隻手不經意地碰到阿心乳房下半部，她沒戴胸罩，隔著薄薄的T恤，卻斯可以感到她緩緩的心律從柔軟的乳房上傳來。可惱的是，他自己中指的一根血管也在怦怦跳動，兩人的脈搏頻率混淆在一起。他的前臂擱在阿心那段裸露的腰肢上，少女的皮膚細膩溫潤如玉。哦，只要把手再移一下，伸進那層若有若無的T恤，沿著溫暖柔軟的肚皮向上移去，再把手掌罩在她那對小兔子般的乳房上，讓乳蒂停留在指縫之間，使它們在輕觸之下豎立起來……卻斯猛然煞住自己的綺想，他不敢，他想像得出阿心惱怒的樣子，她會滿臉輕蔑地摔開他那不老實的手，起身離他而去。而他將會羞愧得無地自容。哦，卻斯，夠了！就這樣罷。阿心和他並排躺著，雖然他滿腦子骯髒念頭，但幸好還沒越過界線。明天起來，他和阿心還能互相看進對方眼睛之中，還能像朋友姐弟般地相處，那是他越來越珍惜的。思及此處，卻斯漸漸地鬆弛下來，那隻手停在阿心的腰上沒有進一步動作，下身也一點點恢復原狀。他把阿心稍稍摟緊一點，大腿貼上她的臀部，膝蓋頂著她的腿彎。他們就像二隻蝦米那樣彎彎地蜷縮在毯子底下。在寒冷的清晨微曙中，卻斯盯著阿心頸背上淺色的茸毛，再一次地沉入夢鄉。

早晨來臨之際，卻斯還在朦朧酣睡之中，感到阿心醒來，脫出他的摟抱，爬起身來跨過他，推開宿營車的門走了出去。沒關緊的門縫中，漏進來陽光和新鮮涼爽的空氣。他伸了個大大的懶腰，再翻了個身繼續睡。其實他已經醒透了，但還是賴在散發著阿心身體餘溫的被褥中不想動彈。直到聞到一陣咖啡香味，才起了床，胡亂抹了一把頭髮，走出門去。

阿心不知從哪裡找到的咖啡和咖啡壺，她用三塊石頭架起一個小小的爐灶，生了火，那把草綠色的美國陸軍軍用咖啡壺騰騰地冒著熱氣。卻斯點上香煙，把咖啡倒進鋁杯裡。阿心從冰箱拿出一玻璃瓶牛奶，問他要不要來一點，卻斯用手蓋在杯口，搖了搖頭，「我喝黑的就好」。他啜了一口濃濃的咖啡，問道：「今天我們要做些什麼？」

「哦，今天的日程排得滿滿的，等會我們先去逛梅西百貨，然後再看一場電影，晚上要去中國餐館大吃一頓，再找個有舞池的酒吧，跳一晚的恰恰，你呢，有什麼計劃嗎？」阿心調侃地笑著。

「那我等一會要上健身房去，跑步機上跑個四十分鐘。然後在桑拿中捂一身大汗，再叫個芝加哥式的披薩來當點心。下午有空，也許可以打一場十八洞的高爾夫球，晚上嗎？如有精力的話，陪妳去看一場脫衣舞。」卻斯踩熄香菸，學著她的語調。

「可惜都太遠了。只是白日夢一個。」二人一齊大笑，卻所擔心的難堪和生份一絲也沒有影蹤。

他們翻過山梁去看那些自然放養的牛羊，兩人本想在那條小河中游泳，但河水太淺不能盡興，只能泡了泡身子。天開始熱了起來，陽光灼著皮膚，回到宿營地，阿心穿了比基尼躺在桌上作太陽浴。她俯臥在一條大毛巾上，叫卻斯幫她在背上塗抹防曬油。卻斯手掌上沾滿了粘粘滑滑的油液，面對這具纖毫畢現的美好軀體，猶豫著，遲遲不敢下手。昨夜這具活色生香的軀體在他懷裡引起多少綺想。阿心催促著要他動作快點：「你再這樣磨磨蹭蹭地，我都要被太陽烤焦了。」於是，他深吸一口氣，先從阿心的頸部和肩胛那兒塗抹起，然後沿著脊椎往下延伸。接著輕輕地解開她比基尼的搭扣，讓二條細細的胸罩帶子滑落，露出一抹雪白的乳胸。阿心閉著眼睛，眼睫毛微微顫動一下，沒有阻止他，也沒有移動身體。卻斯大了膽子，繼續往下而去，雙手緩緩地滑過阿心細嫩的腋窩，停在那盈盈一握的腰肢上。髖骨隆起的上方有一個小小的刺青，是一隻張牙舞爪的蠍子。阿心的腰肢曲線優美無暇，屁股飽滿而微翹，大腿修長，小腿纖細。卻斯看得忘情，搓摩這段部位的時間太久了些，以致阿心半氣惱半嗔怪地「嗯」了一聲，那是一點小小的警告。卻斯趕緊收攝心神，規規矩矩地繼續他的任務。

澄藍的天宇下，阿心戴著墨鏡，全身沐浴在金色的陽光中，好像是睡著了。索尼唱機裡播放著莎拉・伯得曼的磁帶，「是說再見的時候了。」

塗完防曬油，卻斯取出他一向隨身攜帶的速寫本，靠坐在粗木桌邊上，開始描繪這夢一樣的谷地，坡上有一株孤零零的橡樹，圓錐形的樹冠投下濃濃的陰影，一條依稀可辨的小路，蜿蜒地伸下坡去，遠山淡淡，牛羊來到小河邊飲水。在畫面前景是宿營車，露天的冰箱，一個身姿美妙的女體躺在桌上曬太陽。卻斯畫著畫著忘了身在何時何地，他以前那營營碌碌的生活退得好遙遠，好像是另一輩子的事。眼前這個青翠世界空靈悠遠，好像連時間都在慢慢地凝固。

山中方七日，世上已千年。

音樂啪的一聲停了。

「卻斯，請去把唱帶翻一個面。」阿心懶洋洋地叫他。

「ＯＫ！」卻斯站起身來「小心別曬融了。」

阿心大概曬夠了，坐起，背對著卻斯反手扣上胸罩。一面拾起卻斯扔在桌上的速寫簿翻看。

「這是不是格林？」她指著一個掘土者問走回桌邊的卻斯「哈，這是夏特克街咖啡店裡的嬉皮，你畫得可真像。」

卻斯從開始學畫以來，一直保持著畫速寫的習慣，在北京家裡有二十本這麼厚的本子畫滿速寫，記錄著從高中起他生活的軌跡。事隔多年之後翻閱，速寫本中某一個側影，寥寥幾根線條都會喚起那段生活的回憶，那是任何照片都代替不了的。

「嗯，我喜歡看你的速寫，但為什麼這裡面沒有我？」

好問題！卻斯進入阿心的生活已經三個多禮拜了，這段日子是他生命中最奇特的一頁。他來柏克萊之後也畫了不少速寫，但從沒勾畫過阿心的一根線條。為什麼？他問自己，唯一的答案是：阿心實在離他太近了，近到根本不能用速寫來表現他對她的感受。

「我要替妳畫張油畫。」卻斯宣布道。

10

在回柏克萊的路上，卻斯告訴阿心和戴維他決定在加州住下來。他喜歡這兒的自然風景，無拘無束的生活。他要為阿心畫一批油畫肖像，然後找個畫廊開個人畫展，不再回到紐約那個爛蘋果去了。

11

在柏克萊找房子可不是一件容易的事，特別在夏末秋初之時，從各地來的新學生大量擁入這個小城市。報紙上偶爾有個招租廣告，房東一天會接到一百通以上的電話。不過這兒的房東挑選房客都是小心翼翼，生怕找個定時炸彈上門。因為柏克萊是個嚴厲執行房屋管制的地方，聽起來像共產主義國家一樣，是不是？房客求租時都是笑臉迎人，像綿羊一樣溫順，好話說盡。住了進來之後，對不起，他是老大，房東是灰孫子。

一旦房東房客發生糾紛，市政府的仲裁委員會一定偏袒房客，不管那個房客是個怎樣的無賴。卻斯奔波了一個多禮拜，還是毫無頭緒。戴維說如果卻斯願意住起居室的話，他可以跟室友商量願不願意分租。卻斯正在猶豫是不是值得跟幾個邋遢鬼和兩隻猛犬擠在一起過日子。阿心卻說：白房子底層還有一間雜物室空著，在瓊安的套房後面，你可問問卡洛琳，她有沒有意思出租？

12

卡洛琳近來心情一直不好，在柏克萊，她算是個寬容的房東了，她能容忍格林拖欠房租，也能容忍阿心的嬉皮男友天天來訪。但她氣不過樓下的瓊安為了房子的隔音問題向房租管制委員會申訴，說樓上太鬧，以致她不能享受她法定的居住安寧。市裡真的來了檢查員，檢查了這幢七十年的老房子，限令房東安裝隔音設備。卡洛琳怎麼申訴也沒用。幾個估價下來工程的價錢都在五六千塊左右。卡洛琳除了出賣手上的IBM股票之外，實在拿不出這筆錢來。但這塊肉一割，她每季的股息就要減少，每月的出入帳目會出現赤字。她真的搞不懂當年的自由主義運動怎麼會弄出這樣一個結果出來，標榜平等的柏克萊變成一個多數人壓制少數人的政治絞肉機。她有時會反省當年那麼積極地參加反政府運動是否也是始作俑者，現在說這些也太晚了。卡洛琳心中鬱悶，只有花很多時間在迴廊上蒔弄她的蘭花。瓊安進出時給她狠狠的一個白眼。倒是瓊安像沒事人似的，還會「嗨」地一聲跟她打個招呼。

當卻斯坐到迴廊上跟她聊天時，她正好想找人一吐心中的怨氣。卻斯說現在很少看到像這種古色古香的房子了。卡洛琳去她房間取出一本印刷精美的畫冊，那是關於加利福尼亞特殊建築風格的書，其中有一篇提到這幢房子，說是屬於柏克萊建築學派的典型作品。畫冊刊登了照片，詳敘了維多利亞風格的細節，穹形的長窗，典雅的壁爐和雕花的樓梯。卻斯說這房子保養得真好。卡洛琳指指那些五色繽紛的蘭花，說房子和蘭花一樣，都需要付出心血去精心照料。卻斯又說鄰居們相處得這麼和諧。卡洛琳撇撇嘴說：不見得，到處都有心理陰暗的人，利用柏克萊的房管政策找碴，跟房東作對。卻斯也同意柏克萊的某些作法是不合理。兩人談得入港，在分享一根大麻之後，卻斯說近來在找房子，聽說層樓有一間房空著，他可不可以租下來？卡洛琳問道；你不回紐約了？卻斯說想在加州畫一批畫，開個畫展。卡洛琳說讓她想一想，其實心裡已經在盤算要開多少房價以彌補虧空。另外，她覺得有必要支持年輕人的文化追求。過了二天，她通過阿心轉告，卻斯可以租下那間房，月租二百五十塊。

13

阿心端坐在房間中央的一把高背椅子上，看著卻斯煩亂地用刮刀把畫布上的顏料刮去。這已經是阿心第二次為他做模特兒了，她抱怨三個小時坐下來比在醫院裡做實驗還累。卻斯卻不領情，怪她沒坐性，不斷地動來動去：「妳偏過去二英寸，對我說來就是另一個面貌的阿心，一張全新的畫面。」他知道並不能全怪阿心不安份，他自己太緊張，太急於求好。過份小心翼翼地想喚回當初在夏斯塔山中的感覺。靈感卻像飄翩的彩蝶，在花叢中一瞬而逝。阿心看他急躁煩亂，安慰他道：「慢慢來，肚子餓了吧？先去樓上吃飯。」

看著阿心在廚房中忙碌地準備晚餐時，卻斯心中突然湧起一股柔情，真想從後面摟住她那穿圍裙的腰肢，把頭埋在她肩上，用臉頰摩撫她頸背上淡淡的茸毛，感到她的身體在擁抱中微微地掙扎。要不是卡洛琳恰在這時走進廚房，卻斯也許真的會不顧後果地那樣做了。

「阿心，妳的烹調真是沒話可說，我每次走進廚房就饞液欲滴。」

「要不要跟我們一起晚餐，吃洋蔥煎豬排，夠四個人吃的。」

「謝謝，可惜我剛吃了一個乾酪三明治，下次吧。卻斯，能不能有個小小的請求？」

卡洛琳說，樓下那個老巫婆又在抱怨了，這次的抱怨是卻斯用來畫畫的亞麻仁油味道。瓊安抗議說她有呼吸道過敏的問題，亞麻仁油味道刺激得她整晚不能安睡。卡洛琳心有餘悸地說：「我真的怕了她了，卻斯你能不能幫幫忙不用亞麻仁油，否則她不知又要弄什麼花樣出來了。」

亞麻仁油其實是一種最溫和的調色油，比起松節油來味道淡了很多。不用亞麻仁油，達芬奇都畫不出油畫來。阿心在旁說：「我倒是喜歡那股苦杏仁的味道，卡洛琳沒問題的話，卻斯，你可以在我房間裡畫。」

這樣，卻斯除了回房間睡覺之外，差不多的時間都泡在那間布滿藍色玻璃瓶的大房間裡，白天阿心去上課，但房間裡還縈繞著她的氣息。卻斯重繃釘了畫布，不知為何，在這個房間裡畫起來比樓下順手多了，阿心的音容笑貌在筆下一點點浮現。在一個多禮拜的辛勤耕耘之後，第一張阿心的油畫肖像終於完工。卻斯在潤色之後把畫架豎立在壁爐架之前，想讓阿心回來有個驚喜。

快下午五點了，金色的夕陽從穹形長窗中漏進房間，阿心應該很快就回來，卻斯決定讓她今晚別在家做飯了，大家一起去上個館子，以慶祝他的第一張肖像畫完工。門上響起敲琢聲，卻斯按捺不住興奮，一步衝過去地拉開門，平時阿心有鑰匙，從不敲門。當他看到門口站的是卡洛琳，不禁怔住了。卡洛琳也是一臉的迷惑，眼睛望著卻斯身後的室內，「對不起，卻斯，阿心不在嗎？」

「她還沒回來，不過我想快了，有什麼事我可以幫忙嗎？」

「樓下有個小夥子要找阿心，我以前從沒見過他，所以沒讓他進來。你要不要去看看。」

卻斯三步併二步地衝下樓梯，迴廊吊椅中坐著一個黑人青年，背對著他。卻斯「嗨」了一聲，黑人青年站起，轉過身來。卻斯覺得他依稀面熟，卻怎麼也想不起在哪兒見過他。

「哈囉，我是塔哥，戴維的室友。」

卻斯一下想起來，塔哥是戴維的喀麥隆室友，「我們見過面。」他伸出手去跟塔哥相握，心中奇怪，他怎麼找到這兒來了，「去我的房間裡坐坐吧！」

「謝謝，不去了，阿心呢？」

「她應該馬上回來了，」卻斯想起好像有二天沒見戴維了。「有什麼事嗎？戴維呢？」

「我就是為這來找阿心的，戴維有麻煩了。」

14

晚上十一點多，阿心和卻斯才從奧克蘭警察局回到家中。二人都疲憊不堪，戴維從蒙地西諾帶了兩磅多大麻回來，本來是準備留著自己慢慢享用的。但前天晚上不知為什麼，他帶了十來包小袋分裝的大麻去拐角上出售，第二個顧客是穿便衣的條子，當場就把他銬進去了。昨天員警又到他的住處搜查，找到了剩下的大麻。所以塔哥跑來找阿心。

阿心回家之後晚飯都沒有吃，便和卻斯一起趕到奧克蘭警局。等到很晚才見了戴維一面，戴維穿著橘色的囚衣，鬍子渣拉，臉上有傷痕，雙手被銬在腰間的鐵鏈上。阿心見到他這個樣子，震驚之極，連話都講不出來，卻斯看到淚花在她的眼角閃耀，只是強忍著，沒讓眼淚滾落下來。戴維倒還鎮定，叫阿心不要著急，明天法庭過了堂之後，律師會把他保釋出來的。獄卒在旁虎視眈眈，他們也不能多說什麼。阿心卻斯離開警局大樓之後，叫了計程車回柏克萊。在車上，阿心顯得極為頹喪，一手撐著頭，憋了很久的淚水終於無聲地滾落下來。卻斯憂心忡忡地看著她，阿心則把臉別了過去。

卻斯握著她的手一路到家。進了房間，二人都還沒吃晚飯，阿心讓他自己去廚房裡泡碗麵，她自己什麼都吃不下。卻斯吃完麵，又熱了一杯牛奶，給阿心送進房去，看到她呆坐在沙發上，抽著一株大麻。他知道，這時候說什麼都沒用，就點上十來支蠟燭，關上大廳的燈回樓下去了。在半夜二點鐘，卻斯被阿心打來的電話驚醒。電話中阿心的嗓音嘶啞，說她有點害怕，問他能不能上來陪陪她？卻斯掛了電話，套上牛仔褲，輕手躡腳地上了樓。阿心的房門沒上鎖，他推門而入，廳裡點的蠟燭差不多要燃盡了，還剩一點餘輝在閃耀。卻斯反手鎖上房門，繞過屏風，薄暗中，他看到阿心和衣仰躺在那張高高的大床上。

卻斯拿了條毯子，把她蓋上，然後自己爬上床去，跟阿心並排躺下。阿心嘆了口氣，轉過去側身躺著，他順勢從後面摟著她。廳裡的蠟燭忽然火苗往上一竄，接下來滅了。月光從窗簾的縫隙中鑽進來，斜斜地把畫架上阿心的肖像剖為兩半。阿心像隻受了傷的鳥兒，身體在他懷中一陣陣地顫抖。卻斯心中好難過，卻又找不出合適的話語來安慰她。於是開始幫阿心作頸背按摩，想讓她放鬆一點。按揉了一陣後，他把手伸進阿心的衣襟底下，輕輕地撫摩光滑如緞的背脊，他的手指摸索到阿心胸罩的背扣，伸了進去。阿心沒有推拒，也沒有鼓勵他，只是靜靜地躺在那兒，一動不動。他大膽起來，解開了胸罩的搭扣，使手掌更為自由地在她背部遊走。摸索了一陣，他的手已繞到前胸，在鬆脫的乳罩底下，他握住了一對飽滿柔滑的小乳房。阿心的乳頭很小，在他的撫弄之下一點點變硬。在此同時，他不斷地吻著阿心的肩膀，後頸，耳朵，一面把她身上的衣物褪去。當他們全身赤裸地擁抱在一起時，他在黑暗中找到阿心的嘴唇，緊緊地吻住，手伸下去，滑過平坦的小腹，停留在那處津液淋漓的地方。他用手掌復在上面，一根手指探了進去，輕輕地撩撥那濕漉漉的花瓣。阿心大汗淋漓，口中不斷說：「哦，不要，不要。」身子卻緊緊貼住他的軀體。卻斯感到他的手在那兒已經通行無阻，女人的身體在他懷裡已軟得像一塊麵糰，一個翻身而起把阿心壓在身下。雖然腦子裡有個聲音像打鼓一樣「停止！停止！」但慾望的野性在血管裡像熱風鼓蕩非洲大地，呼嘯而來。他在洞開的門戶上滑動幾下，順勢頂了進去。卻斯自從前女友去了加拿大之後就再也沒與女人辦過這事，僅僅抽動沒幾下，爆發的高潮像寒噤一樣在他脊椎上襲來。腦子裡卻還保持著最後一絲清醒，他趕緊抽出身來，軟在阿心的身上，他早洩了。

不知過了多久，卻斯抬起頭來，在曙色微明中看到身邊的阿心，蒼白的臉上閃著淚光。他知道這次錯得一塌糊塗了，他管不住他的陰莖，睡了他法律上的姐姐。而且是在這麼一個阿心最軟弱和需要支援的時刻。他媽的真是該死。在懊悔之餘還有一絲為他差勁的性表現的羞愧。他低下頭去吻了吻阿心的額角，低聲說：「對不起，我不該這樣。」阿心什麼也沒說，只是安慰地拍了拍他的臉頰。

第二天，卻斯不敢正視阿心那蒼白的面孔。阿心去上課時，他躲在阿心的房間裡，一遍遍地回想昨晚每一個瞬間。她溫暖的柔軟嘴唇，留有比基尼曬痕的胸部，腰間的那隻蠍子刺青。他不得不承認，從一起去蒙地西諾潛水那時起，他就在下意識裡想與阿心做愛，情慾一直潛藏在丹田之中，一直被所謂姐弟名分抑制著。昨晚是洪流決堤，一發不可收拾。問題是：他和阿心在越界之後，是否還能像以前那樣坦蕩相對，親密無間？他對著鏡子問自己，不敢肯定。心中卻有一絲情慾滿足之後的惆悵。他伏在阿心的床上，掀開被子，使勁抽著鼻子，聞著枕頭上阿心的氣息，不知不覺沉沉睡去。

晚上阿心回來，照常做了晚飯，飯後幫著收拾完廚房，卻斯剛想逃回自己房間去。阿心叫住他道：「卻斯，你坐一下，我有話跟你談。」卻斯忐忑不安地在餐桌邊坐下，他猜得到阿心要跟他說什麼——昨晚我們都昏了頭，做下大錯特錯的事，下次絕對不可以再發生。說不定阿心還要趕他回紐約去。他誠惶誠恐地等阿心開口。

阿心皺著眉頭，顯得憂心忡忡：「卻斯，我今天打了電話給律師，戴維的問題比我們想像的要嚴重！」她看到卻斯驚愕的表情，說：「他這次是撞到槍口上了。」

在卻斯的想像中，戴維賣大麻給抓住應該是個監守行為六個月的事，大不了再罰點錢。他問道：「怎麼個嚴重法。」

阿心說：「加州剛剛通過三振出局的新法律，戴維以前已有過一次賣古柯因被抓的紀錄，加上那次跟員警衝突的事，這次他們不會很快放他出來了。」

三振出局是加州近來通過對付慣犯的法律，凡有二次以上的犯罪紀錄，第三次再被抓住，將被判處無期徒刑。不管這第三次是偷一塊披薩，還是搶了一家銀行。卻斯好像在報紙上看到過這則新聞，他當時也沒加注意。

「那我們怎麼辦？」卻斯一籌莫展。

「你這個週末陪我再去看看戴維，商量一下有什麼辦法。」

15

瓊安覺得必須做些什麼事來挽救她的居住安寧了。自從阿心搬進來之後，樓上的喧鬧一直沒停止過。那個嬉皮男朋友幾乎天天來，樓梯上上下下像跑馬一樣，每天深夜，她總是被一聲沉重的關門聲驚醒，那是戴維剛剛離去。有時阿心他們床上的動作大了點，聲響也傳到樓下來，搞得她半宿無眠。好不容易讓卡洛琳加了隔音設備，那是她去抱怨多次的結果。現在又來了個卻斯，每天晚上樓上樓下像開派對那樣喧嘩熱鬧。

她受不了卻斯畫油畫的氣味，整幢房子像噴漆廠似的，走廊上還有一股濃烈的大麻煙氣味。瓊安真的不能忍受下去了，卡洛琳這段日子看到她一副死樣怪氣的嘴臉，瓊安也不願跟她多講，跟這種過氣老嬉皮說什麼也是白費口舌，不過柏克萊房子一向緊張，現在要找這種合適的公寓怕是不那麼容易，當初搬進來看中的除了古色古香的壁爐和穹形長窗之外，還有就是安靜的環境。現在這安靜的氛圍被破壞殆盡。她有權利保護自己，瓊安提起了電話，撥通警察局，輕聲報告員警：在穹彎街的這幢房子裡，有人做不法的事情。什麼不法事情？抽大麻。

16

在週末，卻斯和阿心又去了奧克蘭警局拘留所探訪戴維，在那兒碰到戴維的律師，那律師是喬治的朋友，把阿心和卻斯帶去喝咖啡，告訴他們員警盯了戴維已有一段日子了，據說有人舉報了他，員警一直等到他動手賣大麻，才下手抓他。阿心問：「是誰舉報的？」

律師搖搖頭：「法庭顯示的員警證據材料上，舉報人的名字被塗掉了。不過根據我的消息來源，是穹彎街的房客做的。」

阿心跟卻斯交換了一個詫疑訊問的眼色。阿心又問：「那為什麼不當場抓他呢？」

律師臉上閃現一絲莫測的笑容：「警方一直為戴維那一幫不安份子耿耿於懷，他們一直想殺雞儆猴。三振法沒出來之前，抽大麻只是個輕罪，最多關上一個禮拜。販賣大麻就大不同了，罪名是販毒，是加州重罪。警方在現場抓住他，又在家裡搜出大量的大麻。在三振出局法之下，他們可以把戴維鎖起來之後，把鑰匙扔進下水道。可惜了……」

卻斯插嘴道：「在柏克萊，差不多每個人都抽大麻，但我搞不懂戴維為什麼去販賣？他缺錢嗎？」

這次輪到律師驚疑了：「他沒告訴過你們？喬治的同性戀人西恩染上了愛滋病，現在住在雷廷的醫院裡，戴維賣大麻，是為了寄錢給喬治。」

阿心和卻斯同時跳了起來：「什麼！我們二個禮拜之前還見過西恩，他看起來一點也不像生病的樣子。」

「聽說就是那次從薩克門多回來之後的事。你知道，喬治沒什麼錢，現在掛牌出賣他的農場，但一時脫不了手。我猜，戴維也是想幫他哥哥這個急忙吧。」

他們都怔住了。律師喝光杯中的咖啡：「事到如今，多說無益。我們只有盡自己的努力。我希望西恩生病這個事實能感動法官，從而減輕戴維的責任。我們保持聯絡，有問題請打電話給我。」

17

「你說是誰舉報的？」阿心在回來的路上問卻斯。

卻斯想來想去，卡洛琳自己抽得很歡，不可能是她。格林夫婦不是好管閒事的人，平時跟阿心卻斯關係都不錯，也不會是。瓊安？老太婆是不太友善，但照她受過高深教育背景來看，也不像是做得出這種事來的。加上她所有的抱怨卡洛琳和阿心、卻斯都一一讓步。也許，律師的消息不那麼確實。

「我想只有瓊安有可能，不過，戴維和我們又從沒得罪過她。」

「難說，那還會有誰呢？」

「我想不出來，穹彎街就這幾個人，格林，卡洛琳……」

阿心沉默下來，他們並排著走了很長的一段路。卻斯不安地看了看阿心，她雙眉緊蹙，若有所思。

「妳在想什麼？」卻斯問道。

阿心欲言而止，繼續悶了頭走路。

「怎麼了，妳有話就講出來。」郤斯覺得阿心看他的眼神有點怪異。

阿心停下來，雙眼充滿迷惘，郤斯也停步轉身向著她。

「郤斯，我問你，你有沒有不經意間——向人說起抽大麻的事？有沒有提到我們的大麻是戴維弄來的？」

郤斯一怔，當他回味過來阿心的意思之後，不禁心中又急又惱。「當然沒有。」天曉得，阿心把他想成什麼人了。

「你說我會去跟什麼人說？我剛來乍到，在這裡就沒認識了幾個人。」郤斯臉漲得血紅，心中的火氣一竄一竄往上冒。

阿心看到郤斯的神色，知道傷到他了，試圖安慰他，伸出手去扶郤斯的臂膀。

「你不要誤會，我只是在做排除法，把知情的人一一排除……」

「我不管妳怎麼想，但我從來沒給人這樣『誤會』過。」郤斯狠狠地摔開阿心的手，大踏步地回到穹彎街。

他把自己鎖在樓下的房間裡，阿心打電話來，叫他上去吃晚飯。他一聲不響地擱下話筒。阿心又跑來敲門，他隔著門惡聲惡氣地大喊：「別來煩我。」到了九點多鐘，肚子真的餓了，又不好意思上去。就溜出門去，走到大學街的漢堡王吃速食了事。

吃完速食，還不想回去，於是走進夏特克街上的一間酒吧。酒吧裡燈光昏暗，自動點播機放著低迴的六十年代爵士樂，稀稀落落沒什麼顧客。卻斯叫了一杯柯涅克白蘭地和一包馬勃羅香菸。獨自坐在酒吧一個角落裡，小口綴酒，大口抽煙，把尼古丁深深地吸進肺裡。這麼多天，陪了阿心奔走忙碌，竟換來她莫名其妙的疑心。卻斯又把這二三個星期中與人交往都細細回憶一遍，以確定他沒有在不經意間向人提過大麻的事。沒有，確實沒有。在柏克萊抽大麻雖然普遍，但也不是一件好炫耀的事情。而且，卻斯在柏克萊交往單純，數來數去就那幾個認識的人。這些阿心也不是不知道；她為什麼還會懷疑到他頭上。卻斯想得心灰意懶，叫了幾輪酒，一根接一根地抽菸。

一個美國女人挨近過來，三十來歲，打扮怪異，手上全是銀戒指，鼻孔和眉角還穿了環，一開口，嘶啞的嗓音像砂皮一樣粗糲：「年輕人，可以幫本姑娘買一杯酒嗎？」一邊不由分說地擠進他身邊的卡座。卻斯心中火氣本來就無處發洩，見她挨近來，如見蛇蠍一樣往旁邊一閃，酒杯往桌上重重一放，夾著香菸的手指點向女人，大吼一聲：「滾。」那女人碰了個大釘子，站起身來，嘴裡不乾不淨地嘀咕，卻斯耳中聽得「中國佬」三個字，心中火氣一竄，順手把半杯酒朝那女人潑了過去。那女人潑口大罵，差點打了起來。

酒保叫來了員警，那女人是個流鶯，警局的熟客，屢有紀錄。酒保的證詞也說是她先去騷擾顧客的。只是員警覺得卻斯看來不到喝酒的年齡，要查看他的身分證。卻斯一摸口袋，那張紐約的身分證沒帶在身上。這下員警和酒保都緊張起來，那女人在一邊幸災樂禍：「不到年齡就喝酒？這下要把你送去監獄囉。」員警喝令她閉嘴，跟卻斯說：你有兩個選擇，叫家人把身分證送來，或者跟他回家查驗。卻斯覺得二樣對他都不方便，就是讓阿心去他那一大堆亂七八糟的衣物中找，她也不一定找得到身分證，加之，這時心中氣還沒消，不想這麼快地請她幫忙。現在已經是深夜十一點了，這麼晚跟二個員警一起回去，穹彎街的鄰居們會怎麼想？他問員警能不能明天把身分證送去警局？一個員警懷疑而冷冰冰地說：「那你最好還是跟我們一起去警局過夜。」

沒有辦法，只得乘了警車回到穹彎街，一個員警押著卻斯一起進屋，另一個員警守在車裡。紅藍二色的警燈在靜謐的街道上閃爍，不多久就驚動了左鄰右舍。卻斯在亂糟糟的房中滿頭大汗地翻找他的身分證，從開著的門看見瓊安穿著睡袍跟門口那個員警不知嘀咕些什麼。卡洛琳，阿心，甚至格林都出來了；阿心顯然受了驚嚇，一個勁地問卻斯發生了什麼事，一面要進到房間裡來，卻給站在門口的員警攬住了。卻斯沒好氣地說：「不關妳的事。」最後，他總算找到了身分證，那員警翻來覆去地看了好一會，拿去車上用無線電跟總部查詢。卻斯從眼角瞥見阿心光了腳，蹲坐在樓梯的階梯上，憂心忡忡，眼中有淚光閃爍。心中不禁軟了下來，但他不想這麼快地表示和解，背轉身去，一語不發地點上香菸。那員警好一會才回來，告訴他可以明天去警局拿回身分證。卻斯問為什麼？員警說：你得補辦加州身分證。卻斯看看實在晚了，不想跟員警在這兒作更多的糾纏。於是回到自己的房內，鎖上門，躺在黑暗中。最近太多的事，搞得他思緒亂七八糟，而且晚上幾杯白蘭地喝得不痛不快，此時頭疼欲裂，只想好好睡一覺。電話鈴響起，他知道是阿心打來，此時他不想去作什麼解釋，順手拔掉電話線，繼續睡他的覺。不久門上響起輕輕的敲門聲。卻斯不理，敲門聲堅持著，他不想驚動隔壁的瓊安，於是起來打開門，再一聲不響地回去躺下。阿心躡手躡腳地進了房，鎖上門，在他的床沿上坐下。卻斯翻了個身，面向裡繼續裝睡。過了一下，他感到阿心在他旁邊躺下，胳膊環繞在他腰間。倆人一動不動地躺了好久。阿心幽幽地開口說道：「我剛才在樓梯的轉角處，聽到瓊安在跟員警說我們抽大麻，你明天去警察局，小心一些。」卻斯聽了不響，但究竟是誰告發的嫌疑，總算可以洗刷乾淨了。阿心又說：「我這兩天也是六神無主，戴維的律師說案情不樂觀。昨天我又接到喬治的電話；他在電話中大哭，說西恩就要死了，戴維又關了進去，手中又沒有錢，他差不多要崩潰了。我被他哭得心煩意亂，又幫不上忙，自己講話也詞不達意了，卻斯你不要再生氣了，噢。」卻斯沒說話，身體卻放鬆多了。過了一會，他感到阿心在他鬢角處親了一下，站了起來，開門回到樓上去了。

第二天一早，卻斯去了警察局，那個員警把他的身分證從抽屜裡拿出來，一面在手上把玩一面問他：「你在穹彎街住了多久了？」卻斯告訴他不到三個月。那員警說他從小在紐約布魯克林長大，卻到加州來娶了個吃素的老婆，一直很懷念紐約的大牛排。卻斯心想我又不跟你攀同鄉，嘴裡哼哼哈哈地應付員警，只想拿了身分證後趕緊走人。那傢伙話鋒一轉，問他認識不認識戴維？卻斯心想：果然來了。淡淡地說認識啊。員警問你們常在一起嗎？卻斯說還好。員警說還好是什麼意思？卻斯說還好就是不多也不少。

員警感到他話中的調侃味道，裝沒聽到，問：那你們在一塊都幹些什麼呢？

「哦，喝酒抽煙，吃飯，談女人。你說男人在一起還能幹什麼？」

那員警馬上抓住他的話柄：「抽什麼煙？」

卻斯心中有點緊張，但儘量放出平靜的神色：「馬勃路，雲斯登我都愛抽。戴維比較喜歡駱駝牌……」

員警知道從他嘴裡掏不出什麼，冷笑一聲把身分證扔在桌子上：「卻斯，你還年輕，好自為之。」

從警局出來，卻斯拐進街角的郵局，買了一張三千塊錢的匯票，用阿心的名義給喬治寄去。昨晚阿心走了之後，他想了很久，感到一種漩渦邊上的暈眩，太多的事情發生在這二個月，他需要獨處一陣，清醒一下，以便認清自己的處境，那張灰狗巴士票一年通用。在清晨矇矓睡去之前，他決定離開柏克萊，繼續乘灰狗旅行一段。

18

晚上卡洛琳在廚房跟阿心說：「郤斯先預付了我二個月的房租，裝在信封裡塞在我房門下。妳有沒有聽說他最近有旅行計劃？」

阿心怔了一怔，郤斯今早走時沒跟她見面，她還做了二個人的晚餐，正準備叫他上來吃飯。聽到卡洛琳這樣說，解下圍裙，取了郤斯以前放她那兒的備用鑰匙，下去查看。上來之後神色不定。卡洛琳關心地看著她，開玩笑地說：「小夥子被員警嚇著了？」阿心搖搖頭說：「應該不會，所有的東西都在，也許紐約有什麼急事，等會我打個電話問問看。」卡洛琳說：「不要把抽大麻的事放在心上，在柏克萊，這是一種文化，不要說南邊靠奧克蘭的那些地方，就是從香樟木街一直到棕熊嶺，這些所謂的高尚區域，我認識的每一個人都會來上幾口，大學教授、律師、醫生，無一例外。員警管得過來嗎！如果他為這個離開，叫他儘管放心好了，我擔保一定沒事的。」阿心說：「我想不至於，等我聯繫上他再說吧。」

19

周先生面色沉重地對他太太說：「妳最近有沒有接到郤斯的消息？阿心說他昨天不告而別，不知去了哪兒。」

郤斯的母親從帳簿上抬起頭來，詫訝地說：「沒有啊，我沒接到他任何電話，最後一次還是二個月前，說是要在柏克萊住一段時間。」她有一絲不安，問：「阿心還說些什麼？」

寧波亨浪頭說：「阿心急得要死，在電話中一直講：『都是我不好，都是我不好！』又不肯告訴我具體怎麼不好。二十多歲的人了，還是小孩子一樣，讓父母為他們操心。」

「不會是他們吵架了吧。」郤斯母親對這個兒子的脾氣很清楚，在北京也有過這種事，有一次郤斯十八歲還不到，跟他父親為點小事爭了幾句，離家去青島玩了一星期，期中沒一句知會，真的把家人急得發瘋。其實，他在外面倒是很會照顧自己。郤斯父親老是說：兒子的脾氣是她寵出來的。她不以為然，倒覺得如果吵架，出去走走未必不是一個好辦法，與其二個人湊在一起生悶氣，還不如出去散散心，少點摩擦。

「我想不會有什麼要緊的事，卻斯這麼大個小夥子，自己應該會照顧自己了。」她不想告訴寧波佬卻斯其實是「慣犯」的了。

「總是讓人懸心，何去何從，該讓家裡人知道一下。妳不知我這個女兒，一旦有事掛心，就喪魂落魄似的。那年她母親住院，我忙著在醫院照顧。她二個禮拜中就只喝牛奶過日子，掉了二十幾磅，人瘦得像根竹竿一樣。另外，卻斯來美國不久，外面情況錯綜複雜。希望像妳說的那樣；他會很好地照顧自己。」

「你放心吧。」卻斯母親安慰她丈夫，心中卻盤算明天打個電話告知阿心，卻斯有私自出遊的「癖好」。

20

阿心這二天真的像她父親說的喪魂落魄，早上起來，一掀窗簾，一排藍瓶子落地，打碎四個。其中有一個一九〇八年的骨董，那是她和戴維一起在派特魯瑪鎮的小店中找到的。現在「啪」地一聲成了絕響。她把碎片掃起來，裝進一個小小的布袋。中午放學回來發現鑰匙忘在實驗室裡，只好又跑回學校咖啡室吃個不知什麼滋味的三明治。傍晚接到卻斯母親的電話，講了很久，回到廚房看見卡洛琳正在打開所有的窗子，她放在煤氣爐子上的一鍋燉牛肉焦得冒煙。卡洛琳把那鍋烏黑的肉，連同鍋子一起扔進垃圾袋。又做了二份乾酪三明治，找出半瓶勃艮第紅酒，和阿心一起在餐桌邊坐下。她把酒倒進二個杯子，把一個杯子推到阿心面前，關切地說：「我知道妳近來很煩，要不要講出來，也許會好些。」阿心感謝房東的好意，只是覺得無處談起，事情全無頭緒，都懸在那裡。卻斯的母親雖然那麼說，到底還是使人放心不下。這也不去說了，比較頭疼的還是戴維的問題，律師說已過了二次堂，保釋金定在五十萬。阿心到哪裡去找這筆錢？唯一有能力的是她父親，但她實在開不了這個口。戴維跟他律師抱怨獄中真的把他當毒販看待，單人號子，二十四小時手銬腳鐐，每個禮拜抽二次血，檢查肛門有沒有藏毒。阿心想戴維這個智商這麼高的人怎麼會糊塗起來；本來就是在賣大麻的場合中給逮住的，地區檢察官就是以販毒的罪名起訴的，加上本來就與當局有過節，你還想能怎樣？想到這兒，阿心被自己冷酷的念頭嚇了一跳。她抬起頭來，正碰上卡洛琳關切的眼神，寬容溫和。阿心喉頭一哽，心中熱流洶湧。是的，她太需要有個人傾訴一下，善意理解的談話是能消除胸中的塊壘的。只是她實在不知道從何談起。半瓶酒很快就見底了，那盤三明治放在面前動也沒動。

她房中電話鈴聲響起，接完之後出來告訴卡洛琳，喬治打電話來說西恩已陷入昏迷，看來不久於世了。卡洛琳說可憐的喬治，這麼看著怎麼受得了。「喬治前一陣子差不多崩潰了，西恩這樣子，戴維又出事，這次好像好一點。」阿心想她自己也差不多是心力交瘁。喬治在電話中說收到她三千塊錢的匯票，阿心詫異是誰作的慷慨之舉？唯一可能的是卻斯，她知道卻斯手邊有一筆受傷賠償金。不過卻斯現在行蹤縹緲，無從求證。卡洛琳正在說當年她弟弟在越南陣亡之後全家的慘狀。阿心心不在焉地似聽非聽，卡洛琳說：「時間會醫治一切，喬治會一點一點恢復過來，戴維的事也總會有個解決。倒是妳自己，不要累垮了，心理負擔是最磨人的。妳看妳的臉色，蒼白得不成樣子了。」

「妳說得不錯」，阿心長長地透了一口氣，「我近來真的有點累，妳還有沒有大麻？我想來上一口。」

21

打火機是塑膠的，中國製造，二角五分錢一個。

大麻是淺綠色的，絲絲縷縷纏在一塊，撕開時帶著一縷草木的清香。產於加州蒙地西諾，二十塊美金零點五盎斯。

小心地從塑膠口袋中取出煙絲，平攤在二寸半乘一寸的捲煙紙上。用二個指頭搓撚成圓錐形，不鬆不緊，然後用舌尖舔濕捲煙紙的邊緣，會自動粘住。

如果你是老手，就不會急著點火。會先把整根捲好的大麻放在人中之上，鼻孔之下，緩緩地嗅過去。你感到太平洋的季風，蒙地西諾海岸夜晚的潮霧，以及加州陽光炙烤的溫度，大自然的氣息隔著薄薄的一層捲煙紙傳來。你擴張你的鼻翼，深深地呼吸，把這活活潑潑的氣息沁入心脾。

然後，拇指緊貼著打火機的滑輪，皮膚摩挲著滑輪表面的紋路，把煙輕輕地懸在唇上，一朵火苗在掌中竄起。

第一口衝進喉間的煙氣有些微的辛辣，屏著氣，關閉你的鼻孔和口腔，讓煙氣在齒舌之間迴蕩，慢慢地一股甘甜的涼意滲透開來，你放鬆，胸廓緩緩地舒張，讓這煙氣沉入你的肺葉。閉著你的雙眼，讓那在全身流蕩的涼意，解放你緊繃的神經。然後，你把煙用拇指食指小心地掂著，傳遞給旁邊的人。

腦中的憂慮已經燙平，你感到骨節開始喀喀作響，全身興奮細胞一一點燃，像三月清晨突然開遍山谷的罌粟，慵懶地伸展在陽光和微風中。強烈的光線穿透你的眼瞼，呈現出一個桔紅色的溫暖世界，這時，殘留的煙氣帶著昨夜的不適，今晨的頭痛從你的鼻孔中釋放出去。

你閉著眼，沐浴在舒適的微醺之中，有人輕輕地觸動你的手背，那根短了一半的大麻又傳回你手中。尾端有點受潮，那是別人的唾沫，你無所謂地接過來，急於要重新領略一遍剛才的感覺。你把手掌拱起，盡可能地收攏嬝嬝上升的青煙，你雙頰開始返紅，眼睛明亮，極其貪婪地深吸一口，那暗紅如血的煙頭迅速後移，快感在血管裡像潮汐一樣傳來，一波接一波。你身心開始飛翔，衣物自動脫落，周身都暖洋洋的。你的頭腦變得無比清明，像夜鳥翱翔在月光如水的山岡之上。時間已經失去意義，一剎那就是永生，永生也只是寓於一呼一吐之間。你徐徐地吐出長年累月鬱結在胸中的塊壘。皮囊還是那具皮囊，但精神是全新的。你變得積極、熱情、胸襟開闊，你包容別人，也讓別人包容你，這時做愛是美妙的，心無所思，只是享受，很容易進入高潮。當最後一截大麻遞到你手上時，已經變得像小小的螺絲釘似的一截，用一把精細的小鑷子鑷住尾端。珍惜這最後一抹天際的晚霞吧，聆聽著天籟最後的一絲餘韻。在冬日早晨的床上多賴上幾秒鐘，希望能把那個奇妙的夢做完。這最後一小截大麻被吸成一粒黑色的米粒才作罷。

加利福尼亞盛產上好的大麻，終年的陽光和充沛的雨水，使得從蒙地西諾到墨西哥灣成為大大小小的大麻種植園的沃土，這些隱蔽的莊園坐落在人跡罕到的深山裡，以躲避聯邦火器藥物局的一遍又一遍的掃蕩，配備著狼狗和先進偵探器的特工摧毀了大部分的大麻田，不過總有漏網之魚。當加工好了的大麻通過各種管道來到消費者手中時，利潤是巨大的，在錯綜複雜的銷售網中，很多人以此維生。不過像戴維這樣偶爾為之就被抓住是少見的。阿心實在是為他覺得冤枉。

現在說什麼都太晚了，阿心覺得腦子裡一團亂麻；她和戴維的關係維持了二年多了，時近時遠。和戴維在一起豐富了她的人生，開闊了眼界。他們有過心花怒放的日子，但日常相處，戴維放蕩不羈的嬉皮作風有礙她條理分明的天性，至於將來怎樣，像阿心這個年紀的年輕人是不會去多想的。她只是想怎樣才能幫戴維度過目前的難關。她心中對身陷囹圄的男友有一份欠愧，那就是第一次探監回來夜裡和郤斯發生了關係。

她早就看出郤斯對她情有所鐘，只是不知怎樣阻止他一步步走進這張網來。她並非對這個大男孩沒有好感，但並無意去發展那段關係。倒不像郤斯那樣看重由於雙方父母的婚姻而成為名義上的姐弟。更確切地說郤斯是她私人的朋友，是個很好的夥伴。所以她一直遊走在危險的邊緣而不怕跌進去。戴維被捕的那天，她所受到的刺激太大了，尤其是看到他滿面鬍渣身陷囹圄的樣子。那天晚上，如果不是卻斯而是另外一個不相干的男人，她說不定也會不由自主地那麼幹的。她在那時需要逃避，忘卻。

雖然卻斯母親打電話來安慰她，說卻斯賭氣出走是常事，不必太加理會。但她心裡還是委屈，知道自己講錯了話，傷了他。這些天來賠了這麼多小心，他還是連招呼都沒打一聲就走了。不過他給喬治寄錢去，證明瞭他不是心腸冷酷的那種人。他預付了卡洛琳二個月房錢，那就是說他還準備回來。能回來就好說，阿心這幾天覺得白房子裡從沒有過的冷清孤寂。雖然卡洛琳關懷備至，但她實在不是一個可以傾訴和商量的對象。卻斯回來就是再對她發發脾氣，但他在身邊，她就心安好多。

22

卻斯這次的灰狗巴士之旅糟透了，在西雅圖停下來時，他的感覺像是一塊在嘴裡嚼了六個小時的口香糖，乏味又黏牙。他在車廂裡厭惡地看著一路不變的加油站，速食店和購物中心。這兒的斯達巴克咖啡也好像跟柏克萊的不一樣，有一股焦糊的味道。到了旅館，外面又下雨，聽說西雅圖一年有二百多天是雨天。他睡到十點才起來，在市中心胡亂逛了逛，西雅圖看來和奧克蘭沒什麼兩樣，除了多一根巨大的棒棒糖型的尖塔。下雨天天光昏暗，烏雲很重，街上行人稀少，風啪啪地颳著淋濕的旗子。卻斯覺得這地方整個是個悲情城市。一切都那麼頹喪、蕭瑟。他逃離柏克萊為了恢復心情的平靜，到了這兒反而弄得更糟糕。既然沿途景物引不起他興趣，那就好好地款待自己吃一頓。晚上找了一家中國餐館吃飯，點了個炒蝦仁，端上來的是他長這麼大從來沒吃過的；蝦仁和切得粗粗的洋蔥片炒在一起。蝦仁又黏又糊，大概是在冰箱中放了幾年之久。他去上廁所時路過廚房，看到掌杓的大師傅是個滿臉鬍子的墨西哥人。結果他扔下大半盆炒蝦仁，回到旅館悶頭就睡。繼續遊玩的興致一點也沒有了。

23

阿心在廚房裡忙碌，下午最後一節課她溜掉了，去奧克蘭的中國城買了蔬菜魚肉。昨夜卻斯灰溜溜地回來了。阿心高興之餘，還覺得奇怪；才一個多禮拜不見，卻斯卻顯得很疲憊消沉，一點沒有度假之後精神煥發的樣子。另從他留下的房錢，阿心估計他至少在外面遊蕩一兩個月，想不到這麼快就回來了。這些都不去管它了，她今晚要好好地做幾個菜，犒勞一下卻斯和自己。理所當然地請了卡洛琳，在樓梯上碰到格林，在好心情衝動之下，阿心請他和太太在七點也來參加晚餐。

卡洛琳興致勃勃地給阿心打下手，她平日自己吃飯就是做個三明治，或開個罐頭，最了不起是在烤箱裡烤個布丁。碰到阿心下廚請客，對卡洛琳說來像是過節一樣。阿心像變魔術似地，在一陣砧板聲，幾聲油煙騰起之後，一盤盤色香味俱佳的菜餚就上桌了。卡洛琳自己也照著菜譜嘗試過，每次都弄得一塌糊塗，只得作罷。她一面安排桌子，一面跟阿心說笑：「阿心，妳去做小兒科醫生真是可惜了，我如果有妳這樣的烹調手藝，就一定在夏特克美食街開一家高級料理，只接受預定，那肯定會顧客盈門。」

「是嗎，妳倒真的說得我心動了。」

「當然，我是妳烹調技藝的絕對擁護者，妳如果開店，我一定天天上門。」

「天天上門當然歡迎，不過我這個醫學博士煮的菜會很貴喔！」

「那沒關係，我天天上門來幫妳做女招待，除了賺幾個可憐的小費之外，每天吃妳二頓飯，妳總要餵養妳的員工吧？」

「那我每天把員工的飯菜燒得又鹹又辣，讓妳上癮。」

「我就去法院告妳，讓法院判妳一輩子燒菜給我吃。」

門上響起輕輕的敲擊聲，卡洛琳笑不可遏地打開門；格林和他太太站在門口，帶了一瓶裝在紙袋裡的紅酒。格林還是戴著那頂蘇格蘭呢帽，繫了一條迪士尼卡通的領帶，他太太是個老實木訥的中年婦人，穿一件紫色的印花布套裙。好像很不習慣被邀請的樣子，手腳都沒地方放。格林則活躍異常地跟每個人開玩笑。卡洛琳安排了六個人的餐具，卻斯數了數，只有五個人與會。

「妳還請了別的人嗎？」他湊在阿心耳邊低聲問道。

「沒有啊。」

「何不請喬（戴維的律師）一起過來。」

「菜倒是夠六個人吃的，不過太臨時通知了吧？」

「他的辦公室就在夏特克街上，開車過來不用五分鐘，何不打個電話問問。」

阿心關掉爐火去打電話，喬本人接的，說他正發愁去什麼地方吃晚飯，他馬上就到。

阿心燒好最後一道菜時，喬正好趕到，他把一大捧鮮花送給阿心，在卻斯的介紹下，跟卡洛琳和格林夫婦一一握手。大家在桌邊坐下，喬解開領帶，端起格林替他斟滿的酒杯，一口下去半杯，望著瞪視著他的阿心和卻斯，緩緩地開口：「西恩今晨在醫院裡去世，我接到你們電話時剛剛才從雷廷趕回來。」

「啊，」卻斯、阿心包括卡洛琳都發出一聲驚呼。

「對不起，我不該講這個來擾亂這麼好的一頓晚餐，但我一路開車回來心中像壓了一塊石頭那樣，非得講出來才舒服點。」

「沒關係，」阿心說：「那喬治還撐得住嗎？」

喬飽經世故的臉上閃現一抹憂傷：「喬治當然傷心欲絕，但還撐得住。大概早有思想準備的緣故。我走的時候他對我說：『陪西恩走到盡頭，也了了他一大心事，如今他更放不下心的是戴維的事……』」他停頓了一下，望望同桌的人，卡洛琳正在跟格林夫婦解釋喬治和西恩的關係。

「沒關係，」阿心說道：「今天在座的都是非常好的朋友和鄰居，他們也都很關心戴維的事。」

「那好，喬治說：西恩一去，戴維是他在世上唯一的親人了，他會盡一切力量來幫戴維。最近有人開價買他的農場，出價只有他當初買進的一半，喬治說，咬咬牙也賣了。一俟過戶之後，他馬上來灣區，以便就近照顧。不過……」喬停下來，把杯裡的紅酒一飲而盡。

一片默然，大家都等喬接下去，只有格林太太對話題一點不感興趣，全部注意力放在那盤什錦炒麵上。格林起身又幫喬斟滿酒杯。

「不過戴維的事不容樂觀，作為喬治二十多年的老朋友，我是看著戴維長大的。當年他考進柏克萊加大，喬治帶我們一幫人一晚上喝了十四個酒吧。這一切就像昨天才發生的一樣。」喬顯然空腹喝了太多的酒，加上一天開車勞累，顯出幾分醉意來了。

「每個人都知道，戴維是個科學家，不是毒販，他偶爾為之是為了給他哥哥的朋友治病，我們這些人都可以上法庭作證。」卡洛琳點上一支菸，見義勇為地說。桌上每個人都緊張地望著喬。

「就在我回到辦公室之後，接到妳電話之前，」喬突然坐直，目光炯炯地在桌上掃過去。「我剛收到地區檢察官辦公室來函：戴維在昨天已解往鷺鸞灣拘留所。」他停了一下解釋：「鷺鸞灣拘留所是個中度警戒的準監獄，所有三振出局的犯人都關在那兒。」

「不是還沒有判嗎？怎麼會先解去那兒？」

「所以我說是個不好的兆頭，在地區檢察官辦公室心目中，案件已贏定了，所以他們有把握先送他去那兒。」

這時一直埋頭猛吃的格林太太突然插嘴道：「鷺鷥灣拘留所？我聽說過這個地方，我有個堂兄弟在那兒做警衛。」

阿心眼睛亮了一下，沒有作聲。

「警衛？」喬帶著調侃的語調：「可惜他不是這裡的法官。戴維的命運決定在這裡，這兒的人決定他要關在哪個籠子裡，要關多久，警衛只是棺材蓋上的釘子而已。」

「我們為什麼不能把警衛想像成一把和善的鑰匙，讓戴維多少得到點照顧呢？」卻斯覺得喬太悲觀了，抱著必輸的心情怎麼去打贏這場官司呢？

「我的堂兄弟在那兒幹了十六年了，他和太太就住在附近的小鎮上，他們有八個孩子。查爾斯是個和善的人，他太太一直說他入錯了行，應該去做牧師的，他跟很多裡面的犯人最後都成了朋友。」格林太太一面說一面把剩下的炒麵全部撥進自己的盤子裡。

阿心說：「謝謝妳，格林太太，也許有天要請查爾斯幫忙。」她又轉向律師：「不過最好不要到那個地步。喬，你還有什麼辦法可想，避免出現這個結局呢？」

律師聳了聳肩：「阿心，妳是知道我和喬治兄弟般的關係的。如今只能是盡人事，聽天命而已。我想戴維一定很高興有這麼多的朋友關心他支持他。你們什麼時候想去探望，給我來個電話，我來安排一下。謝謝妳這麼好的一頓晚餐。」

喬說開了一天車，想早點回去休息，卡洛琳和卻斯收拾桌子，把髒的碗碟放進洗碗機。格林太太對那盤炒麵意猶未盡，問阿心能不能給她食譜，阿心找出一本印刷精美的中國菜譜請她收下。

「吃了這麼豐盛的一餐，妳又送我這本漂亮的書。真是太謝謝了。我一直說，世界上只有二大系美食，中國菜和義大利菜，格林你說是不是？你有沒有筆，我想留下查爾斯的電話給阿心。阿心，告訴他妳是瑪麗安最好的朋友。查爾斯從小就聽我的話，他差不多是在我們家長大的。」

送走格林夫婦，卡洛琳回到自己的房間去了，餐桌邊只剩他們二人。阿心泡了二杯卻斯帶來的龍井茶，說：「你去西雅圖怎麼帶茶葉回來？這兒中國城有的是。」

「出去一次，總要帶點東西回來，茶葉又輕，體積又小。妳知道，我出門總是喜歡輕裝的。」

「還喜歡不告而別，是不是！不過你下次心血來潮時，最好還是通知一下，省得別人掛心。噢，你母親還從紐約打電話來過，你最好回她一個電話。怎麼樣，旅途如何？」

「還可以。」卻斯敷衍地說，腦中浮起在西雅圖淒風苦雨的日子。

在出門遊蕩的日子裡，他多麼地懷念這個布滿藍瓶子的房間，多麼地懷念阿心煮的家常飯菜，阿心常常會在下課後叫上他，二人開了老野馬車，匆匆趕去奧克蘭中國城買菜，阿心從不耐煩找停車位，總是在店門前違例泊車，叫卻斯守著車子，她幾分鐘就提著大包小包回來。回家後，阿心總是快手快腳地煮出晚餐，或豐或儉，每次都弄得那麼合他口味。他特別難忘那個突發的晚上，跟阿心的肌膚之親，那幾十秒鐘好像烙鐵一樣烙在他靈魂深處，他在旅途中沒有一天不回想的，又惆悵又甜蜜，伴隨著一絲罪惡感。

阿心放下茶杯，站起來走到卻斯身後，雙臂環繞在他的肩上，把臉貼在他的臉上摩娑，輕聲說：「歡迎回來，卻斯，我好想你。」

「我也是。」卻斯啞著嗓子回應道，他拿開繞在肩上阿心的手臂，反身把她抱過來，跨坐在他的腿上。又把嘴唇埋在阿心的頭髮裡，頸窩處，親吻著，拱著摩挲，像一頭狗似地深深地抽著鼻子，嗅著久違了的氣息。

「不要，不要，」阿心用力躲閃推他。「我身上都是油煙氣味。」

「對了，妳身上不但有油煙氣，加上一個禮拜沒洗澡，還有一股蜂蜜加薄荷的味道，噢，那是大麻的味道。一個禮拜沒聞到，饞死我了。」卻斯一面咕嚕，一面在阿心的耳際、頸窩、胸前繼續拱著、嗅著、親吻著。

兩人親吻了一陣，阿心掙脫他的摟抱，滿面通紅地坐直身體，理理散亂的鬢髮，說：「坐好，卻斯，坐好，我有話跟你講。」

卻斯坐直了，雙手抱著阿心的腰，還是讓她坐在腿上，他們的臉相距不到一呎。

阿心把手指插進卻斯的頭髮。「卻斯，我不許你再像這次這樣開溜了，你一走痛快，不知道別人多提心吊膽。」

郤斯親吻著阿心的鼻尖，玩笑地說道：「腿是長在我身上，有時控制不了，從小我媽都拿我沒辦法，妳沒有這個權利命令我。」

「錯了，我當然有這個權利。」阿心看著郤斯的眼睛。

「什麼權利？」郤斯錯愕地問道。

「因為我們睡在一起，我們做過愛。」

24

房間裡點起了無數的蠟燭，幽幽火苗隱在一排排藍瓶子之後，高高的天花板上光影忽明忽滅。隱藏在壁爐架上的音響奏著舒伯特的〈菩提樹〉。一縷印度安息香在一個銀盤中嬝嬝升起。

如廁身在伊甸園中，一對青春男女全身赤裸，相擁著躺在壁爐前的大地毯上。他們已經如飢似渴地作了兩次愛，第一次，卻斯還是不到五分鐘就洩了。第二次則正常得多，從床上到沙發上，再滾到地毯上，前後差不多續持了三刻鐘之久。燭光之下，阿心的臉龐燦若桃花，眸子亮若晨星。在貼身纏綿之中，阿心並不像他以前的女朋友那樣喜歡大呼小叫。只是當高潮來臨之際，她緊咬著下唇，眼瞼不由自主地翻上去，翻出眼白。雙手緊緊地摟住卻斯的胯部，身上一層一層地出汗。當卻斯抽離她身體開始射精時，她全身抑制不住地一陣陣顫抖，好久才平復下來。卻斯卻沒有一絲倦意，跪在地毯上，翻來覆去不仕地親吻這具白皙玲瓏的女體，從汗涔涔的脖子開始，一隻手指輕撫過修長的脖項，纖細的鎖骨，秀美的肩膀，阿心的胸部飽滿，挺翹而富有彈性，奶頭是淺粉紅的，嵌在雪白的乳房上，靠近心臟的位置有一粒米粒大小血紅的痣，如天然的紅寶石那般地鮮豔。阿心的腰肢纖細柔軟，沿著平坦光滑的小腹下延，剃得乾乾淨淨的陰阜微微隆起，潔白無瑕，如剛發育的少女。卻斯貪饞地把頭埋在那充滿女性氣息的花蕊之中，用手指，嘴唇不住地摩挲著，愛撫著，用舌尖挑逗，輕咬，吮吸，親吻著。阿心緊閉眼睛，低聲呢喃呻吟著。手伸下來，插進他的頭髮。把他的臉緊緊地貼著身體。情到濃處，卻斯欲罷不能，一次次地俯下身去，尋找那令人心神迷醉的桃源之處。在強烈的感官刺激下，阿心的頭向後仰著，整個人像把弓那樣繃緊，腿呈一字形地張開，喉嚨深處發出一陣陣快要窒息般的嗚咽聲……

青春的潮水終於退回黑暗的海洋，極度的高潮曾如死亡般地吞噬了一切。身上的汗水乾了之後，一陣寒意襲來。阿心躺在那兒不願動彈，卻斯起身取來毯子把他倆蓋上，在毯子底下聞得到他倆身上出汗的鹹味。

「妳要不要去沖個澡。」卻斯問道。

「明天早上再洗吧，我現在一點都不想動，我就想這樣躺著說說話。」

「好吧。」卻斯把毯子拉到下巴處，等阿心說下去。

在燭火微明中，阿心靜默了好久，再開口時竟有些哽咽：「我近來有些混亂，自己也不知道怎麼了，總是覺得像走在懸崖邊上一樣，戴維的事還沒弄清楚，現在又摻進來個你，弄得我心力交瘁。有時我想，二十二歲的年紀，我已經覺得很老很老了。」

「戴維跟妳到底怎麼樣了？」卻斯取來菸灰缸放在壁爐前的石階上，點上香菸問道。

「怎麼說呢，要知道，我已是戴維第四個女朋友了，我們既沒論及過婚嫁，也沒有承諾過什麼。卻斯，你知道在加州就是這樣，男女朋友並說明不了什麼，大家只是在同一段時間走同一段路而已。」

「那妳為什麼還這樣憂心忡忡？」

「本來在出事之前，我們已經比一年前淡下來好多，我始終覺得他身上有種叛逆的東西跟我今後的人生格格不入，但當初也許就是這種氣質吸引了我。說真的，近幾個月我們已經很少在一起，我想他也多多少少有點倦了。我一直想順其自然，反正也快要畢業了，今後何去何從也不知道，一直到他這次出事……」

「妳說很少跟他在一起，我看他還天天往這兒跑嘛。」卻斯嘴上這麼說，心中其實是不無醋意地想起蒙地西諾他們在車裡做愛的情景。

「他是個懶鬼，把我這兒當著食堂而已。你不要打岔，讓我說下去。」阿心接過卻斯的香菸，抽了一口，又還給他。

「事情變得全亂了套，我不能就這樣走開。戴維如今除了他哥哥之外就只能之指望我，無論如何，不管今後怎麼樣，他在裡面一天我就得維持下去，至少給他一個精神上的支持。」

「那他真的被三振出局，妳也陪他一輩子？」

「我也不知道，你一提這個我就心煩。我總是想不通；他一個量子物理學家，讀了一輩子的書，在三十歲不到，就被和最下流最惡毒的罪犯關在一起。就為了賣幾包『草』？他的下半輩子就這樣報銷了？我總覺得事情不會像喬說得那樣絕望。」

「執迷不悟。」卻斯忖道；阿心還是心懷僥倖，不撞南牆不回頭。喬是吃那行飯的專業律師，如果有辦法，他怎麼會那麼悲觀。一句話：戴維為了這幾個小錢被關上一輩子是不值得，問題是他正好撞到槍口上去了。就像他自己在六四時期撞上槍口一樣。他不敢把這話講出來，阿心會覺得他站在戴維的情敵的位置上，幸災樂禍。他摟了摟阿心赤裸的肩膀，說：「妳剛才講到懸崖，我倒想起一個故事，要不要講給妳聽？」

「嗯。」

「有一年我十七歲，也是跟家裡吵架，一個人去了青島，妳知道，就是中國出啤酒的那個城市。」

「原來你早有劣跡，早知道就不讓你來柏克萊了。」

「別鬧，妳聽我講，青島附近有座山，叫嶗山，山上有個廟。」

「廟裡有個和尚。」

「不對，廟裡有個道士，妳也許要問，道士應該住道觀的，怎麼住在廟裡？其實我也搞不清他是僧是道。中國那時和尚不剃光頭，道士也不束長髮。嶗山是出名的道教勝地，所以我猜他大概是道士。」

「是不是他看你跟家庭有矛盾，想化你出家，跟他作徒弟？」

「這倒沒有，我進廟喝茶，不知怎麼的跟他聊了起來，我那時是少年不知愁滋味，為賦新詞強作愁。跟他發了一大通牢騷，抱怨這個，抱怨那個。那老頭兒鬚眉亦白，微笑著坐在蒲團上靜靜地聽我大發謬論。」

「中國式的心理醫生，他有沒有開藥方給你？」

「有，藥方是一個故事。」卻斯停了一下。

「故事是不是又是有座嶗山，山上有個廟，廟裡有個不知是和尚還是道士的心理學家？」

卻斯親了阿心一下：「妳猜錯了，故事是這樣的：有個人在山上行走，狹路相逢一隻老虎。那隻老虎已經很久沒有進食了，看到他就張牙舞爪地撲上來。」

看到阿心注意聽了，卻斯慢吞吞地說下去：「這個人只能轉身拔腳逃命，慌不擇路，一逃逃到一面懸崖邊上，那老虎看到獵物已無路可逃，反倒不追逼了，坐在那裡舔牠的腳爪，準備等一下享受一頓人肉大餐。」

阿心眼睛睜得圓滾滾地盯住他，聽他繼續講下去：「那人突然看到懸崖邊有一根胳膊粗的藤條，垂下那無底的深淵去。他趕緊一貓腰，攀住藤條往下爬去。那老虎一看到嘴的肉竟然溜了，不禁大怒，衝到懸崖邊大口地用利牙咬那根藤條。那人吊在半空的藤條上，下面是深不見底的峭壁，上面那老虎已經把條胳膊粗的藤條咬斷一半多，那藤條已支撐不住他的體重，眼看就要斷裂。這時他真是上天無路，入地無門。」卻斯講到這兒賣關子地停住。

阿心沒說話，只是用力推推他，催他講下去。

「這人在這萬分危急的時候，突然瞥見懸崖峭壁的石縫中長著一株野草莓，飽滿的莓果鮮紅欲滴。他騰出一隻手來，摘下那顆漿果送進嘴裡，滿嘴鮮甜的汁液，他覺得是他人生中所品嘗過最美好的珍品。」

「完了？」

「完了。」

「一個不錯的犬儒式的故事。」阿心沉思地自言自語：「但如果他吊在懸崖上而找不到那草莓怎麼辦？」

「努力去找，沒有找不到的事，」卻斯低下頭去親吻阿心的乳頭：「我在這兒就找到二顆。」

25

吊在藤條上的日子就這樣過了下去，卻斯白天在樓上畫畫，吃完晚飯就回到自己的房間，俟到夜深人靜，再躡手躡腳地潛上樓去，爬上阿心那張高高的大床，有時瘋狂地作愛，有時就相伴聊天。期間發生兩件大事，一是阿心已經畢業，要進入醫院實習階段，二是戴維已經宣判，就像喬講的那樣，作為永久居民在鷺鷥灣住了下來。

那天阿心情不佳，拒絕了卻斯的求歡，說：「今天我有點頭痛，你就這樣抱著我，談談話，好嗎？」

「讓我們把衣服脫去互相抱著。」卻斯要求道。

「不，脫光了你哪裡安靜得下來。」阿心抓住卻斯伸到她胸脯上去的手。「我有正經話跟你講。」

卻斯滿腔的激情被潑上冷水，不過他看阿心一本正經的樣子，遂收攏心情，側面躺著，一手撐著頭，看著阿心說：「我聽著呢，你講吧。」

「卻斯，我今天接到史丹佛醫學院聘我做住院醫師的通知。」

「那好，去史丹佛是你所能做的最好的選擇了。」

「但是現在我卻改變主意了，不想去了。」

「為什麼？」卻斯驚異地問道。

「第一，我不想離開這白房子，但如果每天通勤的話，一則太遠，路上要三個小時，二則不知道我那部老野馬支持得住嗎……？」

「這不是理由，你可以長租一部車……。」卻斯打岔道。

「讓我講完，第二，戴維的事還沒個著落，自你從西雅圖回來之後，他轉到鷺鸞灣去了。我們都還沒去探望過他。」

「這沒問題，哪個週末我們開車去一次好了。」

「去了又怎麼樣呢？帶個炸醬麵給他？這樣只會引起他的傷感，我就是為了這個一直拖延著不去的。」

「那是我們所能做的而已，除此之外，我想不出我們還能做什麼？老帥已被將軍了，現在是一盤死棋而已。」

二人都陷入沉默，良久，阿心開口問道：「卻斯，你什麼時候回紐約？」

「妳是什麼意思？想趕我走？告訴妳中國有句話叫『請神容易送神難』。我不走了。」停了一下，他又說道：「妳又不是不知道，長島那幢房子悶得要死。加上跟妳父親和我母親一起住，那日子怎麼過得下去？」

「所以你像難民一樣逃來加州了？」

「這倒不是，其實妳父親人很好，很會替人著想。妳沒見過我母親，她很能幹，但太精明了一點。」

「我跟她通過電話，是一個很和氣的人。」

「她也很會照顧人，但就像一杯加了太多糖的牛奶，你還沒喝完就膩了。」

「怎麼個膩法？」

「太多了，比如不要吃太多的速食，不要喝太多的可樂，不要抽太多的菸，襪子要天天換……」

「這沒有什麼不對啊。」

「是沒有什麼不對，但她天天在你耳邊聒噪，讓人煩得要死，好像你老是長不大似的。」

「聽起來像我祖母，老太太也是一天到晚講個不停，煩得我只想逃家出走，但現在有時想想，我到底是她從小帶大的。」

「怪不得妳一口寧波腔國語講得這麼標準，老太太現在還在嗎？」

「她一個人住香港，她跟我父親漂泊了大半輩子，住過歐洲、美國。但從來沒習慣過國外生活，我一上大學，她就吵著要回香港，情願住那三百平方尺的鴿子籠。」

「怎麼說？」

「我想她除了語言不通，飲食不慣之外；最主要的是不能接受世俗人情，她看不慣的東西太多了，她對我父親娶了一個洋女人一直不能釋懷。」

「但妳是她從小帶大的。」

「我是我。她和我母親在一個房頂下生活，一年不講三句話。」

接下來一陣沉默，半晌，卻斯突然冒出一句：「如果她知道我倆這樣躺在一起，不知會怎麼想？」說完，他自己就後悔多嘴了。

阿心坐起身來，取過放在床邊的香煙點上，深深地吸了一口。

「那還用說，她說不定會中風。我也想不出我父親會如何？雖然他為人比較寬容。你母親呢？」

「我母親是個很會適應環境的人，妳看她能在中國最高學府裡教書，到這兒來也能踩衣車。她在中國是共產黨員，到這兒來突然皈依基督教。這麼大的彎對她一點問題也沒有就轉過來了。不過，對我們的關係我不敢說她能轉過來。」

「這關係是有點出格，不過我並沒有太在意，我們畢竟不是真正的姐弟，我們沒有任何血緣上的關係。」

「我同意，但法律上不是這樣看的。」

「操它的法律。」阿心罵了一句粗口：「法律是個婊子，給政客們呼來喝去，你看戴維的案子，你再問問卡洛琳關於柏克萊的法律。」

「怎麼樣，柏克萊的法律不容許我們睡在一起？」

「胡說八道，我是說卡洛琳會告訴你，柏克萊的大小政客為了討好選民，制定了多少不合理的法律，房租管制就是其中之一。」

「噢，這她跟我講過，不過妳是房客，她是房東，妳怎麼站在她立場上說話？」

「這不是房東房客的問題，而是合理不合理的問題。我們也扯得太遠了。郤斯，我問你，你是不是有點後悔了。」

郤斯沉默，阿心的話擊中了他心中一處什麼地方。他在縱情聲色之餘，內心深處的那絲犯罪感油然而生。他一直自己否認，為自己的行為找種種理由，但那股困惑感一直揮之不去。

「我沒有，」他清了清喉嚨道：「不過有時有點混亂和困惑。」

「嗯?!」

「一直使我困惑的是，我們將來怎麼辦？且不說戴維的事，就算妳跟他分手了，我們能這樣一直在一起嗎？或者，說得明白一點，我們能結婚嗎？」

阿心的眼瞼跳動一下，半晌緩緩地開口：「謝謝你這麼轉彎抹角地向我求婚，你想得太遠了一點，忘了你那個藤條上的故事嗎？至於戴維，總有解決的一天。」

26

他們在星期六早上動身，在隔夜晚上先在夏特克街的葡萄酒專賣店裡挑了一箱八八年的聖海倫娜紅酒，是準備作為禮物送給查爾斯的，對義大利人來說，酒永遠是最好的禮物。格林太太特為事先打了電話，請查爾斯照顧阿心、卻斯。為戴維帶了二條駱駝牌香菸。本來阿心還想做個炒麵，想想天氣太熱也就算了。

鷺鸞灣離舊金山差不多有三百英里，他們打算當天來回的，所以早上六點過後就出門了。

喬給了他們一張手繪的地圖，監獄所在地靠加州東面，法蘭斯諾下去換一九八號公路，往死谷那方向去，到了一個叫維薩勒的小鎮之後，就沿著一條普通地圖沒標明的監獄專用道開。喬告訴過他們進入那條小路之後千萬不要下車亂跑，因為警衛可能誤以為犯人逃跑而開槍的。

車子進入九十九號公路差不多才八點多，天氣已經非常燠熱，熱辣辣的太陽照在打開車篷的野馬車上，風灌進來都是燙的。阿心戴著一副很大的太陽眼鏡，穿著短褲和一件細細肩帶的半截緊身衣，坐在駕駛座上，專注地望著前方。卻斯在膝上攤開一份加州地圖，不住地和喬給他們的手繪地圖對比，幫阿心認路。郤斯前一陣子才通過駕駛車證的筆試，還在實習階段。看到這個長途駕駛的機會手癢得很，幾次要求阿心換他來開。阿心拗不過他，說過了這些繁忙的地段再換他來駕車。

他們在莫代斯多停下加油，郤斯在便利店買了二大罐阿利桑那冰茶，和一大袋機製冰塊放在車上降溫。阿心把乘客座椅向後調到四十五度，郤斯興奮地坐上駕駛的位子。

這部老野馬六八年出廠，四點六公升的引擎，二百八十匹馬力，雖然皮椅面都已裂開，里程表也已不走，但是引擎的衝力還是非常之大，戴維在的時候換過特製的消聲器，一啟動之後就發出低沉的吼聲。阿心打開那套二千塊錢BOSS音響，鮑比・麥克斐倫的〈紙月亮〉就在車廂上空迴繞。

郤斯跟教車師傅開的都是日本豐田小車，馬力不過一百二十匹，乍坐上這部加速像顆子彈的跑車不由得感到生疏和緊張，不過一出市區，上了九十九號去佛蘭斯諾的雙車道，路就好開得多。郤斯輕輕地踩住油門，超過一輛又一輛的大卡車，那種速度的感覺是日本小車絕對不能提供的。阿心斜躺在乘客座的皮椅上，陽光灑在她潔白的肩頭上，微微地浮出一層紅色的炙印。

郤斯說：「妳有沒有帶防曬油。」一句話提醒了阿心，她轉身在後座取出放在背包裡的防曬油，倒在手心上，抹在裸露的大腿和胳膊上。

卻斯看阿心抹不到肩後的地方，便伸過手去叫阿心在他掌中倒些油液，一手操控方向盤，一手幫阿心在她肩後，背上塗抹。

這時九十九號公路進入一個不知名的市區，紅綠交通燈在前上方閃耀；卻斯的一隻手還留在阿心的背上，眼角瞥見綠燈變黃，腳底稍加了一點油門想衝過去，為了避開對面想左轉停在路中的一輛大卡車，卻斯稍微往右偏了點，十字路口還好冇部嶄新的雪佛蘭伸出頭來，要轉不轉地在那兒探頭探腦。卻斯過黃燈時那部雪佛蘭正好一動，只聽到「喀拉」一聲，二部車子已經相擦而過。

停好車子，卻斯、阿心下來一看，右面車身被雪佛蘭保險桿拉出好深好長的一條擦痕，漆刮掉不說，車身板金都凹進去好長的一塊。那雪佛蘭的駕駛是個七十多歲的老太太，癱在車裡出不來，卻斯以為她受了重傷，嚇得臉都白了。

一分鐘不到，公路員警飛車趕到，先看老太太，還好沒受傷，只是驚嚇過度，扶出車來站都站不穩。員警先叫來了救護車，把老太太抬上去，然後嚎叫著開走。員警要了卻斯、阿心的駕照和車輛登記證，叫他們在路邊等，然後回去詢問證人，那二個作證的農夫顯然都是本地人。員警回來時臉色就非常不友好，匆匆問了幾個問題就說要開一張闖紅燈的罰票給卻斯。卻斯說：「怎麼可能？明明是黃燈，我有先行權，是老太太突然冒出來的！」員警晃了晃手中的實習駕駛證說：「小夥子，我看你還需要去複習複習加州駕車守則，再多練練才上街來闖禍。」阿心說：

「是老太太的車頭擦到我們的車身，你怎麼不看看事實？」員警冷笑一聲：「我當然看事實，那幾個證人說這小夥子開車眼睛根本不看前面的路燈標誌，他一隻手放在妳背上，臉也轉向妳。你們開的是敞篷車，路上幾個證人都異口同聲地這麼說。妳叫我相信哪個事實？」卻斯一面覺得冤枉，一面覺得這員警偏聽偏信，袒護當地人。紅著臉手舞足蹈地跟員警爭辯。那傢伙後退一步，喝道：「冷靜，冷靜，小夥子，你如果再進一步爭吵的話我馬上逮捕你。」阿心看到這種情況，馬上上前隔開卻斯，把他推回車子停泊處。回來從員警手裡接過罰單，同時把保險資料和電話號碼交代清楚。那員警看到這嬌小的女孩，口氣變得溫和一點，道：「妳不應該讓他開車的，他還在實習階段，路上複雜的情況他應付不了。」又說：「算你們幸運，沒有發生重大傷亡事故，現在只是個賠償問題。好吧，你們可以走了，路上小心。」

阿心回到車上，打開駕駛座的門坐進去，卻斯一臉沮喪地在乘客座上綁好安全帶。車開出一段，阿心說：「算了，別去想了。」

「這地方的人怎麼這麼壞，明明那老太太是肇禍者，反而變得我吃罰單，這樣跟保險公司也講不清，還要賠她車子的修理費。」

「老人開車都是反應很慢，看到他們就該避開點。」

「她坐在車裡，我怎麼看得清她是老是少？」

「所以說，你經驗還不夠，下次過十字路口要特別小心，老人，毛頭小夥子，或酒鬼會使你猝不及防地一下子衝上來。」

阿心說完之後不聲不響地開了一段路。

「對不起，阿心，車子我來修好了，如果漲妳的保險費，也算我的。」

阿心笑了起來：「你那二萬塊還剩多少？到現在畫還沒賣出去一張。你旅館的保險公司不會再寄第二張支票來了。像你這種花錢的速度，還是去傷腦筋怎麼對付卡洛琳的房錢吧！」

「車子總是要修……」

「這是部二十多年的老車子，擦的地方又不明顯，自己去買罐噴漆噴一下就可。那老太太如果沒傷到，車子換個保險桿也不會漲我多少保費。你要付的只是那張一百五十塊錢的罰單而已。」

27

到了維薩勒，那是個極小極偏僻的小鎮，一條主要街道上有二家加油站，一家修車廠，一家煙酒舖，幾個理髮攤子之類的小店。幾個老人坐在店門口的木陽臺上聊天，墨西哥婦女帶著一大幫小孩子在街上遛達。阿心和卻斯在車禍時把喬的地圖弄丟了，只好去加油站打聽去監獄的道路。那個櫃臺後面的老女人頭都不抬地用香煙熏啞的嗓子說：「看著死谷的山巒朝東開，十五英里。」一轉過頭去再也不肯開一句口了。

阿心只好把車開上那條看起來不像車道的道路。這兒已接近死谷的邊緣，空氣乾燥得像是摻進了粉末，路邊的土地像是幾百年沒經過雨水的灌溉了，呈現白堊化的淺赭色，有些地層含鐵，像血跡一樣的花紋滲在石縫中，地表上什麼植被也沒有，標準的寸草不生。碧藍的天空一染如洗。沒有任何生物的蹤影。阿心和卻斯心中七上八下地在沙土路上走了十分鐘，看見迎面來了一部卡車，一問之下，監獄就在轉過山岬的一片開闊地上。

這是一個中等規模的州立監獄，首先映入眼簾的是四個高高的哨兵崗樓，接下來看到鐵絲網。再開近一點，看到一排排低矮的像軍營那樣的牢房，全部漆成跟山體一樣的土黃色。時值下午二點，犯人大概都在休憩，空曠的廣場上杳無一人。阿心把車停好，走到來訪室，登記之後被告知下一次接見三點半開始。外面烈日炎炎，接見室裡倒有冷氣，他們就在長椅上坐下來等候。

當他們被叫到接見室去時，由於早上起得早，在炎口下一路奔波，卻斯差不多打起瞌睡來。接見室是個室內籃球場，放了一排排可摺疊的桌子和椅子，犯人親屬一家占據一張桌子。當犯人魚貫進來時，所有的人都望向進口。犯人們都穿著一色的桔色囚衣，沒有手銬腳鐐。卻斯正在好奇的觀望，突然一聲「晦」從背後傳來。戴維剃了個光頭，站在桌邊。阿心站起來跟他擁抱，二個男人握了握手。卻斯覺得戴維的手掌變得很粗、乾燥。坐下之後，三人一下子無話可說，戴維變得很陌生，不但是剃了頭髮的關係，他以前的那股敏銳之氣也消失了，眼神變得空洞，笑容很苦，身體語言也顯得遲疑不決。卻斯看得出他盡量裝出沒什麼事的樣子，心中卻擔負著極重的壓力。阿心大概也感到這點，所以盡量談些輕鬆的話題。卻斯覺得他在場妨礙他們談話，藉口去用廁所，起身在接見室內兜了二十分鐘才回來。看到戴維雙手捣在臉上，阿心沉默地拍著他的前臂。卻斯坐下時，發覺戴維雙眼紅紅的，好像剛哭過了似的，氣氛顯得很尷尬。這時擴音器裡傳出四十五分鐘接見時間就要到了；家屬們都站起身來，準備告別。卻斯拿出二條菸給戴維，當阿心和戴維吻別之後，戴維對卻斯說：「卻斯，我有二句話想跟你講。」

卻斯跟戴維走到犯人回去的通道旁。「謝謝你，卻斯，你幫了喬治一個大忙。」

卻斯聳聳肩，意思說「應該的」或「小意思」。他抬起頭來，正好看到戴維的眼睛，那冷藍色的瞳仁裡有一股迷惱，一股困獸的絕望。他覺得應該講些什麼寬慰他一下。

「還有，」沒等卻斯開口，戴維講得很輕，聲音像一頭貓被逼到牆角，齜著牙的嘶嘶聲：「拜託，我在這裡時，別趁人之危，和阿心上床。」說完之後，沒等卻斯反應過來，閃進犯人的行列沒入通道的門後。

28

在電話中，查爾斯熱情地邀請他們上他家去晚餐，說太太今晚的菜單是茄汁肉丸義大利麵。說他一直要到晚上十一點才上班，他家地址在維薩勒北邊三英里的一個監獄管理人員的地區宿舍。說全家恭候他們到了才開晚餐。

他們在一排鎮屋前停了下來，卻斯打開後車廂，拘出帶來的一箱紅酒。按了門鈴之後，一個十五六歲的小姑娘打開門請他們進去，她的身後跟著一串小孩子，從三四歲到十一二歲的，全都好奇地望著他們。查爾斯站在客廳中歡迎他們，他是個六呎四吋高的大胖子，起碼有三百五十磅重，穿著廚房圍裙的肚子像座小山似的。手掌又大又軟，笑呵呵地像尊彌勒佛似的。把他們帶去廚房裡介紹給他太太，太太也起碼有三百磅重。卻斯瞥了一眼灶上，一個奇大無比的瓦缽冒著熱氣，飄出番茄汁和大蒜的香氣，另一個像是給嬰兒洗澡的大鋁盆，正冒著水氣，準備下麵，案板上的義大利乾麵條堆得像山一樣高。查爾斯把他們往後院的陽臺上讓，說那兒比房裡涼快些，晚餐也開在那兒。

太陽差不多下山了，天空一片檸檬黃，遠處死谷的山嶺是暖暖的桔紅色。後院裡有個木製的陽臺，上面放了一張巨大的木桌。那些小孩聞到開飯的香味，自動匯集在木桌旁。查爾斯介紹最大的十七歲，最小的才四歲，一邊四個地坐在木桌的兩邊，八顆小腦袋轉來轉去地看大人說話。卻斯是東方人，受到的注意最多，那些邊塞地區長大的小孩大概從來沒看到過一個黑頭髮，黃皮膚的中國人。為了擺脫窘境，卻斯起身去客廳把那箱紅酒抱來。查爾斯吩咐一個女孩拿來了一個極大的玻璃酒樽和四個杯子。起身打開四瓶紅酒傾在酒樽中。

查爾斯給阿心和卻斯各斟上滿滿一杯之後，把自個那一杯像喝水一樣一口灌了下去。查爾斯太太招呼女孩們去幫她上菜，端上來每人面前一個十六吋的大盤子，堆滿通心粉，澆上紅彤彤的茄汁，上面有四個肉丸，每個都有小孩拳頭大小。這一盤子麵可夠阿心吃上三天，卻斯也拿不準是不是能吃得了，但是放在最小的孩子面前，也是這麼一大盆。查爾斯太太在桌上放了一個像她腰圍那麼粗的一個大盆，堆滿綠色的萵苣、生菜，黃瓜片，用橄欖油、檸檬和胡椒攪拌。卻斯喝著紅酒，用叉子捲起通心粉，腮幫子塞得滿滿的。查爾斯太太的烹調是沒話好說的，從來沒吃過這麼濃烈多汁，蒜香撲鼻的義大利麵。眼睛一眨，那幾個小男孩已經半盤吃下去了。阿心拿了杯紅酒，和查爾斯及他太太聊天，查爾斯說：在這所監獄剛造好時，他就在那兒幹獄警了，至今已經十六年了。這個地方熱，不過住慣了也還好。他現在是監獄的夜班總管，每晚巡查號子之後，就沒什麼事做，可以在他辦公室打個盹或喝點酒。他太太卻不是這樣想；抱怨查爾斯的工資除了吃飯就別的都顧不上了。小孩子一天天長大，只得小的穿大的穿剩下來的衣服，再小的再接手繼續穿。卻斯看了看那種食物消耗速度，可以想像得出，這家人把大部分收入放到餐桌上吃掉了。這在美國倒不多見。這時兩個七八歲的男孩子已經吃光了自己盤中的麵條，正想從兩個更小一點的孩子那兒分一杯羹。查爾斯太太嘆了一口氣，起身去廚房把剩下的麵條取來，先給查爾斯添滿，剩下來的分給那幾個男孩：查爾斯再添上四個肉丸子，孩子們每人二個。卻斯自己半盤還沒吃完，肚子已經飽了。再看看查爾斯，把添加給他的麵條全部吃完，正在用麵包揩抹盤中的餘汁。一箱紅酒只剩下三瓶了，他估計查爾斯已灌下去五六瓶之多，正在想他等一會怎麼開車去上班。

這時阿心正跟查爾斯談起戴維的案子；查爾斯一面往自己的盤子裡撥進一大堆沙拉，臉上顯出專注的神情，沒有一絲醉意，只有那個鼻子微微發紅。他告訴阿心這監獄關的百分之八十以上犯人跟古柯鹼、ＩＳＤ、和大麻有關。犯人成份是百分之四十五的黑人，百分之三十五的西班牙裔。在裡面結幫拉夥，常常打群架。那些不是這兩個族裔的犯人就倒楣，常夾在中間，受到兩幫犯人的欺凌。阿心急著解釋戴維不是毒販，他是為了湊錢給朋友治病，運氣不好，才關進來的。卻斯補充了一句：「他是個科學家，在全世界聞名的加大柏克萊做博士後研究。」查爾斯打了一個飽嗝，看著卻斯，說：「裡面的犯人有的是好萊塢的導演，有的是華爾街的千萬經紀。我還見過職棒的球星，有個傢伙還做過州長的辦公室主任。到了裡面都一樣，一視同仁。」阿心趕緊說：「戴維在裡面的處境是不太好，那我們有沒有什麼辦法幫他一點呢？」查爾斯說：「新來的犯人總是受到老犯人的欺壓、敲詐，這是在全世界監獄裡都免不了的。如果要避開這些獄中惡霸幫夥呢？只有一條路——關單人牢房，但是我見過好多人關在單人號裡由於與世隔絕而發瘋的。」他把最後半瓶紅酒倒進自己的酒杯，說：「加州有個巡迴上訴法庭，每年要去各監獄巡視一遍，糾正所有的錯判誤判。戴維的情況我看可以請律師到時再申訴一下。關於他在裡面的事，我可以盡力照顧一下，不過不能讓別人看出來，裡面的犯人對受到獄方保護的監犯折磨得更狠，有時把命送掉都有可能。」

話已經說到這兒了，跟查爾斯第一次見面，吃了一頓飯，阿心不能再多要求什麼了。她不好意思地推開差不多沒動的義大利麵，說她因為戴維的事心情不好，近來一直吃得很少。

查爾斯太太說沒關係，明天可作兩個小孩的午餐，也許今天半夜就會沒有了。卻斯努力想把他那一份吃完，勉強把麵吃完之後，覺得胃囊快要炸掉了。他打開皮帶扣，多鬆掉二個孔，肚子還是漲得難受。查爾斯要他坐下，說蘋果餡餅在烤箱裡，馬上就好。卻斯嚇得連連擺手。查爾斯探頭看看剩下的三瓶酒，說：「那麼再來一杯，我們清掉這剩下的一點點。」

告別查爾斯一家出來，天上已是繁星點點。卻斯雙眼已經睜不開了，晚上喝了那麼多酒，舌頭都打結了。阿心拉起敞篷車的車篷，轉來轉去找九十九號公路入口。這時她覺得車子聲音有點奇怪，再仔細一看，溫度計上升到了紅線。停下打開引擎蓋一檢查，水箱的水漏得光光的。阿心估計是白天車子擦撞時受到震動，水箱哪條管子鬆脫或漏水。她沒把這個跟卻斯說。只是現在已經十點多了，修車廠早就關門了，也不知道拖車公司的電話，無奈之下只得讓卻斯步行去附近的公用電話求救於查爾斯。過了片刻卻斯回來說：查爾斯馬上就要上班去了，不過他會叫人來接，拖車要到明天才有。此地很安全，把車子鎖好停在路邊，應該沒有問題的。二人在星空下等待，過了二十分鐘，二道光柱照射過來，他倆看到一輛原先泊在查爾斯後院的破舊大卡車緩緩地停下。只是駕駛座上好像沒見到有人，卻斯想怪了：難道這輛破車還有自動遙控？車門拉開，他和阿心都大吃一驚；那個跟弟弟搶麵吃的男孩，獨自坐在駕駛座上。這孩子絕對不會超過十歲。他告訴他們：爸爸上班去了，媽媽要照顧幾個小的，所以爸爸讓他開車來接他們。

阿心鎖好車門，和卻斯忐忑不安地爬上乘客座。這部老車還是手排檔，座位上連安全帶都沒有。阿心問要不要由她來開？其實她對駕駛這部又高又大，用手排檔操作的大車一點把握也沒有。那男孩也不作聲，半坐半站地起動車子，十分漂亮地在不寬的道路上打了個一百八十度的轉彎，朝家裡駛去。路上卻斯問他開了幾年車子，他沒正面回答，只說他七歲的弟弟也會開。這時卻斯、阿心同時想起戴維說他六歲開車可能不是吹牛。小孩一點沒困難地駕著大卡車，平平安安地回到家裡，在門口放下他們，接著掉轉車頭，把車子穩穩地倒進那條窄窄的通道停泊在後院。他們一起進門，男孩馬上就問媽媽可不可以把剩下的麵吃掉，查爾斯太太作了個手勢讓他去廚房。對他倆說一點也沒關係，阿心可以和她大女兒擠一擠，卻斯則可以睡在客廳的沙發上。好在天氣暖和，不用什麼被蓋，一面張羅著讓他們去洗澡。郤斯去洗時路過廚房，看見那個開車的小男孩據桌大嚼，另外幾個小一點的孩子，在旁邊羨慕地咬著指頭看他吃。

第二天查爾斯幫忙叫了拖車，把老野馬拖到維薩勒的修車廠去了，那個修車師傅告訴他們水箱壞了，如昨夜不及時發覺的話引擎會過熱爆掉。只是這老車的水箱現在到處都沒賣了，要打電話去工廠訂，用聯邦快遞送的話，最快也要三天之後才到這兒，加上安裝起碼要四天工夫。長途拖回柏克萊是不可能的，查爾斯說他們家夠寬敞的，權當度個小小的假吧。阿心詢問郤斯？郤斯說我是個閒人，最花得起就是時間，妳呢？阿心說她只有一個求職面談，如今也不去管它了。查爾斯說如果去租部車的話，三天時間還可以去死谷玩一次。

阿心和郤斯就搭了查爾斯的車去「赫茲」租車公司，租了一部「坦波」。這是世界上最醜的車，馬力又小，不過只要十九塊九毛九一天。只要四個輪子能滾，他們也顧不上別的什麼了。他們跟查爾斯分手之後，直接驅車去了當地的超級市場。阿心買了四罐五磅裝的番茄醬，六板三磅裝的雞胸肉，一大袋青紅椒，十二磅牛腰肉，二十磅一袋土豆，一箱花椰菜，一箱洋蔥，一箱胡蘿蔔，二打捲心菜，一袋五十磅的米，她要做飯給查爾斯全家吃。郤斯推著堆得像小山一樣的貨車跟在後面。阿心又買了六把大蔥，六打雞蛋，一箱番茄，轉來轉去在找豆腐和麵條。這兩樣東西在灣區商店裡是極普通的，這兒卻不一定有。後來阿心終於找到了，豆腐、麵條都是日本造的，一小盒一小包的，價錢卻比灣區的貴上三倍。

阿心把那個貨架全部掃空。開車回家之後，全部小蘿蔔頭都出動幫忙卸貨。阿心宣布要做一頓標準的中國大菜；菜單是：羅宋湯、蔥爆牛肉、青椒雞丁、番茄炒蛋加揚州炒麵，飯後甜點是杏仁豆腐。查爾斯聽了高興得咧著嘴笑，摩娑著肚子，一副饞涎欲滴的樣子。小孩子們不懂什麼菜單，但感染了像過節似的熱烈氣氛，興奮得在房裡房外竄來竄去。查爾斯太太自告奮勇要給阿心打下手，說打算偷學幾道手藝，震一震當地的上流社會。阿心在那些大鍋大鏟中忙得一頭是汗，查爾斯和卻斯被一次一次地差遣出去買作料或遺忘的物品，卻斯在超級市場又捎了一箱紅酒，查爾斯說真正的義大利人只喝紅酒。

晚飯照例開在後院桌上，查爾斯太太鋪了一塊雪白的桌布，幾個女孩採來一大捧野花。開飯之前，查爾斯有點不好意思地告訴阿心：他自作主張地請了他的上司典獄長和獄警警長，問阿心在不在意？阿心連說請，請，這是我們的榮幸。查爾斯幫大家介紹，典獄長是個年老的黑人，滿臉皺紋，不苟言笑。那個警長是個愛爾蘭人，一頭紅髮，四十多歲，常開口大笑，一副很豪爽的樣子。卻斯卻覺得他笑時眼睛不笑，眼神裡有一種陰冷的感覺。大家坐定之後開酒瓶，阿心和查爾斯太太開始上湯。這道羅宋湯是阿心祖母家傳的絕學，牛肉又軟又嫩，土豆又沙又酥，鮮紅的湯汁帶濃鬱的蔬菜香，奶油味和檸檬好聞的清酸氣息。查爾斯添了三次，幾個小孩子吃得滿臉油呼呼，紅彤彤。第二道上來是米飯，蔥爆牛肉和青紅椒雞丁，那盤雞丁炒得青是青，紅是紅，雪白的雞胸肉散發著一股酒香，接著番茄炒雞蛋上桌，淺黃色的蛋炒得嫩嫩的，和著鮮紅色的番茄塊和綠色的蔥花，六十五個蛋炒成的這盤菜馬上被一掃而光。

當什錦炒麵上桌時，幾個小孩子都站了起來，瞪大了眼睛看著媽媽分，腳在桌子底下踢來踢去。那典獄長吃得很有節制，每樣菜都取不多，也細嚼慢嚥地很有吃相。那個叫約翰的警長顯然也是個老饕，他脫去襯衫，只穿一條汗背心，露出脖子背後紅紅的一片。卻斯估計他至少灌了三瓶紅酒，塞下去二大盤各式菜餚。查爾斯在興奮掙臉之餘，突然想起要幫阿心一個忙，就把戴維的事跟兩位同事講了一下。那典獄長的撲克臉上沒有任何反應，只是朝阿心看了看，眼睛裡有一絲同情的神色。警長約翰顯然沒查爾斯那麼好的酒量，酒酣之餘話多了起來。對阿心和卻斯吹噓怎麼對付犯人的手段來，說不管是怎樣的惡霸地痞，到他手上就像麵糰一樣軟。或者說，他點了點那盤剩下不多的炒麵，「像妳的炒麵一樣，柔可繞指。」說完一陣大笑。卻斯這次酒喝得不多，又遊離在談話邊緣，比較有時間冷靜地觀察每個人。他看見典獄長幾乎看不見地搖了一下頭。阿心正在拜託約翰保護戴維不受過分的欺凌，約翰色迷迷地看了阿心好久，說：「像妳這麼漂亮的姑娘拜託之事，我當然會盡力。只是，可惜了……」查爾斯顯然熟悉約翰為人，有意把話岔開：「我們作為監獄管理當局，當然會主持公義，這一點阿心妳放心好了。妳不是還有一個飯後甜點嗎？我都快等不及了。」

告別的時候，監獄長很有禮貌地謝了阿心，像個長輩那樣拍了拍她的手，幾乎不出聲地嘆了口氣。約翰卻趁著醉意，在握手時一把把阿心拖過來抱了個滿懷。卻斯的眼睛差點冒出火來。送客回來時，查爾斯說：「阿心妳應該不會在意吧，約翰是個粗人，我們這兒天天跟滿臉橫肉的惡棍打交道，有時幾個月都見不到一個看得過去的女人。愛爾蘭人都是這樣的，幾杯酒灌下去就不知道自己姓什麼了。」

在等車修好的三天裡，阿心、卻斯除了駕車去了一趟死谷之外，阿心天天做飯給查爾斯一家人吃。卻斯也跟八個小孩混得爛熟，他給他們每人畫了一張鉛筆肖像，在飯桌上跟他們講中國的故事，查爾斯全家人聽得像天方夜譚似的。那個開車接他們的小男孩叫吉米，九歲不到，把卻斯帶到一處空曠的地方，給他表演一手絕招，開著大卡車在原地打轉，直到二個輪子離地，一個8字形轉彎之後又是另外二個輪子離地，把卻斯看得眼花撩亂。

吉米自告奮勇地要教卻斯學車技，卻斯想手上還有一張罰單呢！又一想吉米這孩子連實習駕照都不曾有，怕什麼！他坐上駕駛座，笨手拙腳地學著操縱那老卡車的手排檔，在吉米的指點下在空場上一圈一圈地繞圈子，直到太陽下山才回來。

車廠已打電話來，說水箱已運到，明早十一點可取車。所以今晚的晚餐是阿心和查爾斯太太共同主持，美其名為世界美食大餐：阿心包餃子，餡是豬肉白菜，再有一道是涼拌青芹；查爾斯太太是義大利蛤麵，再是一道茄餅。阿心一早就帶了三個女孩揉麵，桿餃子皮。三個小丫頭弄得渾身上下白呼呼的麵粉，嘻嘻哈哈地玩得不亦樂乎，包出的餃子大小不一。阿心數了一數，一共是六百八十八個，她還恐怕不夠。天天跟查爾斯一家人一塊吃飯，餐桌上的氣氛很能影響人，卻斯和她的胃也被撐大了。做義大利蛤麵對查爾斯太太是小菜一碟，煮一鍋濃濃的奶油蛤羹，放不計其數的大蒜、香料、奶油和起司。倒是那道茄餅花了些時間，她先把那種加州產的碩大無比的圓茄子剖成一片一片，中間夾上一片打薄了，在酒裡浸過的薄豬排，然後用雞蛋清和麵糊起來炸，卻斯和吉米一回到家就聞到廚房裡的香味。

餃子已經上桌了，阿心在抱怨沒有中國的鎮江醋，只能用義大利黑醋，配上墨西哥辣醬。查爾斯買了二大瓶二點五加侖的紅酒。卻斯一看那幾個小孩子差不多把頭埋在堆在面前裝滿食物的盤子裡去了，他也覺得腹中雷鳴，饑腸轆轆。

查爾斯舉起酒杯；祝他們明天回程一路平安，謝謝阿心和他太太為他們做了這麼多美食。希望他們很快地再回來作客。卻斯喝了一口紅酒，咬了一口炸茄餅，金黃的茄餅外脆裡嫩，茄子帶一點點甜味，薄嫩的豬排香滑柔軟。卻斯有一年暑假去河北一個農村寫生，整整吃了二個禮拜的清水煮茄子，從此以後他就不碰茄子。但今天查爾斯太太的炸茄餅無疑是少有的佳餚，配著涼拌青芹，卻斯吃了四五塊之多。看看查爾斯，面前放了二個盤子，一個是放茄餅和青芹，另一個把中國餃子和義大利蛤麵拌在一起。吉米看來也不比他父親吃得少到哪裡去。查爾斯太太看著他們吃喝，對卻斯說：「我有一個請求，卻斯不知你能不能幫我？」卻斯嘴裡塞滿了食物，一面點頭，一面看著查爾斯太太，等她說下去。「我一直夢想擁有一張我的油畫肖像。」阿心在旁插嘴：「沒問題，卻斯是肖像畫專家。」卻斯心中卻不以為然，想阿心怎麼不看看查爾斯太太的那副尊容，就幫他大包大攬。查爾斯太太大概在三十八九歲左右，多層下巴，胖得連脖子也找不到了，臉像個氣球，大概吃了太多的油性食物，頭髮也變得稀疏了，只有那一臉的樂和笑容使人覺得可親。查爾斯太太大概也知道這一點，說：「當然不是現在這樣子，我找一張照片給你看。」起身去拿了一張十幾年之前褪色的舊照片。卻斯接過一看，照片中的查爾斯太太雖然也是很豐滿，但絕對不像現在那樣癡肥，眼睛明亮，皮膚細膩，深色的頭髮向後抿去，有點像拉斐爾筆下的義大利古典美女，渾厚典雅。他有點不相信地再望望查爾斯太太，看到一桌人都緊張地望著他，說：「沒問題，我一個月後交畫。」查爾斯透了一口氣：「卻斯，費用你不必客氣，太多我們出不起，但我們總會給一個合理的報酬。」卻斯手一揮：「什麼報酬？這是個禮物，為感謝你們一家的盛情招待，為了查爾斯太太的美味茄餅。」他點點面前查爾斯太太又幫他添的茄餅，「還有……」他向吉米眨了眨眼：「我和吉米的交情。」吉米羞怯地笑笑，做了個鬼臉。

晚餐在皆大歡喜中結束，女孩子們忙著清理廚房，洗碗碟。吉米把卻斯拖到外面，小傢伙顯然被卻斯的話所感動，想要有所回報。神祕地咬著他耳朵說：「下次你再來的時候，我帶你去一個好玩的地方玩。」卻斯看看才九點鐘，死谷那邊還有晚霞的餘光，問道：「什麼地方？現在不能去嗎？」吉米說：「現在不行，我們得準備手電筒，我媽收起來了，下次我先偷出來，還要先偷爸爸的鑰匙。」卻斯被他說得一頭霧水，只當是小孩子的玩意兒。吉米卻一本正經地說：「你說過一個月後來，我都會準備好的。」

回去的路上，阿心好像變了個人，一反在查爾斯家那種樂和開朗的神情，一副心事重重的樣子，眼睛直視前面，也不和卻斯交談，把車開得飛快。卻斯幾次想聊聊天，打破路上的枯燥，但總是被阿心的「嗯！」「啊？」和「ＯＫ」打掉興致，所以一路瞌睡迷糊地回到柏克萊。

29

卻斯忙於著手查爾斯太太的油畫肖像；他釘了一塊二十四吋乘二十吋的畫布，二天下來已經打好輪廓，鋪上了油彩。當油彩乾了之後，他用砂紙把畫面打磨平滑，然後用亞麻油稀釋的顏料細心地層層渲染，這是標準的古典透明畫法，現在美國大概沒幾個人會用這種技法。他著重於頭髮和眼睛的描繪，但淡化了臉部的陰影，仔細勾勒嘴唇的線條。二個禮拜下來，一張年輕的義大利美女肖像就基本完工。跟查爾斯太太很酷似，或者說跟那張照片很接近。阿心覺得非常不錯，接下來只要等顏料乾透，再上幾遍上光油，配個鏡框就是一件非常漂亮的禮物。

阿心最近有點坐立不安，一方面在找醫院實習，白天不見人影。一方面為戴維的事一直跟喬治和喬聯絡。她幾次跟喬治出去喝咖啡，喬治已賣掉他的農場，搬來奧克蘭住。阿心跟他晚上一聊就是幾個鐘頭。卻斯隱隱覺得他們在商量什麼事，他也沒心思去多加探問；阿心要告訴他時自會跟他說。當他正打算把肖像讓聯邦快遞送去的時候，阿心告訴他想再去探一次監，希望卻斯陪她去。卻斯倒花得起這個時間，使他不舒服的是上次接見臨別時戴維那句話。他一直沒機會跟阿心說過，他一直在揣度是阿心在他走開時向戴維告白的呢？還是戴維看出了什麼？如果去的話必須向阿心問清楚這點。

「噢，他是這麼說的？」阿心正在整理一個大紙箱，把做中國菜所需要的作料一樣樣放進去。

「是不是妳告訴了他我們之間的關係？」卻斯問道：「也是也不是。」阿心回答，卻斯沒作聲，等她講下去。

「上次探監你走開之後我告訴戴維，我和他之間的男女朋友關係應該結束了。這是我深思熟慮好久得出的結論。如果他在裡面一直牽掛著這份男女之情，對他對我都沒好處。但是作為一個朋友，在他人生困境時我絕對不會走開，不會對他的事袖手不管。」

「那他怎麼說？」

「他一個勁地追問我是不是有了新的男朋友，我告訴他沒有。」

卻斯想起他上廁所回來看到戴維雙手摀著臉的情景。「還有，」阿心接下去說：「戴維還問我你是不是跟我睡過覺？」

「妳承認了？」

「我沒說有，也沒說沒有。戴維說他聞得到我身上有男人的味道，也看得出你我之間的眼神不正常。他一直追問我是不是從雷廷那一夜開始的。」

「那一次我可是規矩得很。」卻斯悻悻地說。

阿心沒睬他，自顧自地說下去：「他說他上了路就後悔了，不應該把我和你單獨留在那兒。我叫他不要胡思亂想。他說他這輩子反正完了，失去了自由，又沒了女朋友。他笑了笑，笑得好可怕。說現在只剩下胡思亂想的自由了，難道我還要剝奪他這最後一點做人的樂趣。」

房間裡很長一陣靜寂。

「我知道在監獄的那種環境中，他的心性變了，你也知道他以前不是這樣的。面對他我無話可說，但我也不會收回我的決定——結束他和我的關係。不過，只有在幫他做完最後一件事的時候，我才會安心地跟他說再會。卻斯你願不願意幫我？」

「什麼事？」

「我要把戴維從監獄裡救出來。」

30

卻斯不啻於聽到青天一聲霹雷。當初在洛杉磯地震時大吊燈砸在他腳上也沒今天這樣措手不及。

「妳是什麼意思？」他在下意識中希望阿心是通過巡迴上訴法庭來解救戴維的。

「我要想個辦法把戴維從監獄中弄出來。卻斯，我不是一定要逼你幫我，你可以考慮一下，願意的話最好，不願意，一點沒問題，你可以充耳不聞地生活下去，或者，你也可以回長島去。」阿心的語調很冷。

卻斯怔住了，他想不到阿心這個前途大好的醫學院畢業生會想出如此的一條下策。不過他開不了這個口拒絕阿心，自從他西雅圖回來之後，一想到離開阿心他的心就抽筋。

「為什麼要這樣做？」他覺得阿心的計劃是她一時心血來潮。「為什麼不能想辦法向巡迴法庭上訴？」

「巡迴法庭一年只開一次庭，我們沒時間等了。」

阿心告訴他，這幾個禮拜她一直跟喬和喬治保持聯繫，他們說戴維在監獄的處境很壞。有個西班牙裔的獄中惡霸不知怎的跟戴維找上碴，二次在夜裡指使人把戴維蒙起頭來毆打。還揚言要雞姦他。

「那他不能找獄方投訴嗎？」

「你沒聽查爾斯說過，那是死路一條。喬也說他見過那種投訴後被犯人在牢中弄死的事，獄方查不到兇手。最後也只好以『暴死，原因不明』了事。」

「美國是個法制國家，怎麼還會有這種無法無天的事。」

「任何一個國家都有它黑暗的一面，監獄是關亡命之徒的地方，光明從不照到那兒。戴維告訴喬治，他在那兒活不過六個月，在第二次被毆打時，他的一個腎臟好像受了傷，小便一直帶血。」

「喬治還怎麼說？」

「喬治用他賣農場的錢在墨西哥買了一幢小房子，戴維能逃出來就會去那兒住幾年。」

「那個案子總會在，不會銷掉。」

「他可以另外買個身分，墨西哥有這種市場。這不是我們現在能顧到的事了，就像醫生和病人一樣，你先得把他從死亡邊緣拉回來，今後他再復發也只能到時候再說。」阿心看來打定主意好久了。

「那妳準備如何著手？」卻斯想阿心該不會是組織了一幫人手持衝鋒槍去劫獄吧。

「現在還沒有完全想好，我想查爾斯會提供點什麼，不過我盡量不會把他牽涉其中。」

31

配好鏡框的油畫肖像呈現在查爾斯一家人的面前時，查爾斯太太當場哭了出來，擁抱著卻斯給了他無數個親吻。查爾斯在一旁高興地搓著手，說：「兄弟，你圓了我們十多年的夢。這個家，你任何時間想來一點都不要猶豫，桌上總是給你留著一份刀叉。」卻斯好容易才從他那使人窒息的熊抱中掙脫出來，馬上又被一群小孩圍住，吉米由於他跟卻斯的特殊友誼，在眾兄弟姐妹中顯得趾高氣昂，像個小員警一樣喝斥吊在卻斯衣角上的弟弟妹妹，生怕他們把他揉碎了。晚上卻斯差不多已經睡了，小傢伙爬到他的沙發上來，悄悄地跟他說：「我把東西都偷到手了，明天一早我們可以出發。」卻斯怔住了，不知道他在講什麼。吉米有點失望他沒重視他們之間的約定。說：「我答應帶你去一個好玩的地方。」卻斯恍然大悟。小傢伙豎起一根手指放在嘴上：「不要給任何人知道。」然後一溜煙地爬回跟他三個弟弟一起擠的雙層床。

第二天是探監的日子，卻斯告訴阿心他有點頭痛，想留在家裡，阿心也不想卻斯出現再次刺激戴維。她在查爾斯太太的幫助下為戴維準備了不少吃食，獨自開車去了。吉米對他媽媽說把卡車開出去幫卻斯練車，查爾斯太太同意之後，吉米把車開出來，招呼卻斯上車之後，沿著山腳蜿蜒向上爬去。

一路上小傢伙驕傲地把他偷來的探險工具拿給卻斯看：一支大號的手電筒，四顆備用電池，二副手套，四個護膝，他告訴卻斯，他們要手腳並用地爬行很長一段路。最後還有一瓶四分之一品脫的威士忌。卻斯詫異地問這用來做什麼？吉米說：死谷地區出響尾蛇，如果去那蛇出沒的地方之前在身上塗上威士忌，然後再喝上二口，蛇就不會咬你了。卻斯聽得毛骨悚然，看看駕車的吉米，一副滿不在乎的樣子。他知道如果他一露膽怯神情的話，他和吉米之間建立的信任就會倒塌。吉米拿出二把鑰匙，說這是從他爸爸的一串鑰匙圈中偷來的，不過不能待太久，他爸爸萬一要用找不到就麻煩，所以今天是他們唯一的機會。

車子到了一處山凹裡，吉米停好車，取出裝手電筒和護膝的背包。跟卻斯一起爬過一座山壁，在一個一人高的隧道口停了下來。他擰開威士忌的蓋子，喝了一口，叫卻斯也喝幾口，然後把剩下的酒液塗滿在二人的腿部，手上和頸項之間，二人戴上手套護膝，打開電筒進入那黑暗的隧道，走了二十分鐘，碰到一道鐵柵欄，上面掛著巨大的鋼鎖。吉米取出偷來的鑰匙，打開柵門。再下去的通道就就越來越低矮了，卻斯感到一股奇怪的氣息撲面而來，聞起來像是一個集體宿舍中傳出來的，有久不見太陽的黴味，也有人不洗澡的狐臭味。卻斯心中越發疑詫，他開始以為吉米是帶他去看山中的洞穴，洞穴中也許有一副強盜的骨骼，鏽掉的火槍，蒙滿灰塵的舊馬鞍。或者是那種鐘乳石洞，像他以前在雲南看過的那樣，住滿了蝙蝠。現在看來都不像，他們像是半爬行在一個礦場的通氣口，但礦場不會有集體宿舍的味道。他看看吉米，小傢伙爬在前面帶路，非常熟悉地在分岔的路口轉彎，顯然來過不止一次了。在一個轉彎時他問吉米：「我們到底去哪兒？」吉米說：「去監獄，很快就到了。」郤斯大吃一驚，恍然悟出他們爬行在監獄的通風系統中，怪不得有一股很多人聚集在一個大場所散發出來的體味，排泄物，混合了廚房裡水煮捲心菜的味道。前面是第二道門，打開之後，是一排錯綜複雜的排氣管道。他們已經來到監獄的上方了，一個個兩呎見方的通氣口透出下麵的光線，吉米熄掉手電筒，告訴郤斯不要講話，小心地向一個通氣口縫隙中看下去。

郤斯把眼睛湊在第一個通氣口，那是一個十呎左右的牢房，四個黑人坐在雙層床下鋪在打撲克牌，香煙煙霧一陣陣傳上來，他正想換一個通氣口，突然見到有一個黑人顯然輸了，從口袋中取出一疊二十元的鈔票，數了幾張給另外一個贏家。郤斯想牢裡常要搜查，這些犯人怎麼能藏著這麼多的現款，而這些錢又是從哪兒來的？

他正在奇怪，吉米推推他，他貓行幾步，湊在另一個孔上看，幾個墨西哥人在練杠鈴。他們幾個通氣孔看下來，又轉到廚房上面。廚房裡煮東西的味道一陣陣傳上來，一個胖大的廚師在做土豆泥，二隻粗大的手掌在一大盆半碎的土豆中攪來攪去，忽然一個大噴嚏，他毫不在乎地用手抹了一把，接著又伸進土豆泥中去攪拌。郤斯看了差一點當場吐出來。廚房旁邊是醫務室，一個護士正在給一個五大三粗，渾身是刺青的犯人做肌肉注射，兩人顯然很熟，一面打針一面不住地調笑。過了一會，那護士去把門鎖上，犯人還坐在打針的高凳上，褲子褪到腿彎，郤斯簡直不能相信地看到那護士竟然低下頭去，把犯人的陰莖含在口中，幫他做起口交來。他想這種場面不能讓吉米看到，用肩膀把餘下的空隙堵住。誰知吉米輕聲地在他耳邊說：「今天這個不好看，有時男女兩人脫得光光地，在手術床上打架。」郤斯問：「你常來看？」吉米說：「看到過好幾次，不過每次都是不同的人。」郤斯想這還了得！這麼小的孩子看到這些烏七八糟的事。正在這時那犯人射精了，噴得護士滿臉都是，他趕快說：「你說得對，這沒什麼好看，再看別的吧！」他們順著回形的管道來到室內籃球場的上方。今天接見的人比上次少很多。吉米推推他說：「看，你的女朋友在那兒跟一個男人講話。」郤斯防衛地說：「那是我的姐姐。」吉米聳了聳肩：「我父母也那樣說，不過我看她是你女朋友。」跟這小傢伙纏不清，就不作聲地向阿心、戴維斯所坐的桌位望去。只見阿心急切地向戴維訴說著什麼，而戴維只是搖頭，阿心看來很生氣，接見結束時郤斯看他們二人只是敷衍地擁抱一下，沒有接吻。吉米告訴他前面還有放槍械的庫房，郤斯已經沒心思看了，他說有點頭暈，想回去了。順原道爬回那個醫務室時，吉米一定要再看看。不過這次護士一本正經地在幫人換繃帶，吉米有點失望。出了甬道，吉米把柵門鎖好，二人一頭一身的灰塵，互相幫著拍打了一下。郤斯提議帶吉米去維薩勒吃披薩，上了公路之後換座位，郤斯現在對這部老卡車已經比較能掌握了。他們在一家披薩店坐下來，叫了二個大號的什錦披薩，一面喝可樂一面等。吉米說：他第一佩服的人是他父親，而卻斯則排在第六。卻斯問他佩服他父親的什麼？吉米說：第一點是他能吃。卻斯想這倒是沒人好比的。第二點是他爸爸穿上制服很酷，還有他在監獄裡有極大的權力。因為除了典獄長，他爸爸比所有的管理人員都來得早，資格比誰都老。卻斯問：那個約翰呢？吉米撇撇嘴說這人以前一直拍爸爸和典獄長的馬屁，一年前才升成警長，跟爸爸平級，說話也狂了起來。媽媽一直不喜歡他，說他老盯著他十七歲的姐姐胸脯看，叫爸爸不要帶他來家裡。卻斯問他第二佩服誰？他說是媽媽和阿心並級，因為她倆燒的菜不相上下。第三是麥可・喬登，第四是李小龍，第五是他學校一個高年級生，敢把響尾蛇的頭活生生地咬掉，喝蛇血。第六才是卻斯，他能把媽媽畫得像電影海報一樣。卻斯問他願不願意學畫？小傢伙搖搖頭，說他長大之後要做典獄長，天天牽著狼狗在監獄巡視。這時披薩來了，吉米眼睛放亮地大吃起來，卻斯本來想可能還剩些回去給二個小的，不過看吉米的樣子好像還不夠，只得作罷。

晚餐是查爾斯太太為感謝卻斯的那張油畫而舉行的盛宴，菜單是：家常烘焙的葡萄乾麵包，奶油花椰菜湯，蒜蓉胡蘿蔔沙拉。主菜是查爾斯一早去印第安人部落弄來的十二頭肥大的野兔，讓印第安人殺好兔子，剝掉皮之後，查爾斯太太把兔子開膛洗淨，先放在油裡炸一遍。然後在肚腔裡塞進蘑菇、玉米、杏幹，香料和酒，放在專門用來熏製食物的硬木材的火上熏一個下午。端上桌來每人一盤噴香油亮的整兔，阿心從來沒吃過這個，心中有點發悚，只撕了二條兔腿。查爾斯介紹說在他家鄉拿坡裡斯，熏兔肉被認為是第一流的美食，只有在婚禮或重大儀式上才能享用。卻斯咬了一口熏得暗紅色的兔肉，的確不錯，有點像他在中國吃過的狗肉。肉質緊密，含有一股松榛的暗香。配著紅酒，不愧是一道少見的美味，胡蘿蔔沙拉也很爽口。

阿心好像有心事，撥拉著盤子裡的食物，只吃了半條兔腿，喝了一碗湯。吃完飯之後卻斯拉阿心出去散步。滿天的晚霞燦爛，映得死谷的山廓一片血紅。二人沿著一片可瞭望谷地的小道踱去，在一塊突出的峭岩上坐了下來，遠眺天邊的顏色由橘紅轉為血紅，再轉為紫色。卻斯看阿心一直不開口，就問她戴維的情況如何？阿心說他的小便還是帶血。卻斯說監獄裡面有醫護室。阿心說：是嗎？不過這裡的醫護室可能治不了內傷，需要送到有設備的大醫院去治療。卻斯問戴維在裡面還有沒有挨打。阿心說大概典獄長和查爾斯了些措施，近來沒挨打，不過威脅總是在那兒。過了一會，卻斯說今天我看到妳在接待廳和戴維談話了。阿心不解地朝他看了看。卻斯就把今天白天和吉米去探險的事一五一十地講給阿心聽，她聽得很專注，末了問能不能再去一次？卻斯想吉米已經把鑰匙偷偷地還回去，大概不行了。阿心又問他從通氣口到地面有多高，卻斯說應該有十二呎左右吧。阿心問那麼通氣口的蓋板是銲死的呢還是用螺絲釘固定的？卻斯倒沒有注意。阿心興奮起來：「我們過一個禮拜再來，你能不能讓吉米再把鑰匙偷出來一次。」卻斯答應最大努力去試試。

晚上睡覺之前，卻斯把吉米帶到後院，告訴他將送一張有麥可・喬登親筆簽名的海報給他，那是他幾個月前旅遊芝加哥時搞來的，以報答他今天帶他去那麼精采的地方，只是可惜沒有看到那護士光著身子跟人打架，不知還有沒有機會？吉米拍著胸脯說沒問題。卻斯說這次你只要偷鑰匙就可以了，餘下的東西我來準備。二人勾了勾小手指，還把大拇摁在一起，以表明不忘這個約定。

32

回到柏克萊，阿心召集了個緊急會議，出席的有喬治，阿心和卻斯，阿心先講了她與戴維談話的結果；戴維並不是非常積極地響應他們的計畫，但是也沒有反對。喬治在旁邊一根接一根地抽菸，菸缸中很快地堆滿了菸蒂。卻斯起身去把向院子的窗子打開。

「那麼他到底準備怎麼樣？」喬治問阿心。

「他對逃出來沒把握，還是希望能在巡迴法庭上訴。」

「喬告訴我，上訴的勝面很小，很多以前有兩次案底的人，第三次在百貨店偷一件襯衣都被三振出局。」

「而且我看他的身體等不了這麼久。」阿心接下去說，「他的腎臟受傷，小便出血好久不止。這情況需要在醫院中做深切治療。就算他不再挨打，監獄那個環境只會使情況惡化。」

「說起這個，是不是能讓查爾斯把他暫時關在單人號子一陣子，避開那些惡棍，將養一段日子呢？」

「我會去試試，如果戴維同意的話。」

「他必須同意，只有關在單人的號子裡，他才有逃走的機會。」卻斯插嘴道。

「你是什麼意思？」喬治不解地望向卻斯。

阿心把卻斯意外發現通向監獄的通氣管道的情況告訴了喬治。說過一個禮拜他們準備再去勘查一下。

「有沒有辦法把那二把鑰匙複製一套？」喬治問道。

如果把鑰匙拿去店裡配製的話，第一吉米不會肯，第二會牽涉到查爾斯。卻斯想只有把鑰匙印在橡皮泥模上，回舊金山再想辦法，大家都同意了。

「如果通氣口是從裡面用螺絲擰上的最好，人出來之後再裝回去，獄方不一定想得到人是從上面走掉了。」喬治說。

「那他怎麼爬上來呢？」阿心問。

「這不是個問題，我們帶一副尼龍繩的軟梯，從通氣口垂下去。」卻斯說。

「如果他順利地逃出來。」喬治一面盤算著，「那我事先租一部車，連夜開去洛杉磯機場，飛去德州的艾爾帕索，我知道那兒邊境有好幾個通道，蛇頭把墨西哥和南美洲的人弄進來，出去的話應該問題不大。我讓我的朋友把戴維的身分證弄好，一過邊境就先把他送去我的住處，再找醫生幫他治療。」

接下來他們分了工，阿心負責繼續籠絡查爾斯，想辦法把戴維轉到單人號子裡去。卻斯的工作是取得鑰匙的模型，以便配製。同時在第二次進去時記住路線。喬治負責所有戴維逃出來之後的善後工作。三人談到半夜才散。

33

接下來的幾個禮拜阿心和卻斯就穿梭於維薩勒和柏克萊之間，跟查爾斯一家人混得親密無間。阿心把她的絕活全拿出來款待查爾斯一家。什麼四川火鍋，八寶雞，有一次還從舊金山唐人街帶了六隻活鴨去，做了一頓烤鴨三吃。卻斯開玩笑說：乾脆在維薩勒開一家中國餐館得了。阿心說自從跑維薩勒幾次，體重已經增加了八磅了。這樣下去要向查爾斯夫婦看齊了。卻斯又和吉米去了一次通風管道探險。他在柏克萊藝術用品商店買了一包雕塑泥，分裝在二個扁的盒子裡。在隧道中他告訴吉米生怕他把鑰匙掉了，最好還是由他來保管，乘吉米不注意時他把鑰匙摁在泥面上，一盒二枚，再關緊盒蓋。出來時把鑰匙還給吉米，小傢伙一點也沒有發覺有什麼異樣，只是對這次又沒看到護士光身子打架對卻斯難以交代。卻斯一面安慰他，其實心裡對利用吉米的友誼和信任自覺慚愧。當他回到舊金山想複製那二把鑰匙卻碰到想像不到的阻礙。十家鎖店有十家都說他們從不配製印在泥模上的鑰匙，有兩個匠人還一直追問他是做什麼用的。卻斯在他們懷疑的眼光中不禁心慌意亂，收了印盒轉頭就走，做賊似地心中咚咚亂跳。有一次，他偶然在靠近新中國城的地方發現一家極小的鎖店，招牌上寫著「尼古拉斯大叔的鎖店」。

推門進去，又小又暗的櫃臺後坐著一個老頭在看一部黑白的小電視機，有人進門看都不朝他看一眼，卻斯「哈囉」了一聲，老頭慢騰騰轉過臉來，亂蓬蓬的白髮像愛因斯坦一樣。卻斯說有兩把鑰匙不知你能配嗎？老頭問：「中國人？」卻斯說是，想不到老頭用一口標準的普通話跟他交談起來。老尼古拉斯是個白俄，二歲時跟父母去了哈爾濱，一直在那兒待到八十年代初來美。身為機械工程師在舊金山卻找不到工作，只好開了這家小店維生。他接過卻斯的印泥盒看了看，說這種鑰匙坯材在市面上沒有賣，要做的話需要自己澆鑄二把坯模，他拿過電子計算機算了一下；說連材料帶手工一共是三百八十塊錢，稅就免了。卻斯本來以為是幾十塊錢的事，一聽老頭的價錢嚇一跳。不過他不願意再一家家跑去看人的臉色，心中忐忑不安地像做賊似的。老頭從頭到尾沒問他一句鑰匙是做什麼用的；他咬了咬牙，答應下來。老頭要他先交二百塊錢的定金，一個禮拜之後交貨。

手電筒、護膝、手套甚至尼龍繩軟梯都好辦，在任何五金店或體育用品商店都能買到。阿心把那部老野馬送去大檢修了一次，說不希望在行動時發生任何故障。接下來就看喬治那頭了。

喬治那兒卻並不順利，星期三他打電話給阿心說：幫戴維搞假身分證碰到一個難題，證件販子說需要戴維的近照，而喬治手上沒有。問阿心能不能在探監時用拍立得相機拍幾張。阿心給難住了，平時接見時手提包都要檢查，只能捎些香煙，食物之類的日常品。她告訴喬治，事情都進行到這一步了，總是想得出辦法來的。喬治說實在不行也沒關係，等戴維出來了再造假證件，不過在美國境內等久了危險大一點。

阿心說：拍到照片之後隨時通知他。

打完電話，卻斯看阿心在那兒出神，問道：「這次去查爾斯家準備做什麼菜？」阿心說：「兩個多月來，做菜都做得怕了，你想想，我們去了幾多次，怕是消耗了一噸多的食物了。」卻斯說：「只多不少。」

阿心說：「我也翻不出再多的花樣來了，黔驢也有技窮的時候。」卻斯糾正她道：「妳不能算是黔驢，黔驢只有三下了，妳做菜的技藝使人五體投地。」阿心笑了：「要做也等上一二個禮拜，只怕他們吃膩了。」卻斯說：「我天天吃也沒吃膩。」「你是你，而他們是吃通心粉、炸薯條長大的。言歸正傳，我用什麼藉口去跟查爾斯說拍照的事？」卻斯想了一想，說：「查爾斯如果跟警衛說讓妳拿了相機進去為戴維拍照，太費周折，而且會多幾個人知道。乾脆說我要幫妳畫一張戴維的肖像留念，把照相機給他，請他幫忙拍了。」阿心說：「不知道他肯不肯？」卻斯說：「他又不擔什麼風險，只是個人感情上的一種慰藉。他吃了妳這麼多次飯，應該幫妳這個忙，要不，我去跟查爾斯太太講？」「不了，我只是想還要請他想辦法把戴維關到單人牢房裡去，我不想麻煩他太多。」卻斯道：「這件事可以讓戴維自己提出來，向獄方申訴在大監房感到不安全，自己要求關在單人牢房靜養一陣。這樣查爾斯就沒什麼幹係了。」阿心說：「這件事再讓我好好地想一想。」

卻斯看著阿心忙碌的背影，心想這一切像在夢中一樣；他一個畫畫的，和一個嬌小的女醫生，加上一個厭世的物理學家，都是手無縛雞之力之徒，卻鬼使神差地組織了一個這樣異想天開的越獄陰謀，雖然這個計畫到目前為止都按部就班，沒有發生任何差錯，但並不保證這一切一定行得通。萬一有什麼意料不到的阻礙出現，或在他們的行動中一步踏錯，後果將是不堪設想。阿心是別想做醫生了，他自己的畫畫生涯不知是否還能繼續下去，弄不好大家都會吃上官司。想到這兒他驀地吃了一驚，想不通他們幾個人怎麼會就捲了進來。喬治是出於兄弟之情，這可以理解。關於阿心，他心裡一直有種開不出口的迷惑，照她講在出事之前就跟戴維的關係走下坡了。如果這次戴維沒被逮去，二人也許過一陣子就分手了。照大多數人的想法，戴維被三振出局更是一個絕好的分手理由。阿心為什麼還要一頭栽回去，同時賭上她那剛出爐的美好前途呢？雖然阿心說是良心和道義使她於心不忍，但戴維的事並不是她造成的。要怪也只能怪他自己不檢點和運氣不好，跟別人全沒關係。卻斯這話幾次到了嘴邊又嚥了回去。

卻斯已經答應了阿心幫她這個忙，她也事事跟他商量。現在提出來阿心會以為他膽怯了，弄不好將來事情有差錯阿心會不會懷疑到他頭上。晚了，退路已堵死了。卻斯想起第一次跟阿心爭吵之後出走西雅圖的情景。「奇怪，你怎麼又捲了進來？你只是來柏克萊靜養幾個禮拜。」卻斯對自己說：怎麼昏了頭睡了阿心，將自己綁上了這列慾望列車呢？現在好，你看這列車駛到哪兒去！另一個聲音說：真不知道阿心看上了你這膽小鬼什麼，人家一個女孩子，出生在美國，倒有為朋友兩肋插刀的義氣。她父親領養了你，所以你才能逃離逆境來到這裡。你傷了腳，素昧平生的她接了你來柏克萊。照顧你，真的把你當弟弟那樣一點不避嫌疑。你倒好，一開始就垂涎人家的美色，趁機在她最徬徨無助時跟她發生關係。現在有點事你也許幫得上忙，又想把腦袋龜縮起來了。第一個聲音說：話可不能這樣說，雖然她是我名義上的姐姐，但我們之間沒有血緣，男女關係嘛，不要說在美國，現在中國又有幾個人看重？她自己也說男女朋友並不一定說明什麼。再說我也不是什麼都不做，跑了這麼多次不說，還為查爾斯太太畫像，連自己的藝術良心都用來作籌碼。還能說把頭縮起來嗎？「你這個無賴，還敢說良心，說到良心，從中國出來的幾個是有良心的，你母親不顧二十幾年結髮夫婦情分，為了在美國生存下來，把頭髮花白的丈夫一個人孤苦伶仃地拋下，這算有良心嗎？你為了一圓出國夢，機會來了拔腳就走。你可有想到過你老父的苦境嗎？你傷了腳，像難民一樣來投奔阿心，她憑什麼照顧得你那樣無微不至，她可沒欠你和你母親什麼。她也不能預料到戴維的事發生之後要你幫忙，有幾個人在朋友有難時能像她那樣盡心盡力的。你在旁邊搔了幾下子癢就以為對得起自己的良心了？」第一個聲音又爭辯道：別扯太遠好不好，我不是一開始就同意幫她忙的？問題是這樣做值不值得，出了事情又多扯幾個人進去。阿心她父親讓她讀醫學院容易嗎？還有她在香港仕鴿子籠的祖母，養育了她一場，如果有什麼事老太太還活不活？我自己倒沒什麼，光棍一條。大不了父母再傷心一場。陡然想到父母，卻斯心中一驚，不知母親知道他和阿心一起準備劫持一個犯人出獄會怎麼想？他有點幸災樂禍地想像母親急得發瘋而又講不出來的情景。倒是父親，他心裡一直有一份歉疚，原想是等父親退休之後把他接來美國頤養天年的，現在也說不得了。但願這次行動順利，戴維逃出來之後遠走高飛，他和阿心再回到以前平靜的日子裡去。

那種平靜的日子好像是亙古一樣遙遠了。卻斯真的好懷念他那段傷了腳的日子，在回憶中連咖啡館裡的嬉皮們都變得親切起來。白房子迴廊上的那張吊椅空空蕩蕩，在一陣微風中前後晃悠，自從戴維抓進去之後，卻斯再也沒有在那兒睡過午覺。他放鬆不下來，牙關咬得死死的，身上的弦緊得輕輕一碰就會發出「嗡」的顫音。平時他一如往日地與卡洛琳、格林夫婦打招呼，在查爾斯家跟小孩子們混天胡地玩地在一起，沒人看得出他有什麼變化，除了阿心。

阿心看起來並沒有像她自己說的重了八磅，還是那麼嬌小活躍，天天像松鼠一樣忙進忙出。晚上她弄好晚餐，卻斯在桌邊坐下，看著她把做好的菜一盤盤地端上來，抬起頭來，正好跟她亢奮的眼神相遇。

「可以吃了，幹嘛這樣呆呆地望著我。」

卻斯抓起筷子，掩飾地扒了一大口飯。

阿心在他對面坐了下來，盛了一小碗飯，慢慢地吃著，二人一時無話。

卻斯很快地扒完二碗飯，推開碗筷正準備去外面迴廊上抽菸時，阿心說：「卻斯，抽完菸再上來，我有話跟你說。」

在迴廊上遇見格林夫婦，打了招呼，格林太太先上樓去了，格林和他聊天，問起戴維如何了，卻斯淡淡地答道：「還好吧，正在準備上訴。」突然想到去查爾斯那兒這麼勤，他夫婦不知會不會有什麼想法，正在想著，格林問道：「查爾斯還幫忙嗎？」卻斯想：到目前為止查爾斯幫的最大的忙就是吃掉阿心做的那麼多菜。口中卻答道：「不錯，是幫了很大的忙。」格林說：「如果有什麼需要你們和我太太說，瑪麗安的話查爾斯沒有不聽的。」卻斯謝了他，又聊了一陣，格林說：「卻斯，最近我手頭很緊，能不能向你借個四、五百塊錢，社會安全局支票來了就還你。」卻斯想，原來前面的鋪墊是為了借錢，格林知道他的腳傷有一筆賠償，一個圈子繞過來，也虧得他開得了這個口。格林夫婦老是寅吃卯糧，這卡洛琳門廳裡掛的那些畫早就告訴了他。借出手了之後還的日子可能遙遙無期。二萬塊錢幾個月下來卻斯也七七八八地用得所剩不多了。他本能的反應是拒絕，不想將來討債時還要看人的臉色。但近來他們的計畫正在進行，萬一格林受拒後心懷不甘去查爾斯那兒嘀咕什麼的話，對他們影響可大了。

想到這兒，他對格林說：「沒問題，只是這二天有個朋友急用，把錢都借走了，幾天就會還我，我收到了就上來敲門，如何？」格林一心希望當天拿到現錢，臉上露出失望的神情，一再要卻斯估摸什麼時候可取錢，卻斯只能向他保證錢一到手就通知他。

談話到此已經敗興，卻斯又敷衍了幾句就返身上樓。他把這事跟阿心說了，阿心詫異道：「我住了這麼久他倒從沒開口借過錢，怎麼就找上你了？」卻斯道：「他看你一個學生，知道沒什麼錢。如果妳做了醫生之後還住在這兒，我想這種機會大大的。」阿心笑了起來：「那你跟他一樣是個混世界的藝術家，他怎麼又確定你有錢了呢？」卻斯把當初傷腳時跟格林來往的事講了。問道：「妳看要不要借？」又補了一句：「借了要作好討不回來的準備。」阿心想了幾秒鐘，說：「我看還是借吧，四五百塊不是大數目，雖然我們目前也是很多地方用錢，借了也許少點麻煩。」卻斯說：「借開頭了麻煩就來了。」阿心說：「這錢照理說是不應該讓你出，不過我近來身邊沒有多餘的錢，能不能你先借給他，如果他不還的話，我來還，好嗎？」卻斯一跺腳道：「看妳說到哪裡去了，不要說五百塊，就是再多的錢也沒有要妳還的話，明天我就去銀行拿了錢給他。」「好了，好了，我們不要再說這些了，噢，對了，你不用這麼快地取錢給他，過一、二天再說，太急了反而像我們刻意討好他似的。」卻斯答應了。

卻斯看了桌上堆的從奧克蘭中國城買來的食品，問道：「妳這次去準備做什麼菜？」阿心煩道：「能做的都已做過了，我都翻不出什麼花樣來了。」卻斯說那停幾次也沒關係。阿心說：「每次去那邊他家人總是盼望嘗試點新的。不做吧，以前做的前功盡棄，做吧，我實在提不起心思來了。」卻斯心痛地看了看阿心疲倦又亢奮的神色，問道：「戴維有沒有調去單人牢房？」阿心說：「聽喬說，幾天前已調去了，但我們也不好馬上開展行動。好了，好了，今晚說過不說這些了。我們好久沒在一起了，卡洛琳不在，我要去放上一大缸熱水，好好地泡一下。卻斯，你要不要來幫我擦背。」

34

澡缸是生鐵鑄成的，四個老虎腳爪站在藍色粗瓷的地磚上，搪瓷由於年代久遠變黃，呈現出溫暖的象牙色。滿缸的熱水霧氣朦朧，鏡臺前點的六支蠟燭昏懵如瑩。郤斯已經捂出了一身汗，斜靠在澡缸邊上，阿心背倚在他胸膛上，二人互相傳遞著一支大麻，擱在抽水馬桶上的錄音機播放著柴可夫斯基的e小調小提琴協奏曲。

「好久沒有這麼放鬆過了，我都記不起來上一次舒舒服服地泡熱水澡是什麼時候了。」阿心緩緩地吐出煙氣，說道：「大麻不多了，上次喬治給了我一些，今後再抽這麼好的大麻很難了。」

郤斯閉著眼睛，左手接過阿心舉過頭頂遞給他的大麻，右手的手指背面輕輕地摩挲著阿心的臉龐和脖項。「妳抽上癮了？」

「照醫學的觀點來說，大麻是種天然的神經鬆弛劑，如果不添加別的藥物，照理說是不會上癮的。」

「那為什麼這麼多人少了大麻就過不下去呢？」卻斯想到今天的麻煩有一大部分是由大麻衍生而來的。

「我想在這個社會中，很多人的生活、精神壓力太重，藉此忘懷和逃避吧。」

「你指的很多人也包括我們？」

「對了，包括我們。」

談話看來又要兜回戴維的事上去了。卻斯閉了嘴，想讓自己靜下心來。雖然講好今晚不再提劫獄的事，但隨著日子一天一天過去，那張弓漸漸地拉滿，越來越有一種箭在弦上，不得不發的感覺，這感覺無時無刻地不追隨他，像箭鍥一樣嵌在他的神經深處。有時他倒希望那個日子早些來臨，把膿擠出來，一切有個了結……

「水有點涼了，我先起來了。」阿心抽完菸，把菸蒂在水中浸熄，放在澡缸沿上，伸手取過一條白色的大毛巾把自己裹上。「我在床上等你。」

門鎖「唠」的一聲碰上，一陣輕微的風帶熄了二支蠟燭。卻斯深深地吸了一口氣，身體緩緩地沉入水中，直到沒頂。

卻斯在水中屏住氣，三十秒，四十五秒，一分鐘，他聽到血在太陽穴上呯呯地搏擊，一分十五秒，他感到胸腔由於氣壓開始膨脹，血流得更快了，腦中有一種無所思念的暈眩，身體開始在水中漂浮，一分三十秒，大片的黑暗開始籠罩，整個人有種窒息般的快感，他才從水中抬起頭來，貪婪地吸進潮濕的空氣。

擦乾了身體，他裸身走進黑暗的房中，爬上那高高的大床，在被單底下摸到阿心涼涼的皮膚。她穿了一件絲綢大襯衫，背對著他。伸手摟住阿心的腰肢，他不用觸摸就知道她在襯衫之下什麼都沒穿。整幢房子好靜，窗口偶爾劃過夜行汽車的燈光，滿屋的藍瓶子倏忽一閃，在天花板上映出一組藍色的光影。阿心抓住他的手，放在胸口上。他的鼻尖碰到她頸後的髮梢，有點微癢。他把綢襯衫的衣領拉下來，開始吻她的後頸，用牙齒輕輕地咬她的肩膀，咬她的背。慢慢地滑下去，用舌尖沿著脊椎輕輕地舔下去直至尾椎骨末端。阿心呻吟著，想翻轉過來，他制止了她，還是讓她背向自己側躺，卻斯抑制著自己想要進入的衝動，在床上仰面躺平，把阿心抱在身上，解開襯衫的鈕扣，親吻著她的咽喉，雙手握住她飽滿的屁股，不斷地搓揑。親吻一寸寸地向下移去，穿過鎖骨間的弧度，滑過腋窩，停留在胸前那點紅痣上。阿心頭髮覆在臉上，兩手撐在他的頭邊，呼吸急促。卻斯可以感覺到她那津液淋漓的花蕊緊貼在他小腹之上，充滿了慾望。他用舌尖幾乎不察覺地觸了觸她已硬起的奶頭，阿心像觸電似地抖了一下，把頭向後仰去。而卻斯噙住奶頭用力地吮吸起來，阿心的指甲深深地陷入他的肩膀。他順勢把阿心輕輕地往下一帶，男人的堅挺自然而然地滑入，阿心雙眼緊閉，臉上呈現出痛苦的神色。卻斯時急時緩地聳動了幾十分鐘，聽到阿心俯下來在他耳邊低語：「卻斯，我受不了了，一齊出來吧。」

靜下來之後，卻斯仰面躺著，手臂伸開，阿心俯臥在他的肩膀處，一動不動。卻斯伸手撫摸她一層薄汗的背脊，湊過去親吻了一下她的耳廓，輕聲問道：「妳睡著了？」

「沒有，不過也差不多了，好棒的SEX。」

「我還想要妳！」

「我倦得眼睛都睜不開了，你先讓我小睡一下。」

「我就是想在妳半睡半醒時進攻妳，讓妳分不清做夢還是現實，在不知不覺中一點點收拾妳。」

「我爸爸怎麼送了個色情狂來這裡，他的寶貝女兒都被帶壞了，你把我講得又濕了起來。」

「到底是誰帶壞誰了？」卻斯一翻身又上去了。

這一夜，他們都記不清作了幾次愛了，二人一直折騰到天亮。卻斯只記得阿心牢牢地摟住他的腰，一面呻吟一面說：「我要你射在裡面。」當時頭腦一熱就那樣做了。第二天醒來之後越想越不妥。他問阿心：「妳確定昨晚沒事？」

阿心一臉倦慵地坐在馬桶上：「你說什麼？」

「我是指妳要我射在裡面的事。」

「那麼多次，在裡面和外面還不是同一回事，你每次來的時候又沒去洗。」

「那妳會不會懷孕？」

「希望不會，我等下去找副RU486吃一下。」

「那是什麼？」

「是一種事後避孕藥，法國產的，美國市場上還沒公開賣。」

「哦，浪漫民族的必然產物，只是名字聽起來像日本照相機型號似的。」卻斯放下心來，「那妳從何處搞得到藥？」

「你忘了我是做什麼的！醫生只要要求，沒有搞不到的藥物。」

「我只是要妳小心點，我們還有很多事要做。」

阿心打開淋浴的噴灑，說：「我想快了，喬治那兒搞定之後，我們就著手實施我們的計劃。」

35

卻斯和阿心把那個實施越獄的日子叫做「D」日，那是第二次世界大戰英美盟軍橫渡英吉利海峽，登陸諾曼地的代號。當時英美聯軍要把歐洲從希特勒的鐵蹄下解放出來，現在卻斯、阿心、喬治這支三人軍隊要把戴維從加州監獄惡霸的魔掌中解救出來。與盟軍對峙的是希特勒的幾百萬精銳軍隊，而阿心他們面對的是哨兵，狼狗，衝鋒槍和電網，任務一點也不輕鬆。

一天下午，卻斯上尼古拉斯大叔那兒取鑰匙。他已經去過一次，小店的門關著，老頭大概上門做開鎖服務去了，今天倒是開門營業。尼古拉斯大叔從架子上取下一個裝首飾般的小盒，二枚淺金色的鑰匙躺在絲絨墊子上。卻斯結清了帳，在老頭開發票給他時瞥見老頭中指上戴著和鑰匙一樣色澤材料做的戒指。他讚了一句：「好漂亮的戒指。」尼古拉斯大叔笑哈哈地回答：「做鑰匙多了點材料，我澆了幾只戒指。」一面旋下來，遞給他看。卻斯接到手上，那戒指是條盤成一圈的蛇，頭昂起，老頭在蛇頭上鑲了二小粒紅寶石作眼睛。老頭說：「你喜歡的話加五十塊錢，只是寶石和材料費，人工就不算了。」卻斯說：「我沒有佩戴首飾的習慣，不過手藝真是不錯，想不到你這個工程師同時還是個藝術家嘛。」尼古拉斯大叔一面收回戒指，一面說：「你說我是工程師，那不錯。我還有哈爾濱工程學院的畢業證書，不過這工程師來美國也只配幫人銼銼鑰匙，開開鎖。至於藝術家？不敢當，那不是跟市場街的那些無家可歸者平頭了嗎？你去問一下那些衣衫襤褸的流浪漢，十有九個告訴你他是個藝術家。所以千萬不要叫我藝術家，你叫尼古拉斯大叔，叫老鎖匠，甚至叫俄國老毛子都比叫藝術家來得好。這些指環呢，一錢不值，只是閒來玩玩而已。」說著把戒指朝牆角一扔。

卻斯想老頭如知道他是個畫家會怎麼想，笑著說：「大叔，牢騷太盛防腸斷。藝術家也沒什麼不好，你看那個才死掉的安迪・沃荷，錢多得不得了，再不濟的話也可以怡情養性嘛。」

「你是說那個男不男，女不女的精神病安迪・沃荷？我看過一部他的紀錄片，那副樣子使得我都要嘔出來了。快別提了，我一直跟我的小孩子講：來美國做什麼都好，那怕在飯店洗碗，就是不能做藝術家。」

在卻斯將要踏出店門之時，老頭又叫住他，卻斯有點詫異地回到櫃臺前，心想老頭是不是成天守在店裡太寂寞了，想要人再陪他聊聊天。尼古拉斯有點遲疑地開口道：「你這二把鑰匙模子拿來時，因為你按下去時有點輕重不同，我為了保險起見，每面的尺寸減了零點零二毫米，鑰匙如果太粗了，塞都塞不進去，薄了呢還可以想想辦法。」他從一個盒子裡找出一段像鐘錶發條那樣的鋼片，用紙包好遞給卻斯：「如果太鬆打不開鎖的話，用鋼片墊一墊。」

卻斯接過紙包，老頭怎麼好像猜到這二把鑰匙只用一次，再也不會回來要求重配的呢？他緊張地思索著，老頭是否看出些什麼苗頭來了，既然老頭沒有挑明他也就裝糊塗。謝了尼古拉斯大叔轉身出了店門。

晚餐時，阿心告訴他，查爾斯已把戴維的照片寄來了，她用快遞送去墨西哥喬治處了。證件出來之後喬治會把一切安排妥當，他們現在可以選個日子，開始計劃營救行動了。

「你那方面準備得如何了？」阿心問他。

「鑰匙我今天已經去取來了，在我房間，吃完飯我取來妳看，至於護膝、手套、電筒都很容易。繩梯我去登山運動商店看了，他們沒現貨，要訂製。一個禮拜可交貨，要不要我明天去下定單。」

「好，記住用假名字，付現款。喬治和我商定，那天我們開兩部車去，喬治接了戴維直接開去洛杉磯機場，從那兒搭機去艾爾帕索，機票也用現錢買，盡量不留痕跡。喬治已買通了蛇頭，他將帶他們通過邊境。在墨西哥住定下來再跟我們聯絡。」

這種聯絡越少越好，卻斯想道：「那我們呢？」

「我們就直接開車回柏克萊了。怎麼？你還是懷念查爾斯家的大餐嗎？」阿心調侃道。

「不要忘了打開通氣窗的工具，上次你看了沒有？到底是用螺絲釘的呢？還是焊上的？」阿心提醒道。

卻斯「轟」地出了一身冷汗，他疏忽觀察這個了，第二次進去時只顧了認路和把匙按在印模上，忘了看通氣口蓋的蓋子了。他囁嚅地說：「我倒記不起了。」

「沒關係，我們準備起子扳手和氧氣瓶。」阿心並不在意：「要那種帶小型燒焊器的氧氣瓶，一般的五金店都有賣。只是你得先練習一下怎麼用。」

卻斯鬆了一口氣，他本來以為阿心會狠狠地責怪他的。「好的，我明天去定繩梯順便把工具都買來，先在後院試用一下。」

這時門上響起敲門聲，阿心起身打開房門，格林站在那兒，看見桌上的盤盞，說：「對不起，打擾你們的晚餐了，我等一下再來。」阿心問：「要不要跟我們一起吃一點？」格林說：剛剛用完晚飯，否則是一定不客氣的。

匆匆吃完飯，收拾掉桌子，格林又來了，他遞給卻斯一張支票，謝謝他上次借錢給他。「你不在意我開支票給你吧？」卻斯嘴上講不在意，不在意。心中思忖道；我借你是五張百元大鈔，還我卻是一張支票，還要去銀行跑一趟。不過他本來作好思想準備收不回這筆錢的，現在格林來還錢，就像路上撿到一樣，這點小小的麻煩也就算了。

格林覺得還要寒暄一下，問起卻斯近來有沒有新作，卻斯說來了柏克萊就畫了二張畫，他指了指畫架上阿心的肖像說另一張是給查爾斯太太畫的。「是啊，查爾斯打電話給我太太，說他們全家都喜歡極了，查爾斯太太半夜還起來，打開燈在那張畫像前看半天。」格林話鋒一轉，「你們知道不知道，查爾斯升官了，馬上要調去法蘭斯諾去擔任加州的獄政總稽查了。」

這消息來得突然，好久阿心才說：「那要恭喜了，我們有二個禮拜沒去維薩勒了，那他們全家都要搬去法蘭斯諾囉？」

「那我就不知道了，也許查爾斯先去，找到房子再全家搬過去。」格林站起來，不經意地走近壁爐架，讚賞地摸著壁爐架的花紋，說：「這種古色古香的壁爐架子如今在外面已不多見了，你看這材料，你看這手工，雕花！郤斯，你說這壁爐架能不能算一件藝術品？不知道你們這個壁爐還能不能用？」說完彎下腰去朝爐膛裡張望。

「天冷的時候生過火，用起來沒問題。」阿心回答：「格林，你要不要來杯咖啡？」

「不了，謝謝你阿心，我太太還等我回去呢。」格林向郤斯擠了擠眼睛，好像他們之間有什麼祕密似的。

門關上之後，郤斯說：「格林真是對找寶藏走火入魔了，妳以為他真的欣賞壁爐架上的雕花嗎？他是藉此看看有什麼機關，比如暗鈕什麼的。我真不明白，一個以前的大學教授，會對一件半世紀前的道聽途說這樣深信不疑，窮追不捨地尋找。如果他是屋主的話，說不定把整幢房子都給拆了。」

阿心在用抹布揩拭藍瓶子上的灰塵，說：「人一鑽起牛角尖來的話，真是用載重卡車都拖不回，從歷史上看，多少人為了一個虛幻的理想，或不實際的願望，毫無必要地浪費一生。有時我真懷疑，就是在我們這個高度標榜自由的國度，個人到底有多少事是可由自己真正控制的？每個人生下來就納入一條特定的軌道，生活的、事業的、家庭的、社交的、人在這條軌道上就很難下得來。有時覺得目的地很明確，卻不知一點小小的誤差就把你驅向不可知的歧途，你的一生就這樣不知不覺地一天天報銷掉了，等你發覺之時往往太晚，而事情都無可挽回了。這些日子我常常想起戴維，他是個最好的例子。還有喬治，自以為與世無爭，哪知道就是你避居深山，這個世界還是不會放過你。我祖母說過，人來這個世界就是還債，所欠的都要在這輩子還清，拖到下輩子還要加利息，沒人逃避得了。我以前對此嗤之以鼻，現在想想她說的不無道理，雖然她沒有讀過書，但跟我們這些受現代教育的人相比，她有一種冥冥中的清醒，承認自己的命運，不作無謂的抗拒，一生坎階卻腳步堅定，到了生命的晚年心境平靜恬然。我到老了不知能不能達到那個境界。」

卻斯感到一陣涼意襲來，這席談話把他召喚到一個深不可測的懸崖邊緣，阿心好像是站在一條河空曠的對岸跟他對話，聲音細微空洞，卻直貫他的心扉。一種說不出的不安掠上他的心頭，為了掩飾這種不安，他跟阿心開玩笑道：「看來那些燒香念佛的老婆子倒悟到人生的真諦了。妳可不要動出家的念頭啊。」

「你不覺得學醫很接近佛理的範疇嗎？一個人觀察了太多的生死病苦，不禁要問：大家奉為至高無上的生命真是那麼值得嗎？我見過一個小男孩，生下來手腳全部沒有，不管別人對他投入多少關注，不管他生的願望和意志是多麼強烈，我都不敢想像他一生中將會面臨的遭遇。還有一個小孩子，生下來心臟就在體外跳動，胸口上的肌體就像一個永不癒合的傷口，他註定在玻璃罩下度過一生。我以前都不敢回想這幾個病例，一想起的話，所有的藍天白雲鮮花綠樹都失去光彩。有時真覺得地獄不是在冥冥之中，其實就存在於我們生活的現世。人可以住在華廈裡卻覺得活在水火煎熬之中，也可以一無所有卻怡然自得，天堂和地獄的分界本來就不是那麼清楚，全在於人自己的心境。」

卻斯冷汗都出來了，這不是他所認識的阿心，那個穿著一身牛仔服巧笑倩兮，像陽光一樣燦爛的女孩。他好像與一個很老的幽靈在談話，蒼涼而悠遠。他甚至不明白阿心的話語，只感到一種幻景，像誤入深幽無人的山谷，傳來一陣陣木靴敲擊在堅硬花崗石的山脊小路的回響。

「妳今天是怎麼了？無緣無故地引起這麼一篇文章。信佛也好，治病救人也好，看開出世也好，不值得這麼消極，就像你自己講的：人的處境全在於他的心境。自己心中是灰色的，看出去外面世界也是灰色的。其實這世界還是有很多美妙的東西，我在別的國家生活過，相對來說，美國的一切就好得不能比了，就以我們住的柏克萊來講，雖然有那麼些混蛋的政客，雖然夏特克街上有躺著衣不蔽體的乞丐，但你轉眼一看，綠樹成蔭，居家典雅幽靜，站在我們下面的迴廊上就可眺望大片灣景。你不用我說就感到這兒濃厚的學術人文氣息，大家都優閒舒適，沒有像紐約、舊金山那種迫人的生活節奏。」

「人和人之間有一種寬容，我活也讓你活。」卻斯頓了一下，開玩笑道：「當然，房東是個例外。我和妳有幸在柏克萊是無產者。我們今天不談這個了，到棕熊嶺散步去，晚些我帶妳去一個西班牙酒館喝酒去。」

他們踏著夜色，從柏克萊山麓彎彎曲曲的小路爬上最高的一條街道——棕熊嶺，帶著夜霧的枝條刮過他們的衣襟，在半路上走累了坐在路邊低矮半傾的圍牆上小憩，望著圍牆後面黑黝黝的大房子，桔色的燈火在窗上時隱時現。有人在彈奏蕭邦圓舞曲，一遍一遍重複著同一音節。一群麋鹿小心冀冀地走近車道，發覺他倆之後掉頭飛奔而去。他們手牽手地站在棕熊嶺上，望著對岸舊金山的萬家燈火，一輪龐大昏暗象牙色的月輪從他們腳下升起。

在西班牙酒館裡坐定之後，卻斯要了一杯白蘭地，阿心看著琳琅滿目的酒單拿不定主意。酒保說：我們這兒的酒是全加州，也許是全美國最全的，這不是大話。阿心說這樣的話我更無從選擇了。酒保說：小姐，我推薦妳一種西班牙酒，是朗姆、琴酒和果汁、礦泉水的雞尾酒，妳嘗嘗如何，不喜歡的話算我的。阿心看來滿欣賞這酒店的氣氛，也喜歡這酒保的爽朗。酒來了之後，她嘗了一口，說不壞，有點西班牙佛朗明哥的味道。卻斯也嘗了一口，說這是給女人喝的酒，太多的水果味了，他還是喜歡白蘭地純純的香味。又說爬山爬得肚子餓了，要不要點些什麼來吃？阿心說這酒味正好，你實在餓的話等晚些去臺灣飯店吃宵夜。她取下鑲在杯沿的青檸檬皮放進嘴裡吮吸，說：「卻斯，我還要告訴你一件事。」

「什麼事？」卻斯剛鬆弛下來的神經又一下綳起，他本能地怕阿心這種一本正經跟他講話的口氣，不過事情已經全部攤了出來，最壞的結果也預想過了，還能有什麼再了不起的事，想到這兒，他稍微平靜了一點。

「算了，現在不講也好。」阿心迴避他詢問的目光。

「妳看妳，提了個頭，又半路煞車，弄得別人心裡癢癢的，我七上八下地揣摩妳要講的話，這杯酒還喝得好嗎？」

「我是怕講了之後你喝不好酒，何況我還不確定。」

「隨便妳，妳已經告訴我了有一件會使我喝不好酒的事，我這杯酒無論如何喝不好了。妳講了，我說不定不當一回事，也許根本不是一回事，我的酒還可以喝得舒暢一點。」

「那好，你還記得ＲＵ４８６嗎？」

「是不是那種事後避孕藥？怎麼啦？」

「我沒用ＲＵ４８６。」

「是不是弄不到，妳說過在美國市場上還沒有公開賣的。」

「不是，確實講，我手上一直有那種藥，不過那幾天我有了點別的想法，所以我沒有去動ＲＵ４８６。」

一陣沉默，卻斯感到了些什麼，卻又理不清頭緒，他下意識地掏出煙來，想了想又放回去。

「妳能不能告訴我仔細一點，我都有點糊塗了。」

「我想我先得告訴你，我沒說我懷孕了，看你一副臉色蒼白的樣子，我只是說我沒去吃那種藥，是因為我不想去人為地改變命運，應該來臨的就讓它來臨，經過那夜之後，真的懷孕了，就順其自然。如果沒有，那也聽天由命。總之，我不想用RU486，那藥的有效期已經過去了。」

「這可怎麼說呢，如果懷孕了，可是麻煩無窮。」

「你就是怕麻煩」，阿心突然發作：「世人都喜歡尋歡作樂，趨之如蠅，卻不願付尋歡作樂的代價，只想付一粒RU486就抵銷掉所做的一切。我們有了激情就作愛，代價只是一粒RU486，這激情也太廉價了吧。」

如果上帝在這段激情中安排了一個小生命來到世上，這RU486就像一顆子彈，在他還沒成形時就「咻」的一聲結束了他的一生。不管這小生命也許有無比美妙的人生，也許可以為這罪惡的世界帶來一線光明，不管今後他的人生是驚心動魄還是平淡樸質，一切都在一仰頭，藥片順著冷水滑過咽喉之後結束了。這是一種悄悄的合法謀殺，是二個成年人尋找種種藉口剝奪掉他一生，是他父母的抵賴。我不知道你是怎麼想的，我可不願意欠債。想想你是怎麼看格林的，但他還是把錢還上了。想想有一個後代，在冥冥之中帶著一股對你的怨氣，因為你不願生養養育他，在他爬上岸時你又狠狠一腳把他踢回那條黑暗的河裡去，去受那種無盡的輪迴。你以為再也見不到他了嗎？確確相反，他永遠住在你的心裡，也許大聲嚎叫，也許只是不時地幽怨地望你一眼。我可是受不了這種天譴。不管怎樣，如果他來到，我就盡一個母親的責任，就像我母親對我的責任一樣。卻斯，你儘管走開好了，躲得遠遠的，沒你的事，不過……阿心突然變了一副笑臉，一剎那她又變得明媚動人，她湊近卻斯的耳邊，輕輕嘶聲吐出：「Fuck you，卻斯。」

卻斯震驚得呆住了，手裡擎著酒杯忘了喝，半晌，望著若無其事地攪動那杯西班牙雞尾酒的阿心，說：「我們為了一件根本還沒確定的事情吵架，值得嗎？機會只是百分之五十對百分之五十。如果沒懷孕的話，我們吵架只是捕風捉影，自尋煩惱而已，就是有的話，我也沒說我要走開。不過，我也要告訴妳，萬一這孩子就像妳講的那樣十全十美，他一來到這個世界上，就有他踰越不了的障礙，首先，他的父母是法律上的姐弟，也許一直不能結婚。他的外祖父和祖父是同一個人，他的外祖母和祖母也是同一個人。他心理上受得了嗎？他也許一點都不會感激我們，反而一生中帶著一股怨氣，帶著一種無可克服的遺憾。妳有沒有考慮過這一點？」

阿心盯著酒吧深處，二個手指旋轉著酒杯的高腳柄。柔和秀美的側影在昏暗的燈光下使卻斯格外心疼。阿心也不看他，緩緩開口：「法律、族系、社會輿論都是人為的產物，如果跟命比起來，這些都算不了什麼，一個人如果被排斥了生的權利，你想他還會重視這些東西嗎？卻斯，我看錯你了，我本來想你是個獨斷獨行的藝術家，卻忘記了你是從中國來的，幾千年的社會倫理在你的血液中流動，也許你自己都不知道，事情來臨時，你的幾百代祖宗都站在你的神經上大聲疾呼：『不可以，不可以。』這是你必然的選擇，必然的反應。我早該想到這一點的。」她起身招呼酒保：「再來一杯同樣的。」

卻斯無話可說，腦中一片空白，他伸手握住阿心放在桌上的手。她沒有掙扎，卻斯用手指輕輕地撫摸著她修長的手指，骨肉平均的手背和手腕。在酒保把酒送來之前，二個人就手握著手，在燈光下看著對方的眼睛，誰也沒開口。

「我愛妳，阿心。」卻斯隔了那杯晶瑩的泛泡沫的酒杯對阿心說：「妳講的話使我心裡好痛，我也許還沒有妳想的那麼壞。我只是對整件事太困惑了，給點時間，我想我會想通的。不過，可以告訴妳一件事，無論發生任何事，我不會離開妳的，這從我在西雅圖回來時就知道了。」

阿心的眼光柔和下來，半晌，她伸手拍拍卻斯的面頰：「兩個傻瓜為了一件沒有的案子大吵特吵，真是好笑。我也是神經過敏，想到也許你和我會有一個孩子，就處心積慮地為他或她保持一個機會，想為他搬掉生命路上的障礙，在認識你以前從來沒動過這種念頭。其實我也沒有什麼好怪你的，孩子總是母親的責任，你在也好，你不在也好，我會很快樂地牽著他的手在花園中漫步的。」

「實話告訴你，我一點也不怕做一個單身母親，也許這樣可以更好地按照我的願望教育他，一點也不讓他感到有一個倫理錯亂的父親是個遺憾。他只有個母親，還有疼愛他的外祖父、祖母，也許還有一個鍾愛他的舅舅，可以帶他去看火車、輪船。希望他在黑暗中聽到我這番話，張開手臂雀躍不已地向我飛奔而來。」

夜已深了，酒吧中客人漸漸離去，卻斯淚眼朦朧，鼻子一酸一酸地聽著阿心喁喁作語。滿是汗水的手掌緊攥著阿心的手用力握著，阿心輕輕地在他手背上打了一下：「這麼用力，把我都弄痛了。」她把酒杯推到卻斯面前：「你說這酒是給女人喝的，其實後勁很大，我都有點頭暈了，你把它喝掉，如果還想吃宵夜的話就得走了，否則臺灣飯店要打烊了。」

吃完宵夜，二人腳步飄蕩地晃回穹彎街，阿心說她倦得睜不開眼了，要卻斯回他自己房間去睡。卻斯回到樓下的房間，躺在床上怎麼也睡不著。目光炯炯地望穿黑暗的天花板，好像看到阿心如何胡亂洗了一把臉之後爬上那張高高的大床，踡縮起腿彎睡覺，他看見她在毯子底下側身而臥的輪廓，穿過藍色瓶子的月光掛在床頭，暗金色的髮梢撒在潔白的枕頭上，他聽到她入睡時的呼吸聲在他身邊起伏。這時他整個身心充滿了阿心，思念著，不帶情慾，或者說是一種比情慾深刻幾百倍的慾望，刻骨銘心。他願意在阿心的床邊坐上一晚，眼睛一眨不眨地注視她每一下的呼氣吐氣，為她每一次的翻身而戰慄，只要他的指尖能挨著阿心的指尖，他的心境就會像電流接通之後那樣明亮熨貼。雖然在酒館裡他們最後和好了，但阿心的話語指明瞭一條隱蔽的危險鴻溝，隔著這條鴻溝，卻斯感到親密無間的阿心隨時可以飄然而去。

他需要一點點可觸摸的東西證明阿心還在他身邊，那份蝕骨的情愫還是像以前一樣可以信賴。在黑暗中他躍起身來，摸黑開了房門，赤著腳，躡手躡腳地摸上樓梯。阿心的房門緊閉著，他盡量不出聲地轉動門的把手，門從裡面鎖上了。他貼在門扉上聽了聽，裡面一片寂靜，再從門縫底下看看，只見一片淡藍色的月光。他有阿心房間的鑰匙，但此刻他穿著內褲赤著腳，鑰匙留在樓下了。卻斯在心中默禱「阿心，如果我們可以相守一生的話，妳應該可以感應到我等在妳的房門口，妳會過來開門，我將把妳滾燙的身軀擁入懷中，然後我只要靜靜地躺在妳的旁邊就滿足了。我數到十……」數到了十，沒有一絲動靜，只聽到樓板「嗝、嗝、」地爆響，門的把手卻一點沒有轉動的跡象。卻斯數到一百，再數到一千，渾身冰冷地貼在門上。今天這房子不知怎麼的，木板的爆響一聲接連一聲，在寂靜的深夜中聽來格外詭譎。數完一千後，卻斯想阿心一定睡熟了，今晚要進去只有下樓去取鑰匙了。他扶著樓梯輕手輕腳地下來，拐過轉角，平時極膽大的他也嚇得一怔，心臟狂跳。透過大門磨砂玻璃映進來的光線，一個黑黝黝的人影站在那兒。他定了定神仔細一看，是瓊安，老太婆穿著睡袍，頭髮由於睡覺的關係一根根豎起，像夢遊者一樣站在那兒，似醒非醒的臉上，掛著一絲猙獰的微笑，盯著他。卻斯的手腳不住地哆嗦，滑過瓊安的身邊，直到進了自己房間，坐在床沿上好一陣子才緩過來。他找出鑰匙，打開門伸出頭去看，瓊安已經不在那兒了。只有月光穿過外面的樹影，在樓梯腳下投下搖曳的光斑，他不禁想剛才是否看花了眼？瓊安半夜兩點鐘站在過道的樓梯口幹什麼？雖然阿心房間鑰匙在手，他已經不想再上去了。

36

瓊安昨夜也是聽到房子地板咯咯的響聲而睡不著覺，本來想起來開門去迴廊上透透氣的，卻冷不防看見卻斯像做賊一樣從樓上掩了下來。乍見之下也是一驚，旋即在心中轉為冷笑；半夜一二點鐘短褲赤腳地偷偷摸摸會有什麼好事？樓上那個阿心平日一副清純的天使面孔，背地裡的行徑都是見不得人的。先是那個賣毒品的男朋友，還好給關進去了，否則說不定哪一天就會把毒品買賣帶到白房子的迴廊上來。她說那個中國人是她弟弟，怎麼看都不像，平時二個人黏黏乎乎的。卡洛琳瞎了眼，也沒有看出來，還讓那個中國人正式租了進來。本來瓊安一人住下面一層，清清靜靜的，客人上門也非常有隱私性，現在老是在走廊上碰到卻斯，有時他頭也不梳，衣衫不整地跟來訪的客人相遇，瓊安不得不多費口舌向客人解釋後面房客的來龍去脈。心中那一股怨毒，只是找不到由頭向卡洛琳開口抱怨。今天可給她逮住機會了，要找個時間和卡洛琳好好地談一談。毒品，見不得人的性，她卡洛琳還考慮不考慮到別的房客的生活質量？這樣放縱下去，白房子要變妓院了。瓊安在十三歲時被一個天主教神父猥褻過，從那以後一直沒恢復過來，賠進去二次婚姻，對任何形式的性深惡痛絕，她下決心一定要抵擋侵襲到她家門口的罪惡了。

如何向卡洛琳或市裡的租房管制委員會證明這幢房子裡有非法的活動呢？瓊安是受過教育的人，曉得僅僅看見一次卻斯赤身露體從樓上下來不能作為充分的證據。當然她今後可以處處留心，尋找任何的蛛絲馬跡，但這還不夠，她還不能闖進阿心的房去，當場抓住那二個不知廉恥的男女。她需要扎扎實實的證據來向卡洛琳攤牌——她瓊安的生活已經被這些不知檢點的房客所影響。

卡洛琳要麼讓他們走路，或是給她金錢上的補償。否則大家可以去房租管制委員會仲裁，到了那兒，瓊安對輸贏是有把握的。

瓊安記得她客人中有一位是做私人偵探的，曾找她做過一個心理療程，那客人由於職業的關係看了太多世間骯髒卑鄙的事，對人性絕望而陷入深度沮喪，找瓊安挽救他瀕於崩潰的心理。瓊安記不起那人最後如何恢復的過程，一年多前的事了，也不知他現在是否還做這一行。打個電話問一問應該沒關係，就是他不在行了也許可以介紹行業裡的好手給她。

37

阿心接到喬治的電話，墨西哥那頭一切準備就緒，他近日會先跟蛇頭去走一圈，實地探探邊境關卡的虛實，到了美國境內之後，就搭飛機來灣區。阿心問他準備住在哪兒？喬治說在行動之前他們最好還是不要太多接觸，他隨便找一家汽車旅館住下就可，不過他身上現錢不多了，還要預留出墨西哥的旅費，蛇頭的錢他預付了一部分。阿心說如有困難就告訴她，其實她的幾張信用卡也刷得滿滿的，每月只付最低額而已。她不想為這事向她父親開口，主要是不想讓他擔心。卻斯還有萬把塊錢，她決定不到萬不得已不去動它，雖然卻斯一直表示他的每一分錢她都可以動用，不需要償還。她對將來的經濟狀況並不是很擔心，一俟戴維的事解決，她馬上可以進任何一家大醫院實習，所有的欠債都可以逐步還清，卻斯願意和她住在一起的話也不用急於賣畫。她對將來的前途還是有把握的，D日過去之後一切都會走上軌道的。

還有一件事她一直掛在心頭，連卻斯也從沒跟他提起過。自從那次在查爾斯家吃飯邀請了典獄長和那個約翰警長之後，約翰在她每次去探獄時都有意無意地在她眼前晃來晃去，弄得她和戴維都談不好話。每次接見完了約翰一定邀請她去他辦公室坐坐。有一次實在礙於面子答應他去喝杯咖啡，約翰進了辦公室鎖上門，就從背後抱住她，她掙都掙不脫，被他在脖子上、耳朵邊、面頰上亂親了一氣。她威脅說要放聲叫人了，約翰才把她鬆開。泡了二杯即溶咖啡之後，告訴阿心他作為大權在握的警長，是如何地擁有監獄裡的絕對權力，他可以讓一個犯人生活得跟監獄外沒什麼區別，有時甚至還可以以治病的理由在外面小住幾天。或者他可以讓一個犯人求生不得，求死不能，犯人到了那個時候就會連最基本人的尊嚴都消失殆盡；他會為了吃一餐飽飯而去舔獄霸的腳趾，為能得到一宿無擾的睡眠心甘情願地被人雞姦。最可怕的是他最後會淪落到獄霸的工具和爪牙，為了一點小小的方便或利益而去欺凌損害別的比他更弱小的監犯。一個人墮落到這個程度之後就徹底毀了，哪怕他今後再有機會回到正常社會去做人。他的良心（如果還有一點點良心沒有泯滅的話）會壓得他抬不起頭來，很多人最後以自殺收場。約翰這番話講得非常家常，聽起來像是感嘆自己不得不每天面臨這麼多人生黑暗面。阿心非常清楚他所描繪每一個畫面之後所隱藏的威脅。約翰講的也有一大半是事實，獄中順我者昌，逆我者亡的故事她從小說電影中都看到過。查爾斯、喬他們也非常清楚地說起過這些大家都知道卻又沒法阻止的殘酷事實。約翰話鋒一轉，說戴維看來不像個能跟監獄幫派同流合汙的性格，也不能靠自己堅強的個性來保護為人的準則。他的生死存亡全取決於監獄當局對他的特殊照顧，而他約翰則握有這個決定的權力——照顧還是不照顧、照顧的話照顧到什麼程度，不照顧的話是聽任自生自滅呢還是最大地履行監獄的功能，把犯人扔到最惡劣的幫派中，做最不討好的工作，受最大的皮肉苦楚和靈魂懲罰。這一切都掌握在監獄當局手中，連上訴都要獄政委員會批准。

而他約翰，上帝保佑，就正好位於這個代表當局的位置上。科學家戴維的生死好壞，取決於他這個愛爾蘭漁民的兒子一念之間。

「戴維還是幸運的。」約翰把腳蹺在辦公桌上，點上一根粗大的雪茄菸，「有妳這麼漂亮的一個女孩子關心他。」說到這兒他色迷迷地朝阿心擠了擠眼，吐出一股渾濁的菸氣：「像妳這樣漂亮而義氣的女孩，我們監獄方面同情妳的遭遇，我們不拒絕伸出手來幫妳一把，也就是讓戴維有個正常的生活，哪怕在監獄裡，他也可以像別人一樣得到他最基本的權利，不受到傷害，保證必要的營養，睡眠，醫療。如果有機會的話監獄當局可以向上面報告，適當減縮他的刑期。這一切的可能都取決於妳如何維持我們對妳的同情，在於怎麼增進我們之間的友誼。我們獄政管理人員也是人，有著普通人有的愛憎好惡，並不可避免地把這種愛憎帶到工作的情緒中去。妳看我可以去做心理學家了吧。話講回來，阿心妳是個聰明人，漂亮而聰明。我是妳的話就會想最大的可能維護加強我們對妳的同情和友誼，而不是不識好歹地無動於衷，或者毀壞這已經架起的橋樑，這樣會使事情走到反面去。我不用多說了。」他看到阿心站起來要離開的樣子，放下雪茄站起身來伸開手臂：「要求一個擁抱不過分吧！我一直在想，約會妳這種東方風味的女孩子是怎麼個滋味。」

阿心逃似地出了約翰的辦公室，那頭髒豬的樣子，那色迷迷而又冷酷陰險的眼神使她差一點吐出來。她相信這個渾蛋的話，如果阿心不埋睬他那露骨的暗示的話，他真的能在法律的庇護下把戴維整得求生不得求死不能。查爾斯還在的話，也許還可以借他的影響抗拒一下，但也防不住他暗中加害，或通過獄中犯人的手，到時連痕跡都沒有。如果查爾斯一走，約翰是更無忌憚了，那個老黑人典獄長看來是管不住他的。阿心厭惡地想到約翰他那布滿斑點，皮膚通紅的手在她身上拍拍摸摸，渾身雞皮疙瘩都起來了。她不想再看見這個名副其實的惡棍，也不能讓他傷害戴維。在計畫日之前還不能跟他撕破臉，必要時還得給他一點有盼望的假像。

但這事不能跟卻斯商量，甚至不能給他知道，照他那種脾氣，知道了只會大發雷霆，壞了他們整個計畫的。

阿心決定把計畫日盡早提前，就在喬治到達灣區之後的幾天中進行，以免夜長夢多。她不是很放心喬治的精神狀態，自從西恩去世之後，他一直陷於一種繼持的沮喪，很多時候表現得恍恍惚惚。在制定越獄細節上阿心不能指望他太多。她必須從頭到底策劃整個計畫，每一個細節都至關重要，一點點差錯都不能有，還必須考慮到種種可能的意外和應變辦法。她不敢去深想這件事萬一搞砸之後會怎樣；明顯的戴維不說了，卻斯、喬治和她自己都栽進去。說不好還牽連到查爾斯一家。她腦中一閃而過取消整件事的念頭，隨即很快打消了，她不願背著對戴維的負欠而過一生，就算她和卻斯安安靜靜地生活在一個沒有人知道的地方，她會在半夜中驚醒過來，想像到戴維在獄中無助絕望地被折磨到瀕死的境地。如果戴維有什麼事，喬治是不會再有勇氣在這個世界上活下去的。她會被這個念頭啃噬、擾亂。會侵蝕任何建立起來的生活基礎。當然就是她不作任何舉動而過了一段時間悄悄走開，沒人能說她的任何不是。但阿心知道她的心被鎖住了，只有在戴維遠走高飛之後，她才能重獲心靈的自由，才有可能不受干擾地安排她今後的去向和歸宿，如果卻斯在那個時候還是願意跟她在一起的話。

卻斯在她生活中出現是個奇蹟，一年多前她父親打電話告訴她要結婚時，當初她心中有點抗拒，一部分是悲懷故世多年的母親，一部分是警惕一個陌生的女人介入她和父親之間。所以她沒特別回紐約參加婚禮，只是去梅西百貨店挑了一件綠色的洋裝作為新娘的賀禮。婚禮過後，她也就漸漸淡忘了那點抗拒，父親年過半百，一個人單身住在紐約，祖母又遠在香港，有一個通情達理的女人能照顧他，使他晚年有個溫暖的家，不啻是卸下她作女兒的一大包袱。

所以當知道卻斯來柏克萊養傷，她盡力像對一個家人那樣照顧他。不知從什麼時候開始，一種真正的親密情愫在他們之間增長，她總覺得認識卻斯不是幾個禮拜，而是幾百年了，像是上輩子的事，有時她真的會懷疑是否有前生，卻斯的一舉手一投足都是那麼似曾相識，他住在她那兒一點都不像個陌生人，輕輕易易地融入了她的日常生活，最使她對自己解釋不通的是：她心甘情願地為他燒菜做飯，看他狼吞虎嚥時心中有一股無名的母性油然而生。當他挨近她時，她嗅到他身上散發出來的一股熟悉得不能再熟悉的體味。憑著這股體味，她可以蒙上眼睛，輕易地從幾百個人中準確無疑地分辨出這個男人散發出來的特殊信號。她戰慄不已地等待他遲疑地一步步走近來，在雷廷農場那天夜裡，她半睡半醒地躺在他懷裡，所有他的衝動，輕微的試探，欲進而止的舉動她都從神經末梢上感到，那雙注視著她後頸的眼睛，她不用回過頭來就讀懂每一絲慾望。他的氣息包圍著她，使她全身沉浸在無比舒暢和慵懶之中。第一次他跟她發生關係時，雖然他很快地洩了，她卻一點都沒感到不滿，相反地，卻斯在那幾秒鐘達到了她一個很深很深的地方，那是戴維從來沒有達到過的。她知道把二個男人相比對他們對自己都不公平。不過有一點是確定的，她的全部身心是沒有辦法拒絕卻斯的任何要求的。

對於把卻斯捲進幫戴維越獄的事，她曾考慮好久，最後覺得讓他自己做抉擇，這基於幾點理由：第一，他們住在一起，所有的事絕對瞞不過卻斯，如果他不知情而有所疑惑的話，事情會節外生枝。第二，有很多事情不是她阿心一個人能辦下來的，喬治出面也不合適，卻斯是個非常好的幫手。第三，戴維如知卻斯為他越獄出力奔走的話也許心中會有感戴。

但最後一個理由，阿心自己也不敢承認，那就是卻斯已經扎扎實實地成為她生命不可分離的一部分，不管今後枯榮好壞，卻斯必須和她同舟共濟。好的不去說了，萬一她有什麼事，她不能放懷讓卻斯離她遠去，二人相隔之後不知何時才能在冥冥中重逢。她從來沒有在男女之事上這麼固執過。阿心被這種隱約的念頭嚇了一跳，馬上又深深地掩藏在意識深處。

到目前為止，卻斯不但身體力行地陪她進行了種種前期工作，他還毫不憐惜地貢獻出他有限的金錢資源。他跟查爾斯家打成一片，分擔了阿心不少的應酬和探問，發現監獄的通氣口通道是絕大的貢獻，使得整個計畫有實現的可能。但阿心總覺得卻斯心中根本上沒有對越獄計畫認同，從現實上他沒有理由，也沒有必要為所愛的女人的前男友賭上他年輕的一生，他所作所為的一切都是為了阿心，為了阿心那一絲看不見摸不著的良心平安。這種感情的奉獻使阿心覺得責任更重了，她必須好好地籌劃每一步計畫，確保萬無一失。乘現在喬治沒來之前，她要靜心推算一下，列出所有的重點和細節。

38

瓊安和以前的病人聯繫上了，那個叫維克多的私人偵探告訴瓊安他已經半退休了，不過瓊安如果有什麼問題他願意幫忙。瓊安約他出來吃了頓晚飯，瓊安訴說了她的問題後問維克多：能不能幫她收集一點證據來支持她也許會提出的申訴或訴訟。維克多是個黑黑瘦瘦的阿根廷人，戴一副深度近視眼鏡，像個電腦推銷員，沒有一點印象中私家偵探的精明樣子。他沉吟了一下，說單憑瓊安說的那些證據，他不能確定在白房子裡有任何違法的事。如果瓊安只有她提出的那些見聞的話。要求偵訊卻是遊走在法律的邊緣，第一，就是查明有任何不法的證據，法庭也不見得會接受，因為收集這種證據並沒經過任何法律的授權和批准執行。

第二，可能會觸及受保護的隱私法，瓊安、他都有可能找麻煩上身。第三，按照他個人的看法，鄰居之間搞得劍拔弩張不是件好事，也許有一天妳瓊安需要別人即刻的援助，而鄰居是第一個伸手可及的對象。他說這餐飯還是我來請好了，瓊安妳最好不要把整件事往心裡去，退一步海闊天空。瓊安說這不是一點證據也沒有的事，樓上阿心的男朋友賣大麻被當場抓住，現在三振出局關在監獄裡。誰知道他們是不是有一個毒品走私的集團呢？那個中國人和那個女的是不是其中的成員呢？他們也許還在那兒隱蔽地操作非法活動，而我就住在他們的一壁之隔。你知道毒品交易往往伴隨著暴力活動，我理所當然地要為我的安全擔心。我知道憑我的這些見聞當局不會來睬我，但萬一有什麼事發生那就太晚了，我可不願意做個可憐的無辜犧牲者。所以我來找你，不是什麼窺探隱私的問題，而是我性命攸關的事。話說到這兒，如果你實在不願意接的話，是否可介紹一二個可靠得住的同行給我。

維克多想了一下，說：「在我們這一行，沒有『靠得住』這一說，看多了這個世界，靠不住是正常的，靠得住就像金融區來了一頭長頸鹿那樣奇怪和不正常。妳如果一定堅持的話，我收四十五塊錢一個鐘頭，任何材料器械費用另加。如果妳要我整日跟蹤監視他們的話，這費用太浩大，也不是我現在能身體力行的。也許妳花費了幾千塊錢之後一無所獲。我的提議是安裝二個微型攝影機，一個對著白房子的正門，觀察有無毒品進出的跡象，第二個攝影機如有可能的話，安裝在能監視一部分室內的位置，我不知道找不找得到這個位置？這部機器有可能過界了一點，如果法庭問起來妳只能用人身安全的考慮來回答。兩部機器帶安裝和磁帶，我收妳一千塊錢，看妳是我過去的心理醫生的份上，給七五折優惠，那就是七百五十元錢。機器一共安裝半個月，如沒有任何情況發生的話我就必須拆走。還有，那部拍室內機器所攝得的一切不能公開，不能上法庭，不能作為證據，妳只能把它當作一個保護妳自己的手段而已。」

瓊安盤算了一下，七百五十元她還是出得起。她懷疑卻斯，阿心這一陣忙進忙出不正常，常常把大小箱子抱上抱下，一離開就是一二天。如果真的探查到他們在做毒品買賣，第一可以一勞永逸地趕走他們，第二可以向法庭訟訴卡洛琳，指責她縱容非法活動，影響別的房客生命安全和生活質量。卡洛琳的這幢房子現在在市場上值不少錢，法庭的判決不知道夠不夠瓊安把它買下來。想到這兒，她說：「維克多，我同意你的價錢，我等下就開支票給你。只是你確定這攝影機有效？還有具體的你想把它們安裝在什麼地方？」

「第一，妳所擔憂並尋找我的服務是基於擔心妳的人身安全，那第一個攝影機就保證了你居所在一定的期限內二十四小時都處在監控之下。第二個攝影機，照我覺得是不需要的。不過妳堅持他們房間之內的活動間接也影響妳的安全，我也就勉為其難了。他們離開房子之後做任何事，我們不能保證，妳我都不具備執法機構的功能和責任，既管不到也管不了。至於攝像機，那是日本進口的最先進設備，像一片火柴盒大小，鏡頭沒有玻璃質感的反光，可漆成任何的環境色，錄像磁帶可用一百六十八個小時，自供電源。我記起妳那白房子之前有一排高大的樹是嗎？」

「是的。」

「那好，妳回去告訴妳房東，說妳請了一個修剪樹木的工人，清理掉一些遮住妳房間光線的枝椏。然後我會處理一切，記住，進出時千萬不要好奇抬頭去尋找我在何處安裝攝影機的，如果引起任何的懷疑，前功盡棄，我丟執照不說，妳可能還得準備一筆自己的保釋金呢。對不起，我不是有意嚇妳。」

瓊安大笑：「謝謝你的忠告，維克多，我這個老女孩六十三年來就是被嚇大的。」她取出隨身攜帶的支票簿：「抬頭怎麼開，現鈔呢還是開給你的偵探服務社？」

「開給服務社好了，謝謝妳。」

維克多把支票放進皮夾收好，瓊安一面簽卡付帳，一面說，還有一個法律的問題我不得甚解，也許你有興趣聽一聽，也許對我們的案子有幫助。

維克多靜靜地坐在那兒，聽瓊安絮絮叨叨地講她懷疑阿心、卻斯的姐弟關係，懷疑他們不正常的性交往，老太婆繪聲繪色地描敘卻斯光著身子從樓上下來的事，末了問維克多這看來是屬於違法或不道德的範疇。

「聽著，」維克多慢慢地逐字逐句說，他強忍著一種反胃的感覺：「據我瞭解，這個國家並沒有風紀員警這一說，不管妳怎麼看，只要他們不是直緣的血親，依照妳說的這點不像，他們無論做什麼事，用什麼稱呼，不管他們之間的實際關係是什麼，這件事一絲一毫也不是妳我要關心的。就算他們是直緣的血親，最後對他們作出裁決的也只有自然的規律，世人有什麼辦法？貞操帶的時代已經一去不復返了。如果妳對這件事興趣那麼濃厚的話，這裡是我第二個忠告：不要再把妳的鼻子湊上去。」他站起身來轉身走出飯店，心中有點懊悔今天接受瓊安的邀請。

39

喬治打電話給阿心，他已經跟隨蛇頭越過墨西哥邊界，一點阻礙也沒有。戴維的一干證件也都準備好了。喬治說他現在人在灣區，住在利奇蒙的一個汽車旅館裡，離柏克萊十五分鐘車程。阿心說：你來得正好，我們計畫在這個星期天晚上動手。明天你有空的話，我們三人在外面碰下頭，把計畫的細節敲定一下。不，不要到家裡來，也不要去你那兒，我們現在的一切都得特別小心。這樣吧，柏克萊靠近海灣處有一個帆船俱樂部，我們明天下午五點鐘在那兒碰頭——在俱樂部門口有一排鎖自行車的柵欄，就在那兒。

掛上電話，阿心覺得整件事情也不無有趣的地方；醫生還沒做先做了間諜，如果聯邦調查局要吸收新血時她也許會考慮。不過，先得跨過這一關去，事情解決之後今後人生的選擇多的是。她走到電腦前，打開螢幕，把整個計畫列出來，研究是否遺漏了任何細節。

一、他們將在星期天傍晚八點左右，分乘兩部車到達維薩勒，喬治的車盡可能地停在靠近通氣道口，以便接應戴維上車，阿心的車子停在離洞口半英里的一個加油站，救出戴維之後，接應卻斯離開。

二、車子在進入維薩勒之前加滿油，去掉車子上的任何特殊標記，車牌用汙泥糊上一部分。

三、喬治守候在洞口望風，在接到戴維之後即刻離開，直驅洛杉磯機場飛去艾爾帕索。在出境之前不要再跟阿心他們聯繫。

四、卻斯是執行潛入洞去，把戴維從單人牢房中救出來的人。（為此，阿心跟卻斯爭執過好久，本來阿心說她要自己進去，卻斯絕對不同意，說她從來沒進去過，而他卻斯卻去了兩次，比她熟悉太多，加之其間有一些拆卸工作也不是阿心所擅長的。從整個關係考慮，阿心最後同意由卻斯進去。）卻斯將攜帶一個背包，裝著必需的工具，包括手電筒、繩梯、二套手套和護膝，擰開螺絲的活動扳手，小型帶氧氣瓶的燒焊器，阿心還添加了在黑暗中會放光的螢光器，要卻斯在每個轉彎處放上一個，以保證出來時不會迷路。

五、一套戴維日常便服，一俟出洞口馬上換下囚服。

六、戴維的單人號子在醫務室過去第六個通氣口，醫務室整夜有人值班，燈光可作一個識別的座標。

七、戴維將在九點半到十點之間，每隔一陣發出規律的三聲咳嗽，這樣卻斯不會認錯目標。

八、兩雙薄底軟鞋，在通氣管道中穿，以免弄出太大的聲響，引起別人的注意。一把軟毛掃帚，出來時掃平路上的足跡。

九、一個急救醫藥包，以備任何的傷害。

十、武器……

阿心在打下這二個字之後想了半天，最後還是把它抹掉。營救工作本來就是脫離暴力的努力，沒有必要再加注暴力在上面。一旦到了要用武器的地步，他們這個營救計劃已到了失敗的邊緣，她決定不攜帶任何攻擊性的武器。

關於步驟是這樣設想：

一、喬治在前一天，也就是星期六去探監，把所有的細節告訴戴維，要他確記配合，如有任何沒想到的事，也告知喬治帶回商量改進。

二、阿心和卻斯在上午十點從柏克萊出發，下午六點之前到目的地，在跟喬治碰頭之後，沒有意外的話就由卻斯帶路步行到通氣管道口，卻斯潛入管道，喬治隱蔽起來望風。卻斯在用鑰匙打開鐵柵門之後，在每一個轉彎處留下一個螢光標記，如果太早到達，就潛伏在那兒等到監獄九點半熄燈，熄燈之後打開通風管道蓋口，放下繩梯，接應戴維爬上來，再蓋上管道口，二人順原路爬回，卻斯出來時盡可能地抹平一切痕跡，鎖上鐵柵的門。

三、喬治接到戴維之後，就直接帶到停車處，直驅洛杉磯。

四、卻斯回到阿心的車上，他們東上拉斯維加，一則放鬆一下，二則沿途處理掉所有的作案工具。在拉斯維加住上兩天之後，再返回灣區。

疑問：

一、萬一通風蓋板不是用螺絲釘的而是焊死的，取下之後很難把它恢復到原樣。雖然卻斯說這幾天練下來，他的燒焊技術已臻爐火純青，可媲美任何一個正規的燒焊技工，但痕跡總是新的，這樣會牽涉到查爾斯。要去圖書館查一查有什麼辦法可以做舊到分辨不出來。

二、不知在通氣管道內找不找得到掛繩梯的支柱，應該再帶一支結實的木棍，比管道的尺寸長些，找不到支柱可以把繩梯套在木棍上卡住管道口，戴維才可以爬上來。

三、戴維經過這些時日的獄中折磨，不知有沒有體力配合完成整個行動。她祖母以前常說：上好的中國人參有正命養氣，增強體力的即刻功效，要趕快去中國城買上一根，讓喬治探監時帶給他，在星期日晚上含在嘴裡以增強體力。

預後：

一、喬治戴維應該在三個小時後抵達洛杉磯機場，買頭一班最早飛往艾爾帕索的機票，二個小時之後到達，然後再花一個小時通過邊境。國內旅行危險程度不大，監獄當局要過一段時間才會反應過來，那時他們應該已經通過邊境了。

二、她和卻斯只要離開維薩勒就萬事大吉，用的工具和服裝可以在加油站、路邊廢物箱等處一件件地丟棄。回到柏克萊之後，要另找一個公寓，雖然怪捨不得白房子的，要從黃頁電話簿上除去姓名地址……

三、查爾斯應該不會受到牽連，鑰匙還在他手中，吉米也不會講通道的事。沒人能說犯人一定是從通風口逃走的，卻斯如果善後工作做好的話。事情平靜之後打電話告知查爾斯——他們找到工作，搬去別的州了。

阿心檢視著電腦列印出來的稿子，腦中一遍遍地檢驗有任何不妥之處和遺漏的小節，最後確定一切都安排得嚴絲密縫之後，她仔細地銷毀了電腦裡的留底，把僅有的一份拷貝小心地揣在懷裡。

40

沿著大學街朝西，朝海灣處一直開下去，上了橫跨八十號公路的高架橋。正是下班時分，從橋上可以看到八十號公路兩面交通的都堵得不可開交，宛如一個巨大的停車場，過了高架橋，前面是一片翠綠的人工填海而成的平地，綠草如茵。沿岸建有一座中型旅館，緊挨著帆船俱樂部，幾十艘帆船靜靜地泊在港灣裡，風吹過船上的索具叮噹作響。岸邊開闢了沙土的小徑，供慢跑的人使用。陽光隔著海灣照過來，舊金山金融區的天際線黑黝黝地矗立在波光粼粼的海面上。阿心在一棟巨大的尤加利樹下停好車，沿著岸邊小徑走去帆船俱樂部。海面上有人在玩風帆板，色彩繽紛的透明風帆在風帆手靈巧地操縱下，急驟地在海上滑過，乘著一波浪頭來到，優美地騰起在半空，轉了三百六十度的一個圈子再降落下來。卻斯駐足看了好久，對這些風帆手無憂無慮地馳騁在海闊天空滿心地羨慕。阿心在身邊說：「將來我們也可以買二套風帆板，等我下班之後一起來海邊玩，看著太陽下山。」走了一段，看見帆船俱樂部的大門了，面對一大片草地，卻斯眼尖，望到草地上躺著一個人有點像喬治，走過去一看，果然是他，雙手枕在腦後，齒間噙著一株草莖。看到卻斯阿心，他坐了起來，說：「你們來了？我早到了差不多半個小時，曬太陽曬得要睡著了。」卻斯跟他握了手，大家重新在草地上坐下，一段短短的靜默，沒人開口，大家都明顯地感到行動在即的緊張。卻斯看了看喬治，覺得他明顯地比第一次看到他老多了，頭髮上帶著草屑，雙手的動作帶有微微不由自主的顫抖。喬治灼熱的眼神盯著阿心，閃過一絲疲憊和迷惘。阿心從貼身口袋中取出那張電腦列印的稿紙，說：「你先看看，有什麼沒想到的地方。」喬治接過紙來，一面閱讀一面用手掌摩挲臉上剛冒出的鬍渣。卻斯看他手到之處；大量白色的鬍根。卻斯好像看到喬治在短時間裡會飛快地變成一個鬢髮亦白、雙手顫抖不停的老年人。附近草地上有一群小孩子在嬉鬧，清亮童稚的聲音一陣陣傳來。卻斯猛然想起「白駒過隙」這個詞的可怕，時間像泥石流一樣緩慢地流動，又飛快地吞噬著我們所有的一切，無情而不可逆轉，幾十年之後，這些在草地上瘋跑的孩子會被各種各樣的生活重擔壓得喘不過氣來，他們還會記得此時此刻在一塊海邊碧綠晶瑩的草地上，有一個中國人默默地注視著他們的遊戲嗎？卻斯突然覺得近來老是會有這些烏雲般的念頭盤旋在他腦際，彷彿一朵有毒的花卉在午夜散出暗香。他才只有二十一歲，整個人生剛剛起步，新的國度等著他去適應，職業的使命使他渴望被承認和接受，特別是他和阿心新的戰慄般甜蜜的戀情才展開不久。不應該有這種消極的想法，看得太透會侵蝕年輕的朝氣，世界並不那麼可怕，人生還是有那麼一些極美的片段，還有海闊天空的憧憬，可以支援我們在這條布滿荊棘的道路上走下去。卻斯收回思緒，轉眼望著阿心和喬治。

喬治讀得很慢很仔細，不時抬起頭來深思。讀完之後，他把稿紙摺好遞還給阿心，阿心順手交給卻斯要他也仔細看一看。喬治說：「整個計畫我找不出毛病來，除了一點，我們離開維薩勒估計是十點半左右，三個小時到達洛杉磯機場，不知那時有沒有班機去艾爾帕索？我不想在機場候機廳招人現眼地等到天亮。」阿心說：「我已打電話查過，美國航空公司有一班十二點半從洛杉磯飛往達拉斯的班機，清早五點鐘轉機去艾爾帕索，由於時差的關係，你們只要在機場等上四十五分鐘。或者你可以在彭班克機場上機，那兒清晨五點開始，每隔三十分鐘有一班飛機去德克薩斯，你可以從任何一個城市轉去艾爾帕索。你如準備這樣做的話，路上有足夠的時間，只是你到彭班克時才半夜過一點，這幾個鐘頭內你和戴維要小心。」喬治說：「這不成問題，我們可以把車停進機場停車場，在車內小睡一下，天亮之後登機。」阿心說：「到了之後先去櫃臺拿份時間表，研究一下怎麼走最快。」喬治點頭表示同意。卻斯也看完了那張計畫表，默默地摺好還給阿心，問他有沒有看法，他搖了搖頭。阿心說：「那好，等會回家之後我就把這張紙燒掉，今天是禮拜三，喬治在星期六出發，我們在隔天之後動身，到達那兒之後星期日晚上八點正在那家郵局的岔口處碰最後一次頭。大家應該都記清了，沒有問題的話我們就此分手。」

「還有一個最後的問題。」喬治囁嚅地說：「蛇頭的費用及路費等等比我預計的要多出一些，現在還沒事，但等上路之後如果碰上預料之外的事，我想能多有一千塊錢在身上心定點。」

阿心看了看卻斯，卻斯不察覺地做了個肯定的表示，阿心說：「好吧，那明天老時間，老地方我們再碰一次，錢會準備好的。」

喬治離去之後，阿心和卻斯走回停車的地方，阿心打開車門說：「今天的晚飯要晚點開了，你餓不餓？」卻斯望瞭望海面上最後一抹霞光說道：「這麼晚了，我們還是出去吃吧。」阿心說：「也好，我帶你去一個地方，那兒的義大利麵味道一流，可以跟查爾斯太太的媲美，而且價廉物美。」

他們來到離柏克萊大學校園不遠的一家中東人開的義大利館子，這兒位近那條著名的嬉皮街——泰列格列夫街，街上人頭洶湧，都是遊客在工藝品，紡織品，首飾的小攤子前閒逛。停車位很難找，阿心兜了幾遍之後才在六個路口外泊好車。二人在夏季夜晚的微風中走去餐館，街上碰到成群的柏克萊大學學生，在一天緊張的功課之後出來走走，年輕人手上拿著披薩，高聲地喧嘩，呼朋喚友。在燈光明亮的露天咖啡館桌上擺了幾副國際象棋，一堆人圍在那兒觀戰。阿心卻斯進了飯店點了菜之後坐好，這小餐館是開放式的，可以看到點的菜在廚房裡配製烹作，卻斯有點不相信中東人做得好義大利菜，那裡面掌杓的大師傅看起來就是墨西哥人。他繪聲繪色地跟阿心講敘在西雅圖時想慰勞自己一下卻吃到墨西哥人炒的洋蔥片蝦仁的故事，把阿心笑得滿臉通紅，頭伏在放在桌上的臂彎裡抬不起來，一面咳嗽一面說：「活該，活該，老天長眼罰你。」好容易止住了笑，過一會想起又嗤嗤笑個不停。他們點的麵還沒來，阿心解釋說這家館子客人每點一個麵，廚房裡都是分開單獨做，從新鮮冷水煮麵到小鍋炒作麵上的澆料。現在晚餐高峰，等上三十分鐘是常有的事，餓透了吃起來味道更好。卻斯打量這家小店，裝潢平淡無華，二面是落地玻璃大窗，路上行人就在一層玻璃之隔，向店堂內打量，研究著菜單的價錢，一個無家可歸的乞丐在路邊垃圾箱內翻撿食物。阿心眼睛盯著進門的一個小架子上，架上放著五六個藍色玻璃瓶，阿心湊過桌子，輕輕地說：「幫我做件事，等下吃完飯出去的時候，你幫我偷那個放在最左邊的藍瓶子，我看那樣子像個歐洲二十世紀初的骨董，放在這兒沒準哪一天被個粗心的食客打破。你不敢的話我自己來。」

卻斯回頭看了看，說：「這有什麼不敢的？一個玻璃瓶，難道還送我去警察局不成？」阿心囑咐道：「最左邊那個，樣子不起眼的，別搞錯了。」正說著，麵送上來了，卻斯叫的是「九層塔奶油雞肉面」，碧綠的麵條和著白色的雞胸肉塊，濃香撲鼻，一嘗之下可能比查爾斯太太做的還入味些。卻斯食指大動，就著大蒜麵包，一大盤面吃得精光。他又嘗了一下阿心的鹹魚麵，味道也不錯，阿心說分一半給你，如何？卻斯說：「妳要撐死我了，等下還有任務要完成。」阿心要了外賣盒，把半盆剩下的麵裝了進去。卻斯讓阿心先去外面等著，在桌上留下五塊錢小費，出門時看看左右沒人注意，一把擄過那個藍瓶子藏在衣袖底下。出來正看見阿心等在街角，把裝剩麵的紙袋遞給那個在垃圾桶裡找東西吃的乞丐，說：「我沒動過，你如不在意的話可以拿去。」那人咕嚕了一聲，取過紙袋打開，就站在街邊用手指撮著麵條往嘴裡送，看樣子是餓狠了。卻斯看看那人，蓬頭垢面之下一副清秀文弱的面孔，看來才墮落到街頭不久。二人穿過馬路來到對街，在等行人燈號時卻斯回頭一看，那人顯然已吃光麵條，站在路燈下抱著盒子在舔。燈號變了，他還呆在那兒看那人怎麼拆開盒子，把所有的縫隙都舔到。阿心推了他一下，他才驚醒過來，一面橫過馬路一面說：「這個人我怎麼看都不像個乞丐。」。阿心說：「為什麼不像？他站在那個位置。」「什麼位置？」「乞丐的位置啊。」卻斯道：「妳怎麼這麼無情，他像個好人家子弟落難。」阿心說：「誰說我無情了，我明天的午餐才剛剛進了他的肚子。」接著告訴卻斯，在柏克萊有許多讀書讀了一輩子的人，拿了好幾個學位，到了四五十歲還去校園修一二門課，卻是一點實際工作生活能力都沒有，祖上留下的家產吃光了，就只得依靠幾個可憐的社會安全補助金，這些人往往不會過日子，一俟錢用完了就只能上街乞討。

卻斯說：「柏克萊號稱教育的城市，讀了太多書出了這種人卻想不到吧！」阿心聳聳肩說：「這些人自命清高，抱著那些虛幻的學問，卻不肯承認已墮落到底層了。每個人你問他的話都有一個自悲自憐的故事，說命運怎麼地對他特別不公平。其實生活中總有那麼一二次機會，你躺在地上不去把握的話，也怪不了誰。」卻斯點點頭道：「中國有部小說叫《孔乙己》裡面的主人翁和妳說的這些人很像。」

回到家裡，一進門阿心就掛在卻斯的脖子上，問道：「我的瓶子呢？」卻斯從口袋中取出在她眼前一晃：「妳還記得啊！」把藍瓶子高高地擎起說：「妳說怎麼謝我？」阿心像個小女孩那樣撒嬌，跳著腳來搶瓶子，拳頭在卻斯身上捶打：「你不給也不稀罕，我打電話去紐約告訴你母親，說你住在我這兒老是欺侮我。」卻斯看著她那副嬌憨的樣子好笑，趁她轉過身去，從後面把她抱住，把瓶子放在她面前：「妳有了這麼多瓶子，還稀罕這麼一個。看妳那副猴急的樣子，竟敢用告狀來威脅我，看我等下怎麼收拾妳。」阿心劈手一把奪了過去，先是倒過來看看瓶底鏤刻的標記，然後舉起對著燈光仔細觀察它藍色的色澤。再轉身投入卻斯的懷抱，親著他的臉和耳朵：「一點不錯，我沒看走眼，這正是我缺的，一九二一年產於荷蘭。」說著轉過瓶底讓卻斯看鏤在那兒的製造日期。卻斯看著那個造形一點也不起眼的瓶子問：「在市場上買一個多少錢？」阿心說：「大概十來塊錢吧，只是很難找到。」「就為了十塊錢的東西叫我做賊啊？妳就不怕我被抓去？」阿心靠在他身上嚅嚅地說：「你弄來的東西當然不能用錢來衡量，我也不會讓你被抓去的。」「妳有什麼辦法不讓我被抓，如果人贓俱獲的話。」「我會自己去投案，把你換出來。」「我們倆如果一個在裡面，一個在外面，煎熬的程度不是一樣的？」阿心說：「這倒是的，要不我找上他們的警察局長，使出全身魅力來妖媚他，讓他放你出來。」卻斯在她屁股上猛拍一掌：「胡說八道！我就是關死在裡面也不許妳用這種辦法。」

阿心受了委屈似的嘟起嘴：「不會的，我只是說，為了你我什麼都肯做的，你還打我。」卻斯覺得今晚的阿心變得不認識了，以前那個亦莊亦諧的女醫生變成了一個千嬌百媚的小女孩，賴在他懷裡不住地發嗲撒嬌。他內心深處倒歡迎這種轉變，使他體驗到一股大男人的豪氣。他說讓我起來把窗簾拉上，阿心察覺他內心的衝動，說：「別，剛吃飽飯，就這樣說說話也不錯。」卻斯坐在沙發上，阿心把頭枕在他的大腿上，二隻沒穿鞋的腳擱在沙發的扶手邊，腳趾頭在那兒不安份地動來動去，手上把玩著偷來的藍色玻璃瓶。二人有一搭沒一搭地閒聊，開些情人之間幼稚的玩笑。風從半敞的窗吹進來，拂起半透明的紗質窗簾。阿心說：「今天我真的好快樂，好快樂。」卻斯無言地撫弄著她的頭髮，把玩著她精緻的耳廓。「你給了我第一個藍瓶子，在我的藍瓶子大軍中編號是八百八十三號，它對我說來有著特殊的意義。」卻斯低下頭去吻了吻阿心的額頭，阿心溫柔地在他嘴上回了一吻，繼續道：「在我母親故世之後，有一度我非常地消沉。有次在翻撿她的遺物時，發現了十幾個藍色的玻璃瓶，那是我媽做小女孩時的收集品。我把它們列在窗臺上，陽光穿過來，那一列清亮沉靜的藍色立即撫平了我的傷痛。我總是覺得那些玻璃瓶不是空的，它們有的灌滿了英吉利海峽的灰藍，有的盛著威切斯特清晨田野上蔚藍的薄霧，有的像倫敦濃雲密罩的天邊一線突然開朗的深藍，有的像古堡矗立的湖邊藍中帶綠。最不可思議的是一個編號十六的藍瓶子，跟我母親的眼珠顏色一模一樣；我悲傷的時候，消沉的時候，會感到母親的眼神透過那層藍色玻璃默默地撫慰我，使我安靜下來，傷痛也不是那麼不能忍受了。從那以後我就不斷地收集新的藍瓶子，各種各樣的，新出廠的或是一百多年前的骨董，每一個瓶子對我都有特殊的意義；我向自己默許：每一個藍瓶子都代表了我人生中的一個快樂日子，一個即將來臨的快樂日子。」

有時為外面的事情煩得要死，回到家來就像個守財奴數錢一樣數我的藍瓶子，三百個，四百個，五百個，煩惱在不知不覺中溜走，我欣喜地告訴自己前面還有那麼多的美好日子等待著我。像一個小女孩走進百花盛開的大花園，到處都是她珍愛的明麗花朵，一個聲音在耳邊說：「去採啊，去採啊，要多少都可以。」生活許諾我那麼多，我是一個富有的女孩。現在你又給了我第一個藍瓶子，我要把它放在壁爐架上，跟那些最珍貴最有紀念性的在一起。萬一我要搬家，我要搬家公司打包搬走的只是這幾百個瓶子，還有你。阿心從出神的敘述中回過神來，看到卻斯淚眼朦朧地聽得出神，伸出手來插進他的頭髮：「怎麼了？你這個傻瓜，噢，我忘了你是個大活人，不能打包托運。不過我一定會把你帶在身邊的。」二人無言地對望了很久，突然阿心一翻身，雙手緊箍在他腰上，把臉藏在卻斯的胸前，含糊不清地吟道：「噢，老天，我真是太喜歡你身上的這股味道了。」

41

在黑暗中卻斯抬手看了看錶，螢光指針已是半夜二點四十五分了。阿心俯臥在旁邊，輕輕地均勻地打著鼾，他很少這樣熄了燈之後兩三個小時躺在床上睡不著的。今天晚上沒有月亮，對街的窗半開著，夜涼涼地浸了進來，一個光斑在窗臺上一閃。夜鳥偶爾在窗外鳴啾一聲，天地寂靜極了，像在水底。卻斯記起第一次和阿心和戴維去蒙地西諾潛水的往事，那才只不過三個月多一點的事，現在一切面目全非，像一個萬花筒似的使人目眩神迷。在所有的詭譎嬗變之中，只有一件事他確實無疑地把握得住——他深深地愛上了寧波亨浪頭的女兒，他法律上的小姐姐，他們二人有一種不可自拔的互相從屬感，一種致命的肉欲吸引力，匯合成一股吞噬一切的激情。現在阿心在他伸手可觸的旁邊，呼吸如蘭，像個嬰兒一樣地酣睡。卻斯想起今晚阿心像個小女孩那樣在他懷裡喁喁細語她的夢，她的憧憬，卻斯心中湧起一股一輩子呵護她的願望。

這時窗臺上又一閃，卻斯心中有點詫異，起身走近窗臺，看了一陣不見有什麼異樣，掩上窗簾又爬回床上去。矇矇矓矓睡了一會，突然聽到阿心叫他起來喝咖啡，他來到起坐間，發覺家具已變換過了，一張巨大的蒙著白桌布的餐桌佔據了房間中央。一個男人背對著他，在讀一本厚厚的書。阿心也沒給他們互相介紹，只是從桌子上巨大的銀茶炊裡倒出一杯黑黑濃濃的液體遞給他。卻斯接過那沉重的杯子在桌邊坐下，那男人又把背轉向他。卻斯知道那人不想讓他看見臉，不過從側影來看，他記得是遇見過這個人的。阿心沉默著在桌的另一邊忙碌，一點也不理會他好奇詢問的目光。他斜眼去看那人攤在桌上讀的那本書，厚厚的羊皮紙上印著忽大忽小看不懂的文字，卻斯卻知道那是一首詩，一首非常沉重的詩，周圍裝飾著繁複精緻的花紋。那人用一種像唸經般的低沉嗓聲一遍遍地唸。阿心也半閉著眼瞼跟和著唸，還混合著寺廟裡鑼鈸的鏘鏘之聲。突然一切聲音像掉進深谷似的煞住。整個房間又變得像深井一樣寂靜。那人開口問卻斯：「你為什麼不跟著唸，難道你認為你可以遊離在因緣之外嗎？」卻斯愕然地回答：「我不懂你們所唸的，如何跟得上你們。」那人冷笑一聲：「不識自身皮相，難道也不識因由緣生，緣起不滅嗎？」卻斯在那人的冷笑聲中不寒而慄，他認出這是寧波亨浪頭，但又不像，好像是他自己的父親，聲音那麼蒼老。阿心在旁開口：「諾曼羅夫先生是十字軍東征的一名士兵，後來移民來美國，在柏克萊大學教心理學，現在他是你和我的心理醫生。」卻斯越聽越糊塗，他什麼時候需要過心理醫生了？不過他看到阿心一本正經，所以也不敢開口詢問。這時諾曼羅夫轉過臉來，卻斯看清原來就是那個年老的典獄長，一張疲憊的臉轉向他，朝他做了個手勢，卻斯知道是要他坐在他面前，於是身不由主地照他意思做了，那典獄長取出一副醫生的聽筒，在他胸前按來按去，不時把聽筒拿回眼前仔細審視，卻斯偷眼望去，第三次典獄長拿在手上審視的竟是一顆緩緩跳動的心臟。

卻斯急了，他知道那是他的心臟，大聲抗議道：「你怎麼可以動別人的財產？」那老黑人說：「身外之物，不必如此看重。」隨手交給阿心，阿心接過來看都不看，往壁爐架上一放，變成那個一九二一年荷蘭產的藍瓶子，卻斯知道他們等會兒會還他，囑咐了一句：「阿心，別搞混了。」那典獄長不耐煩地說：「你怎麼這麼多事，搞混了又怎樣？阿心，讓他見識見識。」他和阿心並排地站在桌邊，一下子取下各自的頭顱交換。卻斯大駭，聽到那張阿心的臉用老黑人的聲音問他：「卻斯，要不要試試。」說著走近他身邊來拉他。卻斯大叫一聲，在床上坐了起來，冷汗淋漓，心頭狂跳不已。阿心也被他吵醒，問他怎麼了，卻斯說做了個夢。說著起身去廁所喝了杯冷水，拉下褲子在馬桶上坐了下來。他從沒做過這樣荒誕可怕的夢，阿心在房間裡問他是否沒事？卻斯說一切ＯＫ，只是能不能送根菸過來。門開了，阿心穿著那條寬大的綢襯衫，頭髮睡得有點翹起，把一支點著的香菸和菸灰缸遞給他，問他有沒有拉肚子？卻斯接過香菸，說：「沒有，妳回床上去，我馬上就來，這兒的味道不好。」抽完菸，他拉了二次抽水馬桶，其實什麼也沒有。洗了手臉，回到房間，阿心靠在床頭上問他：「好點沒有？」卻斯說：「沒什麼，大概晚上那盤麵太油了一點，吃得又猛，有點不消化而已。」看看窗外，月亮不知什麼時候出來了，下弦彎彎地掛在西面的窗口，一抹淡淡的銀色光輝灑在床上，勾勒出阿心側面的輪廓，以及被單底下的身體線條。「幾點了？」卻斯看了看錶：「差五分五點，再可以睡二個鐘頭。」阿心點點頭，卻斯在床上躺下，背對著阿心，聽到她取火點菸的聲音。

過了一會，聽到阿心問：「你又睡著了？」卻斯嗯嗯應了兩聲，半睡半醒地聽阿心說：「我做了個夢，你知道我夢到誰，你再也想不到的。」卻斯迷迷糊糊地咕嚕了一句：「誰？」阿心說：「那個跟我們一起吃過一頓飯的典獄長；奇怪……」卻斯抑制著在床上跳將起來的衝動，怕嚇著了阿心。心裡怦怦地跳動嘴上卻好像盡量平淡地問：「他跟妳說什麼？」阿心說：「記不清了，隱隱約約好像他給我算了命：說我前生是隻鳥，飛行在冥王星附近的一條軌道上。說我一生如意，不過要特別注意井臺，不知是什麼意思。還講了一大堆梵語，只記起一句叫做『因由緣生，緣起不滅』。我祖母說那是地藏王菩薩的般如心經上的一句話，是說我們每個人來到這世界上帶來許多自己也不知道的源緣，這些源緣有好的，有壞的，在這世上不斷地了結，又不斷地衍生出新的源緣。生生滅滅，無窮無盡。這句話由那個典獄長講出來真是有點奇怪。」

卻斯兩手全是冷汗，睡意一點也沒有了，他躊躇著要不要把他的夢境跟阿心講，不過聽起來好像不真實似的。就是真的，又怎麼了？只不過兩個人在差不多的時候夢見同一個人罷了，什麼也說明不了，反而只會使阿心徒然緊張而已，沒有必要為了一個奇怪的夢咋咋唬唬的，嚇阿心嚇自己。主意定下來，心跳也不那麼快了，轉了個身過去，看到黑暗中菸頭一明一滅。問道：「後來怎麼樣？」「後來就被你吵醒了。小心，別把菸灰弄在床上。」阿心把香菸舉得高高的。卻斯勾住她的脖子，帶過來親了一下，阿心把菸頭在菸灰缸裡撳熄，小心地放在床頭櫃上，回身投入卻斯的懷抱：「說好再睡一下的，怎麼又講起這些無聊的事，卻斯，等下起來你幫我把頭髮剪一剪……」

42

星期天早上他們十點左右離開之前，卻斯把車子的油、水又檢查一遍，所有的工具昨晚已清點過，放在一個雙肩背包裡擱在行李廂內。阿心今天穿了一件長及腳背的細白帆布裙子，一排銅扣從腰際一直延伸到足踝，赤腳穿一雙皮涼鞋，上面配一件半新的牛仔襯衫，短短的棕髮，看起來特別精幹和俏麗。她看到卻斯停下擺弄車子，呆呆地看她，不禁一笑：「看什麼？不認識啊！」卻斯回過神來：「我第一次看到妳穿長裙，想不到是這麼地飄逸好看。」「哪能像你每天都穿T恤牛仔褲，說實在，我在女孩子中也算是隨便的了，從不用化妝品，也沒有名牌的服飾，你會不會覺得我太寒酸。」卻斯說：「化妝品是青春謀殺劑，妳為什麼要用它。妳穿什麼衣服都好看，還在乎什麼名牌不名牌。妳看在柏克萊還能找到幾個像妳一樣如清水芙蓉般的女孩子？」阿心笑道：「好了，好了，你是不是想開車啊。說了這麼一大堆好話。」卻斯說：「我現在的車技比一個月之前長進了不少，如果不是這一段日子太忙，我早就把正式駕照給考出來了。」阿心說：「你要開的話開前半段，到了九十九號公路換我，晚上你要行動，需要體力。不過小心，今天路上可不能有什麼差錯，喬治還在那邊等我們呢！」

這天是個陰天，加州平原上的天空一片鐵灰色，雲層壓得很低，像是有雨的樣子。卻斯從五號公路拐上九十九號公路之後，在莫得斯多附近加了油，二人吃了簡單的午餐之後，阿心坐上了駕駛座。開了一段路，阿心突然想起一件事，在方向盤上拍了一掌，說：「該死，我怎麼會忘了這個。」看到卻斯不解地注視著她，說：「我忘了把那份計劃書燒掉了，那天晚上本來打算一回家就燒掉，結果在外面吃了飯，又偷了個藍瓶子，一興奮就忘了，現在那份東西還在我那件牛仔夾克內袋中放著，不知會有問題嗎？」卻斯問道：「那件衣服妳放在哪兒了？」阿心道：「好像放在沙發上，也可能掛在餐室的椅背上，想不起來了。」

卻斯安慰她道：「沒關係，在妳房間裡的話沒人會進去，就是掛在餐室的椅背上，卡洛琳也不會去翻妳的口袋。反正我們今晚回去就會處理掉。」阿心滿臉懊惱：「希望是在我房間，就是在餐廳的話，希望卡洛琳沒有注意，我不是說她有翻別人口袋的習慣，只不過有時人的好奇心來的時候，會做出自己控制不住的事情，而這幾張紙對我們的關係真是太大了。」卻斯一時也沒了主意，問道：「現在回去也來不及了，要不要碰到喬治之後商量改一改日期？」「不，」阿心斷然否決道：「現在一切都太晚了，戴維應該在昨天就得到通知作好準備，邊境上蛇頭也安排好了人手。一旦取消的話從頭再來談何容易。計畫不能改，成敗都是天意，我們今晚小心點。」

43

柏克萊下午一點鐘在黑橡書店有一場中國作家嚴歌苓的作品朗讀會。卡洛琳臨出門時看看天色像要下雨的樣子，回身去房內找衣服，路過餐廳時正好看到搭在椅背上阿心的牛仔夾克，順手披上，這種夾克擋雨最好了。阿心跟她住在一起，大家共用圍巾，雨傘，大衣，從來沒有問題。

到了書店，嚴歌苓還沒來，組織者在分發作家的小傳和今天要朗讀的作品目錄。卡洛琳拿著介紹材料，習慣性地伸手去口袋裡取老花眼鏡，手伸進內袋摸到一疊紙之後才想起這是阿心的衣服。正當這時，主持人領著嚴歌苓進場，大家都站起來拍手。卡洛琳把那疊紙和介紹材料順手放在椅子上，和大家一起站起來歡迎女作家。坐下之後，卡洛琳隔著一排聽眾仔細打量嚴歌苓，她看起來非常年輕，三十出頭的樣子，嗓音很軟和，娓娓地跟大家打招呼，說不會開車，搭巴士來。所以遲到了，請原諒。卡洛琳接觸過阿心之後知道決不可以貿然確定東方女人的年齡。卡洛琳一向折服這位作家尖銳的觀察力和捕捉形象的手法，以及處理衝突的喜劇感。嚴歌苓今天朗讀的故事——「白蛇」在卡洛琳聽來充滿新鮮的異國風情，又含有某種荒誕的真實性。在出神之際椅上的那疊紙飄落地面，卡洛琳一點也沒留意到。二個半小時很快地過去。朗讀結束後，大家排著隊拿了新買的書請作家簽名。書店的工作人員打掃店堂，把椅子摺疊起來放回牆邊。有個店員發覺卡洛琳掉在地上的那疊紙，打開匆匆看了一下，認為是哪個文學愛好者的一段小說手稿，問了幾聲沒人認領，遂把那疊紙用圖釘揿在失物招領欄上。

44

他們到了維薩勒時差一刻八點，天色陰陰的，又是星期天晚上，所有的店鋪全部打烊，路口一個行人也看不到。一群歸鴉從他們頭頂掠過，向死谷方向飛去。阿心把車子停在郵局旁邊的一條小巷裡，熄掉引擎，二人一聲不響地坐在黑暗的車廂裡，看著天邊的晚霞由紫紅色變為深灰藍色，死谷山脈的輪廓線慢慢地溶進夜幕的混沌之中。

「要不要我去前面路口看看，喬治應該來了。」卻斯瞥了一下腕錶。阿心說：「再等一下吧，路上一個人也沒有，你出去會引起過路車子的注意。反正從我們這兒可以看到大路上的情況，喬治到了他也會找我們的。」

卻斯搖下車窗，點上一支菸，深深地吸上一口。阿心拍拍他的肩膀：「你還好嗎？」卻斯說：「沒什麼。」阿心問到：「有沒有感到緊張？」卻斯把煙噴出窗外：「說不緊張是假的，但還沒到嚇得尿褲子的程度。」阿心說：「我也緊張，比我第一次開刀動手術時還厲害些。不過第一刀劃下去之後這種壓力就會一點點淡去。」她伸手握住卻斯的一隻手，指頭輕柔地在他掌心搔撓：「兩個鐘頭之後，一切都會過去，管他媽的計畫書，我們還是照老計畫去拉斯維加斯，到那兒先泡個澡，然後再去黑傑克桌上玩個通宵。回柏克萊之後把這一切都忘掉，你看那兒有一部車子過來了，是不是喬治？」

是喬治，他把租來的車子停在野馬車後面，熄掉人燈，走到卻斯的那邊，敲了敲車窗。卻斯打開車門，身子往前傾了傾，喬治就滑入後座。天氣並不冷，但喬治一個勁地搓著雙手，卻斯想這也是內心緊張的一種流露。阿心問起前一天見戴維的經過。

喬治說一切都說好了，只是戴維看起來虛弱得很，所以要他從早上起就把那支人參含在嘴裡，希望他能恢復點精力來配合今晚的行動。阿心聽了沒吭聲，車廂裡一片沉默，氣氛很壓抑，卻斯感到他頸項上的一根血管怦怦地跳得特別急促。窗外的天色已經黑透了，卻斯把第三支菸在車上的菸灰缸裡按熄，說：「該走了，這兒過去還有半小時的車程。阿心，妳在我們離開之後半小時才走，停在那個我們第一次問路的加油站附近，事情完了我會找妳的。」阿心說：「那好吧，你們二個多加小心。」喬治和卻斯鑽出車廂，在後面取了裝工具的背包。喬治打開那輛租來車子的門，讓卻斯進去，啟動引擎，從野馬車邊馳了過去。卻斯藉著微弱的天光，看到阿心坐在駕駛座上，低了頭，雙手捂著臉。卻斯心中掠過一絲不安，覺得讓阿心一人耽在這荒涼的小鎮上是否合適。他讓喬治停車，說有點東西忘在阿心車上了，步行回到野馬車邊，阿心遠遠地看他走過來，搖下車窗，詫異地望著他：「忘了什麼嗎？」「沒有，我只是不放心妳，不放心妳一個人留在這兒，我看妳還是開車跟著我們吧。」阿心笑了笑：「剛才講好的怎麼又要改變了，我還是等一下再過去，二部車一起走目標太大，我會小心的。」卻斯低頭吻了吻阿心的額頭說：「那把車門鎖了，妳把椅背放平小憩一下，從外面也看不到車裡有人，不過不要睡實了。」阿心點點頭：「知道了。」卻斯在星光下看到阿心的眼睛晶瑩閃耀，他轉身走回喬治的車，晃著二支鑰匙；「我把這忘在野馬車的手套箱裡了。」喬治盯了他一眼，什麼也沒說，推上排檔，打開大燈，向死谷的天際線駛去。

過了那個加油站，前面就是通向監獄的山路。喬治關上大燈，在黑暗中按照卻斯的指點從山背後駛去，路面都是碎石子，凹凹凸凸地顛得厲害，開了差不多一英里半左右，前面的路沒有了。卻斯說洞口就在這附近，喬治把車頭轉了個方向，在一座山峰的陰影中停好車，二人走出車廂，活動了一下手腳。卻斯辨別了一下方向，說：「隧道就在那座小山坡後面，我們現在就過去還是等一下？」喬治說：「還是先過去吧，找到洞口之後再最後檢查一遍。」伸手取過卻斯的背包；說「你需要節約一點體力，我幫你背到洞口，走吧，小心路上石頭。」

二個人踽踽地行走在山坡上，周圍是高高山峰的陰影。卻斯注意到一個奇怪的現象，天上沒有月亮，星光也是淡淡的很微弱，周圍一片暗夜籠罩著，沒有任何光源，但他和喬治二人腳下卻有長長的二條影子，他百思不得其解，前後左右看看，四周荒蕪的山上沒任何動靜。間忽，什麼地方傳來一陣「嗒嗒，嗒嗒嗒嗒」的響聲，彷彿什麼人在急速轉動放著骰子的竹筒。他不經意地問走在前面的喬治：「那是什麼聲音？」喬治頭也沒回地答道：「響尾蛇，現在正是牠們出來交配的時候。」卻斯身上汗毛一乍。糟了，他忘了帶威士忌，怪不得當初整理工具行裝時總覺得忘了什麼，一遍遍清點時卻一件不少，但偏偏沒想起帶酒。喬治大概看出他的憂慮，說：「蛇一般躲在陰暗處的石塊之間，牠聽到人的腳步聲就先溜走。如果人接近牠的巢穴時，牠就先發出響尾聲，你聽到這聲音就避開好了，蛇很少會不作警告先行攻擊的。我以前在雷廷的山裡碰到好多次了，都沒什麼事。」卻斯稍微放了點心，喬治又說：「你如果不放心，可拿幾支香菸揉碎，把煙絲放在鞋襪裡和衣服口袋中，蛇對辛辣的氣味很敏感，會先行避開。」卻斯覺得預防一下也好，邊走邊取出四支香菸，把煙絲撒在鞋子裡和口袋中，問喬治要不要來一點，喬治搖了搖頭。

到了山腳底下的洞口，二人坐下休息了一下，卻斯抽了一支菸後，站起身來套上護膝，接過喬治的背包背在身上，取出手電試了一下。跟喬治對了對錶：九點十五分，他估計十五分鐘應該可以到達戴維的牢房上面。他看看喬治，說：「我進去了。」喬治站在陰影中，看不見是什麼表情，只是點點頭，什麼也沒說。

第一道門很容易地就打開了，尼古拉斯大叔配的鑰匙嚴絲合縫，只聽得鎖頭輕輕地「嗒」的一聲，那扇柵門鬆動了，卻斯握著柵門上的鐵欄，慢慢地推開，注意地不使門軸發出聲音。

卻斯進去之後，返身掩上鐵柵。這是第三次進這裡來了，卻斯有一個奇怪的感覺，好像嬰兒再次回到母親黑暗溫暖的子宮。這段道路還可以站著行走，卻斯按亮電筒，貓下腰小心翼翼地向裡面摸去。

在第一個拐彎時，他放下一個螢光指示器，前面的通道矮了下來，大概到他胸口，他手腳匍匐地爬行了一段，前方出現一個四呎見方的洞口，這就是獄中通風設備的出氣口了。他把電筒擱在地下，掏出鑰匙來開門，鑰匙插進去之後他感到太鬆，匙齒咬不住鎖內彈子的感覺。試了幾次之後，他取出尼古拉斯大叔最後交給他的薄鋼片，併在鑰匙的右邊插進去，不動，他又換到左邊，鑰匙還是卡在鎖中，一點也沒有轉動的跡象。他頭上冒出細細的汗珠，雙手由於急躁而發抖。他等了一下，把手上的汗在褲子上擦乾，然後先把鑰匙插了進去，再把薄鋼片沿著鑰匙左邊塞了進去，鑰匙可以轉動半圈，但門還是打不開。他輕輕地抽出鋼片，讓鑰匙還停留在轉半圈的位置上，再把鋼片從右邊塞進去。「嗒」的一聲，他扭著鑰匙的右手感到鎖中的阻力退去，又順勢轉了半圈，鎖頭拍的一聲跳到開啟的位置。他先把門推開一條縫，把鑰匙拔了拔，緊緊地嵌在鎖頭裡，他想反正等會兒出來還要用鑰匙鎖門，就讓它留在那兒。進了通氣甬道之後，上下左右都是金屬的板壁，在寂靜的夜裡，一點微小的聲響就聽起來驚心。卻斯全身著地俯臥在那兒半分鐘，以調整他的呼吸，平息怦然的心跳。同時藉此辨別一下方向，第二次進來時他留意到從主通氣口往前約三十呎有一條岔道，順著右邊的岔道再爬行二十五呎應該是醫務室的位置。現在差三分鐘九點半，屆時別的牢房熄燈之後醫務室的燈光應該是個座標。他鎮定下來之後，先用手電筒照了照前面的甬道，確定沒有任何阻擋，熄掉電筒，非常小心地爬向那個岔道口，手腳每移動一步都萬分小心地輕輕提起放下，計算自己的體重分配移動，確定不會發出異樣的聲音，每分鐘爬行二到四尺。到達岔道口之後他放下第二個螢光器，把發光的那面對著牆，以免下面牢房的人透過氣窗看到。這時牢房的燈一下子全部熄掉，他知道九點半了，他又取出電筒很快地照了一下，前面T型的甬道左右一個岔口，他探頭向右邊的那條岔口望去，看到一片漆黑。關上電筒，隱隱約約看到前面從氣窗中透出一條一條的光線，那兒應該是醫務室了。他留下最後一個螢光指示器，屏著氣息爬到透出光線的氣窗旁邊，全身貼在牆上，斜旮著頭往下看去，那兒確實是醫務室，從他的角度可以看到放藥品的櫃子和洗手池，診斷床在室內另一邊。那個護士顯然在打電話，只聽到她的聲音，看不見人影。卻斯小心地越過醫務室，他現在所能做的只是伏在管道中等戴維發出咳嗽的信號，來辨別那一間是他的單人號子。他全身貼在冰涼的鐵板上，豎起耳朵捕捉任何動靜，黑暗中他抬腕看看錶上的螢光指針，已經是九點四十五分了，戴維的信號還沒來，又等了十來分鐘，還是沒聽到任何咳嗽聲，他心中著急起來：是方向錯了呢？應該不會，醫務室就在身後，護士打電話的笑聲還隱隱約約傳來。是牢中今天把戴維換了號子？或是他睡著了？還是喬治忘了交代如何發出咳嗽信號？一個個念頭在他腦海中翻來覆去，身上一下熱一下冷，渾身像有螞蟻在爬一樣。十點了，他在怔忡間聽到三聲連續的咳嗽在他右前方傳來，渾身一激靈，過了二分鐘，又是三聲咳嗽傳來，他慢慢地匍匐地爬到發出聲音的通氣口旁邊，第三次咳嗽聲傳來時，他取出電筒，向下面很快地亮了一下，意思是告訴戴維他到了，進入位置了。

下面再也沒有聲響傳來，他翻了個身，仰躺在鐵板上，用電筒照了一下固定氣窗口的蓋板，謝天謝地，氣窗蓋板是用四個螺絲固定的。他伸手在背包側袋中取出一瓶WD40潤滑劑，和一把活動扳手。先在螺絲附近噴上潤滑劑，一個個鬆掉螺絲，把取下的螺絲放入他的牛仔褲袋裡，以免在鐵板上滾動發出響聲。取下蓋板之後，他打開背包，拿出尼龍繩梯垂下去，他從口袋裡摸出二隻螺絲，重新擰在螺孔內，把尼龍繩梯的上端掛在螺絲頭上，然後再插進那根木棍，試了試，應該結實得能承受戴維的體重了，就把捲起的繩梯往下拋去。

卻斯感到繩梯在下面被一個重物拉緊了，他知道戴維開始攀登繩梯了，那根木棍隨著每一下拉動，發出「吱，吱」的輕微聲音，在卻斯聽來像是地震般的巨響。戴維爬得很慢，過了一陣，繩梯在那兒晃悠，好像停了好久，戴維又開始攀爬了，卻斯聽到輕微的喘息聲，接著看到戴維的頭部冒出來了，又一陣停歇之後，戴維的上身已進到氣窗口來了，但好像耗盡了力氣，沒辦法再把腰部以下提上來。卻斯伸手去拉他，戴維擺擺頭，輕聲說：「讓我歇一下。」等了幾分鐘，卻斯幫著戴維進了氣窗，戴維伏在鐵板上，很急促地喘息。卻斯收上繩梯，摺疊好放入背包，輕輕地把蓋板放回原位，擰上螺絲。確定一切都沒有不妥之後，取出背包中的軟毛掃帚，在蓋板附近揩掃了一遍。做完這一切，看到戴維還俯臥在那兒，湊到他身邊輕聲問：「你還好嗎？可以跟著我嗎？」戴維眼睛閉著，點了點頭。卻斯用手電筒照了一下，戴維像隻在黑暗中的動物那樣，本能地伸手擋住光線。在一瞥之間，卻斯覺得戴維顯得比喬治還老，頭髮稀疏得看見大片的頭皮，二個門牙掉了，在呼吸時露出一種齜牙咧嘴的苦相。

卻斯想幾個月的牢獄生活使人一下子老了二十年，他可以想像那種生不如死的可怕日子。他幫戴維套上護膝，遞給他一副新的手套，帶著他向原路爬回去。戴維爬得非常之慢，卻斯停下來等他時，不禁懷疑他是否虛脫或昏了過去，等了好久看到戴維又蠕動起來。到了通氣口那道門，卻斯讓戴維躺平休息，輕輕地把門合上，但鑰匙還是含在鎖裡拔不出來，卻斯緊張地擺弄了好一會，額上的汗和著灰塵流進眼睛裡，又辣又癢。躺在那兒的戴維開口說：「噴點ＷＤ４０」。卻斯照他的話試了一下，很容易地先拔出薄鋼片，然後取出鑰匙，一顆怦跳的心才平靜下來。

前面的路是可以直起身來彎著腰走了，但戴維雙腿發軟，扶著牆壁抖抖地站不起來。卻斯把他的臂彎搭在肩上，架起他小心地向外移動，這段路他們差不多走了十五分鐘，卻斯剛開始覺得戴維很輕，但越走越重，好像背負著一具屍體。戴維身上散出一種不見陽光的黴味和消毒水混合的氣味。喘氣時卻斯聞到一陣從他口中發出消化不良和人參的藥味。好容易挨到洞口，二人都是大汗淋漓。看到喬治在洞口探頭張望，就把戴維交給他扶持，又返身回洞內去收拾螢光器和鎖上洞口的鐵門。出了洞之後，看到喬治已幫戴維脫下了桔色的囚衣，換上一條發白的牛仔褲，一件棕色的套頭毛線衫。卻斯看到戴維尖削的肩胛骨在毛衣下頂出生硬的線條。夜氣有點涼意，戴維像發寒戰似的，抑制不住地悚悚發抖，但他的眼光卻狂熱發燙地四下巡視。三人默默地收拾，戴維開口道：「阿心呢？她來了沒有？」喬治說：「她在柏克萊還有事，我們得走了，越快離開這個地方越好。」一面把戴維扶到停在陰影裡的車旁，打開車門，讓他坐了進去，轉回身來和卻斯握手，說你要不要搭我們的車下去？卻斯說沒問題，十幾分鐘我走走就到了，你們還是先走吧！喬治說那好，我們過了邊境之後再跟你們聯繫。

卻斯點點頭，看著喬治坐上駕駛座，他繞到車子另外一邊想跟戴維打個招呼。戴維朝他看看，削瘦的臉上沒有任何表情，像是從來不認識卻斯似的。沒有點頭，沒有揮手，沒有一點點感謝的表示。卻斯心中浮起一縷寒意，他今夜出生入死，賭上他今後的前途的冒險就換來這麼一種冰冷的對待？早知道會是這麼一種結果，當初他緘口不提這個洞口的話，戴維現在也不會坐在這兒，用敵意的眼光瞪著他。轉念一想，他所做的一切並不是為了這個可憐蟲，他只是為了阿心！他不用戴維領情。今夜的一切還算順利圓滿，從此他再也不想見到他們了，他和阿心要搬得遠遠的，所有一切以前的聯繫切得乾乾淨淨，他和阿心不再欠他們任何一絲一毫了，見到阿心之後一定要強調這一點。想到這兒，他心中平靜下來，掉轉眼光不去看戴維蒼白的臉，向後倒的車子揮了揮手，道了一句：「一路平安」。

看著喬治沒有開燈的車滑下山坡，卻斯提起背包，朝加油站走去。這時月亮出來了，細細的一線半隱在雲層裡，在死谷暗紅色的輪廓線上掛著。抬腕看了看錶，十一點差五分。他很快地會找到阿心，二人要東去拉斯維加斯，沿途燒掉背包裡的桔色囚衣，扔掉作案的工具，找一個下水道，拋掉那二把世界上最貴的鑰匙。一切的痕跡都抹平，一切的證據都銷毀，一切的不愉快都被忘卻。今夜十二點像把劍，乾脆俐落地切斷他和阿心以前的人生，所有的債務都還掉了，明天他和阿心在米高美大酒店的雙人大床上醒來之後，迎接他們的是一個全新的前景，年輕而帶著種種的許諾。他們將義無反顧地擁有對方，互相擁有燦爛的人生。生活是美好的，他們則可以上路了。

來到加油站，一眼看到野馬車停在油站的右邊。卻斯滿懷完成任務的欣喜，三腳一步地躍到車邊，一把拉開車門，阿心不在車裡，向後座看了看也沒人。阿心開什麼玩笑，說好等著的，難道他冒了險回來，還要跟他捉迷藏。他直起腰來，聽到加油站後面有淙淙的流水聲，趕過去一看，阿心站在水池前面，撩起長裙，把右腳放在水龍頭底下沖洗。他走到她身邊，月光底下阿心回過頭來，蒼白著一張臉，眼睛裡帶著他從沒見過的驚恐。卻斯趕過去扶著她，問她怎麼了？阿心嗓音都發抖了：「卻斯，我想是被蛇咬了。」

45

郤斯蹲下來察看阿心腳上的傷口，月光下依稀二小點黑點在她的腳背上，經過涼水的沖擊，血已基本止住了，只是過了一會又有二小股細細的血絲滲入腳背的皮膚。郤斯心中駭然，抬起頭來問阿心：「妳覺得怎樣？」阿心說：「腳掌已經麻掉了，也不覺得太痛。」郤斯問她什麼時候被咬的？阿心說大概七八分鐘之前吧，她覺得郤斯應該回來了，就走出車子到路邊去張望，在那堆石頭旁邊，聽到有一種奇怪的聲響，她還沒反應過來，就覺得腳背一陣疼痛，看到腳上楔形的傷口，她知道是被蛇咬了。急救包在郤斯的背包裡，她只能找一個水龍頭，讓冷水沖掉毒液，鎮一鎮又癢又痛的感覺。「郤斯，取出那個急救包，我看看有沒有可以暫時抵擋一陣的藥物。」郤斯扶著她走回車上，讓她在乘客座坐下，阿心咬緊嘴唇，讓郤斯先撕下二條囚衣上的布條，扎緊她的腳踝和膝蓋後面。郤斯把阿心的腳捧在膝蓋上，看到那隻腳背已經腫了起來，阿心說沒帶手術刀，問郤斯有沒有隨身小刀，郤斯取出掛在鑰匙環上的瑞士摺疊刀，阿心要他用酒精棉擦了，再劃一根火柴燒了一遍。自己動手向傷口切了下去，切成二條一寸多寬的劃口，血大量滲了出來。

阿心要卻斯幫她擠，說擠出越多越好。卻斯看到這麼多血，一陣暈眩，強忍著用手指在阿心的足踝上從上往下推擠，擠了一陣，阿心說應該可以了，急救包裡有繃帶，請幫我纏上，再給我二片泰龍諾止痛。卻斯照她的吩咐，用繃帶在阿心的腳掌上纏了五六圈。阿心說：「有沒有纏小腳的感覺？」卻斯哭笑不得：「什麼時候了，妳還開這種玩笑。應該不要緊吧。」阿心說：「能夠做的都做了，我們現在開車去找一家醫院急診室，打一針蛇毒血清，在二個小時內打下去應該說可以中和毒液。」卻斯說：「這麼晚了，去哪兒找醫院，乾脆打電話叫救護車。」阿心說：「叫救護車還要等，你不如去打電話，問一下最近的有急診室醫院在哪裡。」卻斯去了油站旁的投幣電話，先撥問訊臺，一個瞌睡迷糊的聲音讓他等了十分鐘，才告訴他最近的醫院，但又講不清方向。卻斯又撥了九一一，只說有病人，問清醫院的方向，謝絕了接線小姐要派救護車的好意，回身躍入車內，踩足馬力向九十九號公路飆去。

阿心斜靠在椅背上，卻斯聽得她喘得急促，擔心地轉過頭去問她感到怎麼樣了？阿心說還好：「從被蛇咬到現在才二十五分鐘，我們一個鐘頭趕到醫院，打了針就沒事了。你不要管我，仔細開車，我要安安靜靜地坐一坐，血流得不那麼快，中毒的程度輕些。」她看到卻斯注視著後視鏡，很緊張的樣子，不禁問道：「你怎麼了？」

一部車子緊咬在他們後面，不是警車，但是車頂上有一盞紅色警用燈在閃耀。卻斯想是他的車速太快了，被哪個多管閒事的下班員警盯住了。他想是否要加速逃走，但轉念一想，如果那員警用無線電召來別的警車圍堵他，阿心就不會順利到達醫院，停下來只是拿張超速罰單而已，要不了幾分鐘，還是這樣穩妥些。

他對阿心說：「大概又要吃張罰單了。」放鬆油門，慢慢地在路肩上停下。

那是一部黑色的公務車，沒有任何執法單位的標誌，只是在車身邊上漆有一個號碼一六三。這車沒有像一般警車抓住肇事車輛那樣停在被抓的車後，而是並排地在野馬車旁邊停下，車子前端裝有二個可以轉動的探照燈，其中一個轉向野馬車的車廂。卻斯在炫目的白光裡看到那部車內有二個人，其中駕駛座上的人正打開車門，繞過車頭向他們走來，另一個還端坐在車廂裡，只是把電動窗放下來了。

那走過來的人到了卻斯放下的車窗邊，彎下身來，在逆光中卻斯看不見他的臉，只聞到一股大蒜和酒的氣息。「員警在值勤中怎麼也喝酒？」他正在這麼想著，只聽那人說：「嗨，果然是你們，卻斯，阿心，不認得老朋友了，你們這麼晚了在這兒做什麼？」不等卻斯回答，他轉身向坐在公務車裡的人說：「典獄長，是我們的年輕朋友們。」

卻斯和阿心都認出來了，是約翰，監獄裡的警長，那個無賴，怎麼會在這個要命的關頭碰上他們，或是他們發覺犯人逃脫追了上來。卻斯腦中一片混亂，但他知道阿心的傷勢不能在這兒多做耽擱。他得盡快地擺脫這個混蛋的糾纏，把阿心送到醫院注射蛇毒血清。約翰從駕駛座窗處伸進半個腦袋，巡視著車廂。卻斯擠出一個笑臉：「嗨，約翰，是你，我還以為我超速了。」警長沒理他，向阿心說：「小姐，久違了，近來很少見妳光顧我們這個窮鄉僻壤，想不到今晚有幸意外巧遇。妳連哈囉都不講一聲嗎？」卻斯看了看阿心，她頭朝窗那一邊側著，好像有昏迷的感覺，對約翰的招呼一點反應也沒有。心中不禁又驚又急。

卻斯眼光碰上約翰詫異的表情，心想還是直說了吧，什麼都沒有阿心的性命要緊。「嗨，約翰，我們不能多聊了，阿心剛才在路邊找廁所時被蛇咬了，我現在馬上得去醫院，你能不能把你的車移一下。」「被蛇咬了？咬在哪裡，我看看。」約翰一把拉開車門，不由分說地把卻斯拖出車來。卻斯心中急怒交加，一衝動準備反抗，但看到約翰腰間的手槍，遂冷靜下來，他的直感告訴他約翰是個翻臉無情的傢伙，什麼事都做得出來的，而他們現在在他的地盤上，他的一步走錯可能危及到阿心的性命。但他也作了萬一的準備，如果約翰真的留難他們，他得找個機會把約翰腰間的手槍搶過來，制伏他和那個黑人典獄長。現在約翰正弓身在車廂裡，腰間手槍就在卻斯手邊半呎之遙。卻斯控制住伸手過去的誘惑，退開一步，正碰上典獄長打開那部公務車的門走了出來，卻斯「嗨」了一聲，老頭的臉像木刻一般沒有表情。卻斯繞到車的另一邊，看到約翰正把阿心的長裙撩起來，看看那隻纏滿繃帶的腳，又回過去用二個手指撐開她的眼皮看了看她的瞳孔，弓身退出了車廂，跟卻斯說：「她在哪兒被蛇咬的？」卻斯說：「我也不很清楚，她要我在加油站那兒停車去上廁所，大概在那附近碰到蛇了。」「你們怎麼半夜三更地在這兒遊蕩？」「我們從拉斯維加斯回來，本來想到查爾斯家投宿，後來想想太晚了，就沒有上門，想直接回舊金山了。」「路線也不對。」約翰沉思地搖搖頭：「還有，她腿上紮的那條布條是從哪兒來的？」卻斯被他問了個冷不防，「什麼布條？」他一面裝糊塗一面在腦中飛快地尋找合理的解釋。約翰看到他遲疑的表情，走回公務車邊跟典獄長低聲嘀咕了幾句，又走回野馬車邊，說：「卻斯，你站到車後面去，打開車後箱，我要檢查一下車子。」卻斯吼道：「你混蛋，你沒看到阿心被蛇咬傷了嗎？我們沒時間跟你胡扯了。」說著拉開車門準備進入駕駛座。「站住」，約翰喝道，冷笑一聲：「我看過她的瞳孔，一時半刻之內沒事。你慌什麼？」卻斯回道：「你又不是醫生，你怎麼敢擔保沒事？我們又不是你的犯人，你憑什麼檢查我們的車子？」說著坐上駕駛座，啟動引擎。約翰手按在槍柄上：「你敢動一下，一切的後果你負責，你要想清楚。」卻斯腦中飛快地鬥爭著；強行離去的話約翰一定會開槍的，或者召來警方圍堵他們。

如讓他搜查車子的話，戴維的囚衣還在後車廂裡，更不要說那一袋作案工具了。阿心在半昏睡的狀態，一點也沒辦法跟她商量。他背上全是冷汗，鎮定一下之後關上引擎，走出車廂，說：「約翰，你怎麼了？我是急於送阿心去醫院，如果言語衝撞了你，請你不要在意，改日再向你道歉，我們又沒做什麼不法的事情，車子也就那麼點地方，你都看見了。請讓我們走吧，萬一阿心有危險，你我都要負責任的。」約翰還是繃著臉；「你們不能這樣走，你打開後車廂，我看一看沒幾分鐘的事，要耽擱也是你的事。」這時一直在旁觀的典獄長開口道：「約翰，不要這樣，讓他們走吧，去醫院要緊，別的事以後再說。」約翰頭也不回地說：「不行，他們在此時此地出現太可疑了，阿心的腿上綁著好像是囚衣上的布條，我懷疑他們進行什麼危險的活動。」卻斯轉向典獄長說：「那布條是隨手從加油站後面一件撿來的衣服上扯來的。怎麼能憑這一點就說我們進行不法活動呢？」老頭的眼睛在黑臉上閃耀了一下，盯著卻斯二三秒鐘，卻斯自己都覺得這個謊撒得實在笨拙。老頭的聲音低沉而威嚴：「約翰，讓他們走。」警長回過頭來，滿臉嘲笑的表情：「為什麼？你真的被那女孩唬著了嗎？說不定被蛇咬也是裝的。」卻斯眼睛裡火都冒出來了，真後悔剛才有機會時沒搶過手槍崩了這個狗娘養的。

典獄長的聲音在他耳邊響起：「誰也唬不了誰，阿心唬不了我，這小夥子也唬不了，還有你，約翰，讓他們走，這是命令。」約翰還在那兒犟嘴：「我確定他們有問題，你放走他們是你的責任。」卻斯走去車上時聽到老頭說：「你還敢威脅我！哼，你以為自己是誰，你當我不知道你那些烏七八糟的事嗎？你敢！你敢動武的話我先解決你這小子。」卻斯坐進車裡時看見月光下約翰保持著找槍的姿勢卻僵在那兒，在汽車一邊，典獄長雙手平端一支雙筒霰彈槍站在警長的背後。

卻斯在急速離去時沒想到明天監獄裡發覺戴維越獄之後這件公案會怎麼解決。他看了看錶，剛才被約翰糾纏一陣，寶貴的半個小時浪費掉了。他在高速公路上把油門踩到底，呼嘯地越過一部又一部的重型卡車。在醫院急診室門口刺耳地煞住汽車，摔上車門，把阿心抱進急診室的等待大廳，一疊聲地催促值班護士趕快給阿心打針。還好這偏僻地區醫院候診的人不多，急診醫生查看了阿心的傷口，量了量心跳，馬上給阿心注射了蛇毒蛋白血清，重新處理了傷口的包紮。一面責怪卻斯，說他把阿心送來得太晚了，如果再遲個十分鐘，他可不敢保證這小女孩還有沒有命。卻斯一面對著這個看起來像開重型卡車司機一樣粗壯的醫生千恩萬謝，一面嘮嘮叨叨地問：「她現在該沒關係了吧？她現在沒問題了吧？她有沒有脫離危險？她可以復元到像以前一樣吧？」那個黑臉大漢醫生說：「注射了血清中和體內的毒素，被蛇咬只有這麼一條醫療途徑。好在初期做了一定的傷口處理，毒素沒有擴散太快，但從被咬到注射之間時間耽得太長，我們不能百分之一百保證，加之每個人的體質不同，臨床反應也不同，我們需要病人留院觀察四十八個小時，根據病情配合治療。現在你不要纏我，外面還有一串病人等著我去照顧，他媽的這小地方就我一個人。你先去跟值班護士辦一下必需的手續。」

卻斯看看阿心的呼吸平穩了些，臉上也不像剛進來時的一片潮紅。遂放了一點心下來，辦好了手續之後就目不轉睛地守候在病床邊。

阿心真的像個小女孩，蓋著白色的被單，手上插著輸液管，像是勞累過度之後在深深地熟睡。她一隻腳上還穿著皮涼鞋，卻斯輕輕地把它脫了下來，卻怎麼也找不到另外一隻，他記不起來是遺留在加油站呢還是在車裡。阿心的眼睫毛輕微地搧動著，有時全身會突然一陣痙攣。醫生進來看了二次，說這是正常的現象。已經是深夜四點鐘了，一天一夜的緊張勞累，卻斯把頭靠在阿心的床沿，不知不覺地打起盹來。

46

郤斯在迷糊中感到有人在推他，一個激靈醒了過來，看到阿心在對他微笑，他奮力搖搖頭，以確定不是在夢境。較液管的點滴還在晶瑩地閃著，阿心的一隻手從被單下伸出來，向他豎起食指。他興奮地一把握著那隻涼涼的手，問道：「妳好些了？」阿心「噓」了一聲，示意他不要太激動，影響了旁邊床上的病人。「不要這麼用力握我的手，我身上還是很軟，像骨頭都被抽掉一樣。」郤斯把她的手放在一隻手掌上托住，另一隻手輕柔地摩挲著她的手背。「昨天真是嚇死我了，好了，現在沒事了。」阿心深情地望著他：「你辛苦了，我不該走出車子去的，惹了這麼大的麻煩。」郤斯說：「這些都不去說它了，妳趕快好起來，我們早些回柏克萊去。」阿心說：「我推醒你是告訴你，剛才你睡著時，醫生進來過，說現在雖然看起來沒事，但驗血指標出來，血中毒素還是很高，他們要把我轉進住院病房裡去，護士馬上就要來作準備了。」郤斯心中一沉，口中說：「也好，妳再住個二天，徹底好起來了我才放心。」阿心壓低聲音道：「我的問題不大，最壞的階段已經過去了。但戴維的東西處理了沒有？」郤斯輕輕地搖了搖頭。

阿心沉吟一陣，說道：「在我移進病房之後，郤斯，我想你得趕快回柏克萊一次，第一，你沿途處理掉那些東西，監獄方面今早發現戴維越獄之後一定會大力緝捕的，約翰那個混蛋昨夜已經對我們起了疑心。他們今天會一家家醫院來尋找。所以你得盡快地離開，被他們人贓俱獲可不是好玩的。第二，你到了柏克萊之後第一件事就是找我那件夾克，那篇計劃書在內袋裡，找到之後即刻燒掉，我不想留下白紙黑字作為把柄。一切處理完了之後你再回來，那時我大概也可以出院了。」郤斯道：「我走了妳怎麼辦？警方會不會找妳麻煩？」「他們憑什麼？我被蛇咬傷和他們犯人越獄有什麼關係？在沒有確實證據之下沒人動得了我一根汗毛。這一點你放心，倒是你在路上一切都要小心謹慎，我實在不放心讓你一個人長途駕駛，不過如今沒辦法了。答應我，不要開快車，不要趕路。在柏克萊處理完事情之後好好睡一覺，養足精力之後再來接我，我哪兒都不去，噢，等你來接我回家。」

郤斯點點頭，這時護士進來作準備工作了。他乘周圍沒人注意時，很快地低下頭吻了吻阿心的雙唇。在走出急診觀察室之前，他最後轉頭望了一眼他心愛的女人。阿心蒼白的臉上飄出一絲笑意，向他輕輕地擺了擺手，用口形作出一個「I Love You」，然後由護士推著掛了輸液瓶的床向電梯處走去。

出了急診室他看到天色已經亮了，跟野馬車並排停著一部警車，不過警車裡沒有員警。他打開車門，坐了進去，周圍靜悄悄的，沒有埋伏的員警猝不及防地衝出來。他把野馬車倒出停車位，掉頭出了停車場。一切如常，他拐了二個彎，上了九十九號公路。

在第一個加油站停下來時，他把繩梯扔在廢物箱裡，買了一杯黑咖啡，和一個塑膠油筒，灌滿了汽油。在拐上五號公路之後，他在一個土堆旁停了下來，把裝有氧氣瓶的燒焊器，活動扳手的背包扔進一個水溝裡。在近五八零公路之前，他拐進一個叫彼得遜的小鎮，找了一間荒棄的牛欄，取出戴維換下的桔紅色囚衣，澆上汽油燒掉，他小心地等到燒得一絲布屑都不剩，然後在餘燼上面撒了一泡尿，仔細地踩滅火星，到此為止，所有作案的物證都一一湮滅了，只要喬治和戴維到了那邊改換了身分，美墨兩邊當局都找不到他們的話，他才不理會警方呢！噢，還有一件事，就是那份計畫書，卻斯相信它還穩穩妥妥地放在阿心的牛仔夾克內袋裡，扔在那張沙發上，他回柏克萊之後幾分鐘就會解決的。

卻斯由於還是實習駕照，阿心關照了一次又一次，所以一路過來都規規矩矩地按照路上的限速駕車，途中又幾次彎到偏僻無人的地方去湮沒作案的工具。回到灣區時已經近下班時分，五八零高速公路上好像出了車禍，兩面的交通都嚴重堵塞，整個利物摩爾山谷擠得像個大停車場。卻斯踩住煞車，隨著車流的移動放鬆一下煞車，以五英里的時速在厚厚的車流裡慢慢地蹚著，路邊山坡上一片枯黃色的雜草，山脊上排列著風力發電機巨大的輪翼，有一陣沒一陣地悠轉著，幾千輛汽車排出的廢氣使得空氣渾濁，燠熱難當。挨到出事的地方，卻斯看到兩部車子迎頭相撞，對面一部車橫過寬闊的高速公路分界地帶撞入西向車流中，擦過好幾部車，和一輛三菱麵包車撞成一團，麵包車頭給撞得趴到地上去了，高高翹起的車尾部三角形的標誌在落日餘暉中閃耀，那輛肇事的車變得一團稀爛。

卻斯卻不知怎的覺得那堆殘骸有點眼熟，不過這是不可能的事，喬治那輛租來的車是最普通的福特，加州公路上起碼有五六千輛在跑。他們現在應該是在邊境上了，只是不知道在美國的一邊還是在墨西哥境內了。

卻斯挨過停在路中的警車，救火車，四條線道封住了三條，從車的縫隙中可以看到平躺在柏油路面上的屍身，蓋著黃色的塑膠布。過了這段，前面豁然開闊，卻斯一面踩油門加速離去，一面從後視鏡中瞥一眼一大片堵在那兒的車牆。

柏克萊還是那麼優閒，華燈初上，夏特克街上的露天咖啡座上擠滿了情侶，幾家主要的餐館前排滿等候用餐的隊伍，街角上的鮮花鋪子在燈光下五彩繽紛。卻斯的腦中還充滿了監獄、隧道、荒漠和響尾蛇。駛進這個綠蔭覆蓋的城市時真有不知身在何地的感覺。拐上香樟木街，白房子的塔樓在樹影婆娑中隱現。停了車之後，他衝上迴廊，推開沈重的雕花木門，三腳二步地登上二樓。

還沒進阿心的房間，他一眼瞥見那件洗得發白的牛仔夾克還掛在餐桌邊的椅背上，他提起這件充滿阿心身上氣息的衣服，手伸進內袋中一掏，空空如也，心直往下沉了下去。他又把每個口袋仔細搜索一遍，什麼也沒有。他不相信自己似的又把衣服抖了幾抖，再仔細搜摸一遍，彎下腰去查看桌底，甚至把地毯的邊掀起來，還是什麼都沒有。他匆匆取出阿心的房門鑰匙，插進鎖孔時他就感覺不對，門沒鎖上，不可能！他們離開時仔細檢查過，藉著過道上的燈光，他發覺門鎖被用力撬開，門框上的木架都裂了開來。用顫抖的手推開房門，打開客廳的頂燈，他站在房間的中央呆住了。

房間裡一切如常，但燈光下到處閃耀著藍色鑽石般的光耀，所有的藍瓶子全部被打破，各種深淺顏色不一的藍色碎玻璃屑，被人均勻地撒在壁爐架上、窗臺上、床上、書桌上、沙發上和地板上。

壁爐架上只剩下那尊在蒙地西諾畫廊買來的妖精雕塑，依舊掛著一副深不可測的詭譎笑容。

47

維克多這幾天心情特別不好，身體的狀況也跟他作對，老是有一種乾嘔的感覺。自從和瓊安那次會晤之後，他一直覺得應該完全從這一行中退休了，二十多年窺人隱私的生涯沒有給他帶來任何成就感。有些案子還像塊病灶似地粘在他腦子裡，揮之不去，很是影響到他的睡眠和胃口。他從來不為任何事件的表像所動，但隱藏在這種表像之後人類心理的卑鄙和骯髒使他反胃不已，而這種卑鄙又往往很聰明地躲在法律保護的羽翼之下。他自己在心中承認，自從多年前畢業於加大法律系之後，雖然他一直遊走在執法的邊緣，經驗並沒使他更看得開一點，終究他還是迷失了。他答應瓊安接下這個案子是他把心理學家看作導師和告解人，應該指引他走上一條康復的路，但這次案件進展使他覺得他像一個小孩；心愛的東西遺失了，去父母那兒哭訴，但這父母卻告訴他如何再從別人那兒把心愛的東西偷過來。取回的錄像帶他早已看過。瓊安給他的那張支票還沒去存入銀行。他的電話裝有顯示來電號碼的設備，瓊安的電話他一直沒去接，讓自動答錄機跟她對話。他要好好地想一想怎麼處理這件看來是他最後接手的案子。維克多心想他這一次有點像賭徒在牌桌上下最後一注妄圖翻本，卻眼睜睜地看著莊家把他面前不多的籌碼用耙子耙去。趁他沒輸掉最後一點對人類，和對自己的信心之前，他會考慮賣掉他在柏克萊山麓的公寓，然後在北加州雷廷那邊或奧勒岡州買個農場，一流清溪，養幾匹馬，種些果樹，在大自然寧靜的懷抱中度過他的餘生。

維克多在電腦前坐下，打開機器，螢幕上顯示出法律女神蒙著雙眼，高舉正義秤桿的形象，他注視著這張他從大學裡就看得爛熟的形象，今天好像才真正瞭解蒙在女神臉上布巾的象徵意義。世事本來如此，錯綜複雜而又真偽難辨，連神都無可奈何，又何必苛求自己一介凡夫。維克多心靜了一點，很快打好那封給瓊安的信，連那張支票一併封入信封。

48

一陣急促的電話鈴聲把卻斯從麻木的震驚中驚醒過來，他機械地走過去拿起聽筒，他不知要如何向阿心解釋。電話卻是喬治打來的，聲音中帶著焦急的哭音，開口就問卻斯有沒有見到戴維。卻斯像個夢遊人一樣聽著，回答道：「你不是跟戴維一起去洛杉磯了嗎？你現在哪裡？」喬治說他還在洛杉磯機場。卻斯更糊塗了：「你們不是說好一早就搭機去艾爾帕索的嗎？我們想你們應該已經到了那邊了。」喬治一急，話語也不連貫了，卻斯花了好多時間才弄清來龍去脈；喬治他們三點多鐘就到了洛杉磯機場，二人在車裡小睡了一下，到了五點半，機場的售票處開了，喬治讓戴維等在車內，他去售票處用現款買了二張六點半飛艾爾帕索的機票。回到停車場，怎麼也找不到戴維和車子，他上上下下的找了幾遍，只是以為自己記錯了，到了六點鐘，實在無奈，他請機場廣播室廣播讓戴維去登機口等，一直到六點半飛機飛走了也不見戴維的人影。他知道這下壞了，被員警抓走的可能性不大，否則他現在不可能還獨善其身。唯一的事實擺在面前是戴維駕走了車子，北上柏克萊找阿心你們來了。喬治在電話中喘氣連連：「他在從維薩勒去洛杉磯跟我沒講幾句話，不過我感到他有些異樣，是什麼我也說不上來，現在事情全亂了。我從下午三點鐘就開始給你們打電話，留了許多留言，你們沒聽到嗎？」郤斯說：「我才剛進門，沒去聽留言。」喬治在電話那端沉默了幾秒鐘，問道：「阿心呢？我能不能跟她講話？」郤斯剛想脫口而出說阿心被蛇咬了，躺在醫院中。但看到滿地的碎玻璃他多了個心眼回答道：「她有事一時不會回來，你如有話我可轉告。」喬治很響地嚥了一口唾沫，說：「你們碰到戴維的話趕快送他去機場，要他乘最早的班機來洛杉磯，我在美航的櫃臺等他。那部租來的車子也請你們幫我在赫茲還掉。還有，錢不夠了，能否讓戴維再帶一些過來……」

郤斯越聽越不知道究竟誰在做夢，他呢還是喬治，他一聲不響地掛上聽筒，雙手摀著臉，腿一軟，在滿地的碎玻璃屑中坐了下來。

戴維，戴維，我們為什麼要冒著生命的危險把你從那個獸欄裡救出來？阿心為什麼要付出被毒蛇咬傷，差點送命的危險來拯救你自己作下的罪孽？我為什麼要出錢出力，冒著斷送自己大好青春的危險幾次深入地底深處，把你從那個暗無天日的牢房裡挖出來，帶你爬過那條像毒蛇一樣彎彎曲曲的隧道？我們所做的這一切換來了你置整個計劃於不顧，置大家的安全不顧。我們幾個月的心血就是換來你闖進阿心的房間，打碎她所有心愛的藍瓶子嗎？這麼惡毒的對待她——你怎麼想得出來？你一定知道這些收藏是阿心的瑰寶，你一定知道這些藍瓶子是她人生中即將來臨快樂日子的象徵。你怎麼奪過一個天真善心女孩手中的花朵，當著她的面撕得粉碎呢！戴維，戴維，你的背景，你的教育都不像做得出這種事的人，但你卻做了，做得千百倍地殘酷，千百倍地無情，人類傷害同類的極致也不過如此。阿心怎麼會錯看你到這個程度！你在報復嗎？你在報復誰？你責怪阿心離開你嗎？她沒有！她在任何人都可以走開而持有充分理由時對你伸出無私的手，她對你的情誼可以驚天地泣鬼神。你憑什麼用暴力對付已經逝去的愛情，你對一個為你付出常人不可能付出的人心上深深地劃上一刀，她將永遠記得這慘痛的一頁。你在憎恨我嗎？你憎恨我從你那兒奪去了阿心的感情嗎？那你幹嗎不痛痛快快地提出來，我們可以在任何地方像兩個男人一樣比個高低，我知道你們懦弱的美國人不願意決鬥。但你卻敢於傷害無辜，狗都不會咬撫慰牠的手，你卻一口咬了下去，深入見骨……

門上響起輕輕的剝啄聲，卻斯從恍惚中醒過來，是卡洛琳？她看見他回來了來打招呼？只是不知怎麼向她解釋毀壞的門框門鎖和滿地的碎瓶子，她不知有沒有聽到砸瓶子的聲響？卻斯把門開了一條縫，在餐廳裡站了一個十二三歲的陌生男孩，卻斯吃了一驚，忙問道：「你找誰？」那男孩答非所問地說：「下面門沒關，我就上來了，有人讓我把這個給你。」說著遞給卻斯一個一呎左右的馬尼拉信封。卻斯接了過來，掂了掂很輕，問道：「誰讓你送來的，你確定沒送錯？」那男孩說：「我等了二天了，剛才看見你房裡有燈光，我就上來敲門了。」卻斯原來想是戴維的什麼花樣，聽男孩說等了二天，覺得又不像。他看那男孩不肯說是誰讓他送的，遂從口袋裡掏出一張五元的鈔票，要給男孩作小費，那男孩搖搖手，說有人已經給了，轉身下樓去了。

打開馬尼拉信封，裡面是一捲錄影帶，這是阿心哪個同學借她的來還了。卻斯隨手往電視上一擱，馬尼拉信封中抖落出一紙二指寬的便條。卻斯瞄了一眼，紙條是用打字機打的，沒有署名和落款。「我懷著歉負的心情奉上這捲錄影帶，有人要羅織罪名陷害你們。請小心為好，錄影帶只此一捲，別的已經毀掉，請放心。一位無心作惡者。」

卻斯揉了一揉眼睛，把紙條重新看了一遍，誰要羅織罪名陷害誰？今天實在發生太多的事情了，他不敢說他腦子百分之百管用了。解答應該在那捲錄影帶中，不過卻斯現在絕對沒興趣去打開電視，去看那捲莫名其妙的帶子，說不定是阿心同學跟她開的一個玩笑。一切的一切都放在一邊，他要想一想現在應該怎麼辦。

阿心的珍寶現在全部毀了，她知道之後不知會如何地傷心，不過阿心是個堅強通達的女孩，她會挺過來的，等她傷癒出院之後，他們重新收集藍瓶子，重新建立他們的生活，陰影不會消失，但可以淡忘，這是以後的事了。

現在當務之急是第一要找到那份計畫書，二是要弄清戴維的下落，然後通知喬治接他去墨西哥，他留在這兒使大家都不得安生。但現在他人在哪兒呢？他不可能回他以前的房子。想到這兒卻斯神經質地跳起來，先趴到地板上看床底，然後一一打開壁櫥門檢查，又查看了浴室和廚房，任何可能藏身之處都看過了，什麼都沒有。卻斯在寫字桌前坐了下來，腦中一閃今天傍晚在五八○公路看到的那場車禍，那具殘骸和那具蓋著黃色屍布的軀體。如果真是那樣的話，倒是一了百了了，但是不能讓阿心知道。他的眼睛被桌上電腦鍵盤上的一個白色信封吸引住。這會不會是那份計畫書呢？阿心當時記錯了放的地方？卻斯伸出手去取了過來，薄薄的信封在手指中他心中就知道這絕不是那份他要找的東西。信封沒封上，一張電腦打字紙在顫抖的手指中展開，他先看了一下抬頭「A」，底下署名是一個英文字母「D」。卻斯閉上眼睛，眼前一陣發黑，他用手撐著沉重的腦袋，讓那陣暈眩的感覺過去，好一會，他才睜開通紅的眼睛，很快地從頭到底瀏覽一遍，再定下來仔細地讀完那封信。

最親愛的阿心：

在妳第二次來拘留所探望我時，我就知道我死定了。這個事實比銬在我雙手上的鋼製手銬還要真實，妳眼中那朵一直溫暖我心的火花熄滅了。面對這個凋謝的事實，我的心急速地衰老，世界離我遠去。我知道我自己不配擁有妳這樣一個鮮活的生命，但靈魂固執地拒絕相信，拒絕接受（如果我還有靈魂的話）。

我寧願在一場事故中死去，以換得妳永存的記憶和愛意，我會棲息在妳心田的一角，不論妳今後如何我將是妳心中的至寶，我真後悔當初的一切，至少我可以拒捕，那警探如果當場給我一槍我要笑著在地下感謝他；這將好過我現在處境一千倍。

不管在環境惡厲的監獄裡還是駕車急速地駛過加州平原，我的心一直在一個愛的牢籠裡，當我踏上千百次踱過的穹彎街，推開熟悉得不能再熟悉的房門時（我在獄中午夜夢迴多次走上那熟悉的樓梯，憧憬中將妳深深地摟進懷裡，醒來往往是淚濕枕巾，有時還招來一頓毒打），但現在我坐在妳的電腦前，四周環繞著精靈般的藍瓶子，我的心如臨深淵地向妳呼喊，再給我一個機會。但這個房間冰冷地拒絕我，它的形狀，它的氣息，它的律動都說明我已經是被徹底地排除了出去。我心黯然，我也不知道要給妳寫些什麼，哀求妳的憐惜？用滴血的心和滔滔不絕的眼淚來使逝去的愛情起死回生？我知道這一切都是幻想。茫然四顧，我想此時此地我最大的奢望就是摘取我們以前生活的一片葉子，我尋找我們一起去派特露馬找到的那個一九零八年的藍瓶子，我將終其餘生地和它相伴。卻一直找不到，難道我和妳以前的一切都這樣乾淨徹底地從妳生活中消失了嗎？連一個藍瓶子的痕跡都被抹去了嗎？連一個歡笑的下午的記憶都容不下嗎？啊上帝，我的一個偶然的疏忽值得被這樣懲罰嗎？以前的美酒已變成毒藥，那我還將它一飲而盡。

我將悄然離去，再也不在妳的生活中激起任何漣漪，但我會帶走全部藍瓶子的回憶，我用即將燃盡的生命來換取它們。不管妳今後是否繼續收集新的藍瓶子，妳看到藍色的閃光時我會在妳心中出現，不管妳是嫌惡還是傷感，我要永遠存在妳的記憶中，鏤刻在妳的心扉上，跟那些藍色碎片一起長眠在蒼涼悠遠的時間荒漠之中。

我跟上帝商量，我的來生再也不要輪迴為任何一個生物，我想幻為一片冰冷的藍色，在時空中匆匆劃過。我想幻為一粒晶瑩的閃耀，在妳的眼角瞬閃即滅。我願化為一聲水晶叮噹的撞擊輕響，在午夜輕風飄拂到妳的夢境。我願進入熾熱的熔爐，幻為一個小小的藍瓶子，在彼岸世界中被妳收藏，被妳珍惜，像一瓶深深海底的色澤，佇立在妳的壁爐架上。

永遠愛妳的D

49

信紙從指間飄落，廚房中響起鍋鏟的聲響，卻斯從坐了不知多久的寫字桌前站了起來，打開房門走了出去。他不想卡洛琳過來敲門，讓她發覺這一片狼藉，他跟坐在餐桌邊吃三明治的房東打了聲招呼。

「啊，卻斯，我一點也不知道你在房間裡。阿心呢？要不要我幫你做個三明治，有新鮮的鮪魚和乾酪。」

卻斯差不多一整天沒吃東西了，除了今早喝的那杯咖啡，肚子空洞洞的，卻沒有什麼食慾。他拉開桌邊的椅子坐下，接受了卡洛琳的邀請。

「好吧，麻煩妳了，烤麵包和乾酪就行了。我不太吃魚。」他知道卡洛琳所謂的新鮮鮪魚就是剛打開的罐頭。

二人坐在燈光下默默地吃三明治，卻斯腦中還翻騰著戴維的那封信，看來下午的那場車禍很可能是戴維捲入的，只是不知道他有意撞入對面的車流呢還是由於身體衰弱而失控？阿心知道後不知會有什麼反應？要不要跟喬治通個氣，但他在機場大廳，沒辦法聯絡到他，只能等他打電話來了。卡洛琳開口跟他講話，他恍恍惚惚地沒聽清她的問題，直到卡洛琳放下餐具，直直地盯住他的臉孔審視。

「郤斯，聽著，你看上去像是喝醉了酒，但我又知道不是那樣。阿心人去了哪兒？你們怎麼了？我不是要打探你們的私事，不過如果我的房客和朋友碰到難以解決的事，也許我可以幫上點什麼忙。」

郤斯自失地一笑：「我是有點心不在焉，開了一天的車有些疲倦。我們去拉斯維加斯玩，路上阿心受了點傷，不過應該沒什麼，一二天之內就會回來。我先回來是為了……」

卡洛琳打斷了他：「阿心受傷！怎麼了？車禍？要不要緊，她現在在哪個醫院？」卡洛琳激動得碰翻了她面前的酒杯。

郤斯簡約地講了一下；他們從拉斯維加回來途中本想去看查爾斯一家，因為太晚了就沒去，路上阿心找廁所時被響尾蛇咬了，送去醫院打蛇毒血清。他離開時已好多了，明後天他就去把她接回來。

「我趕回來是阿心要我幫她找一篇很重要的醫學論題，要我馬上寄出。阿心說她放在牛仔夾克內袋掛在餐廳椅子上，我卻怎麼也找不到。」

「你是說那件夾克嗎？是掛在椅子上，我還穿過一次，現在怎麼不見了？」

卻斯心跳怦然，他盡量沉住氣：「我把它放在阿心房裡了，那妳有沒有發現一疊紙，三四張左右，用電腦打的？」

「讓我想一想，那天我穿了那件夾克去了哪兒，是去看牙醫呢？還是去銀行？都不是，你看我這腦筋。」卡洛琳用食指輕敲她的額頭，卻斯焦急萬分地等她回憶那天的來往。

「那天是星期日，牙醫除非有特別約定，銀行也不開門，早上我去了一次蘭花苗圃。下午轉陰，所以我才帶了那件夾克。噢，對了，我去聽了一場演講，在黑橡樹書店，我記得好像摸索過那幾張紙，我不知道是阿心的論題，你確定不在那件衣服裡面嗎？」

「我摸了幾次，什麼都沒有。」卻斯起身去拿了那件夾克，讓卡洛琳再檢查一遍。

「唯一的可能是掉在書店了，不過我不確定，二天了，不知還會在嗎？等一下我跟你一塊去看看，不過，阿心既然用電腦打的，她難道沒留下存檔嗎？」

「我不知道，同時我也不知道進入電腦的密碼，阿心只叫我找到趕快寄走。」

他們匆匆地結束了三明治的晚餐，在昏暗的路燈下趕去黑橡樹書店，已經九點多了，吃完晚飯的人們從餐館裡出來，在夏特克街上閒逛。黑橡樹書店裡還有十來個顧客在看書。卻斯進門之後就在書架底下，櫃臺下尋找，一無所獲。又遭到看書的顧客白眼和店員的詢問，正在喪氣之餘，聽到卡洛琳在叫他，他來到失物招領處的牆角，一眼看見那份計畫書釘在牆上，而卡洛琳正在仔細端詳計畫書的內容。

「我記得好像是這疊紙，但看來又不是什麼醫學論題，你來看看。」卡洛琳抬了抬她的老花眼鏡。

卻斯想不到他們犯案的親筆供詞就這樣張貼在這種人來人往的公眾場所，這份東西確實沒有一點醫學論題的樣子，卡洛琳看了多少？她會不會把戴維的事聯繫起來？要命的是他現在怎麼辦？伸手揭了下來，那卡洛琳肯定會起疑。裝著不是那份醫學論題，轉身走開，第二天一早再來取呢，那麼會不會夜長夢多，節外生枝？卻斯想得頭痛，卡洛琳在旁疑惑地瞪著他。不能再多想了，卻斯伸手摘下那幾頁紙，一聲不響地摺疊起來放進內袋，轉身走出書店。等到卡洛琳跟了上來，他說：「明天我帶去問問阿心，如果不是再送回來。」卡洛琳無語，他也懶得再作什麼解釋，一路默然地回到白房子。

回到房間他先打了個電話給阿心，想告訴她應該處理的事情都處理完了。在醫院接線生尋找阿心的病房時，他想著要不要告知她藍瓶子和戴維的事，決定暫先緩一緩，等她回柏克萊之後再接受這個事實吧！

接線生在那頭說找不到床位，也許病人去做治療了，要他等一會再試試，掛上電話回到自己樓下的房間，躺在床上想睡一會。他真是太疲倦了，兩三天來沒有好好地睡過覺，昨晚只在阿心病床邊打了個盹，他想先躺個十五分鐘，起來再給醫院打個電話。完了之後洗個痛痛快快的淋浴，今晚他需要睡個好覺，以讓精力得到恢復，明天還有兩趟長途，要把阿心接回來。

阿心，阿心，這三個月來我和妳走過的波折和風浪比我一生加起來還多，在今天晚上我們終於走到了一個岔口，像站在清晨和黑夜的交界點上，過去的一切將被鎖入記憶的深處，昨日譬如死，明天像朝日一樣充滿希望。我們將要重新攜手出發，我們都還年輕，畫展要辦，醫生執照要取得，也許有一天我們會有一個家，一幢像白房子那樣古色古香的山間小屋，也許有一二個孩子會參加這個家庭，這看起來是個不錯的主意，就像阿心所講的……

卻斯從睡夢中驚醒過來時，已是半夜十一點鐘了，他睡過頭了。再一次撥醫院的電話，耳機中傳來的是醫院總機的錄音，在這種偏僻地方的醫院可能沒有通宵值班人員，看來只得明天再打了。他去浴室沖了一個很長的淋浴，讓冷熱水交替地流過全身，緊繃的神經在水流的撫慰下漸漸放鬆。洗完澡之後，肚子又餓了起來，遂走去臺灣飯店吃了一碗紅燒牛肉麵作宵夜。

走回白房子之後，卻斯決定明早一跟阿心接通電話之後就上路，對了，口袋裡的那份計劃書還得在夜深人靜時把它燒掉。

他回到阿心房間，先把那三頁紙撕成一條條細長的紙條，然後一點點地放在煙灰缸裡燒掉，灰燼倒入抽水馬桶沖掉。做完這一切時，他走去打開窗子讓煙味出去。經過電視機時，瞄到擱在上面的錄影帶，反正他現在還不想去睡，順手把錄像帶插進機器裡，坐下看了起來。

電視上的畫面閃耀了很久，才穩定下來，帶子顯然經過剪輯，首先呈現的是一片樹枝樹葉搖曳不停，卻斯覺得鏡頭所攝角度有點眼熟，卻想不起何時何地見過。忽然在畫面上出現了阿心，幾秒鐘後，一個男人從後面摟住她，親吻她的頸項和耳垂。他揉揉眼睛，那分明是他自己的背影。這太過份了，誰在偷拍他們的私生活？卻斯像根彈簧樣從沙發上跳了起來，趕到電視前按下「停止」鍵，走到穹形長窗前朝外張望。梧桐樹的枝葉在夜風中輕輕搖擺，從枝條的隙間可以望見山麓上閃閃點點的燈光一直延伸到海灣，過往的輪船傳來一聲汽笛的長鳴，之後一切又歸於沉寂。他凝神觀察了好一陣，沒有鏡頭的閃光，沒有任何可以引起懷疑的跡象。他關上窗子，拉上窗簾，回轉身來。電視螢幕上還在無聲地飄著雪花，他像盯著一個怪物似地呆了好久，不知接下去有什麼難堪的鏡頭會出現，同時心中又有一種好奇，他同阿心親熱的樣子從第三者看來是怎樣的一種情景。他又啟動錄像機的「運作」鍵，鏡頭裡出現阿心坐在電腦前凝神深思的臉。然後是阿心躺在沙發上，頭枕在他的腿上，二人吱吱喀喀地笑著，卻聽不清講些什麼。看來攝影機的角度有限，鏡頭所呈現的只是房間的前半部，包括壁爐到沙發，寫字桌的一個角，卻斯所擔心又渴望看到的做愛鏡頭一直沒出現，唯一有性暗示的是阿心穿著寬大的綢襯衫，光著二條腿在屏風前一閃而過。很多鏡頭是房間裡靜靜的空無一人，只有風撩起薄窗簾遮著鏡頭。卻斯看到後來沒了興致，正想過去按「停止」鍵，忽然在鏡頭上出現一個背影，卻斯大吃一驚，這不是他們二人。再仔細一看，是格林，正彎著腰從壁爐爐膛裡鑽出來，像鬼一樣四面張望一下。

卻斯渾身汗毛都豎了起來，只見格林在房間裡躡手躡腳地巡視一圈之後，先是爬在地板上用指關節輕叩，直起腰來，仔細地檢視壁爐和牆壁連接的部分，然後仰起頭看著天花板，用一支電筒照著一吋一吋地移動。最後走到窗臺前，像亮相一樣在鏡頭上留下一個大大的臉部特寫，眼神焦急而空洞。過了一陣，卻見他彎著腰從壁爐裡鑽了回去。卻斯像看一部荒誕電影一樣，直到螢幕上又開始閃現雪花，他才醒了過來。第一個衝動是三腳兩步衝上樓去，拍開格林的房間，揪著他的領子問他憑什麼潛入他們的房間，窺視別人的私生活。另一個聲音在他腦中說：這部片子你拿得出去嗎？是誰拍攝的？為什麼要拍攝？你就這樣冒冒失失地把一切公諸於眾嗎？阿心會怎麼說？近來這麼多煩心的事還要再添亂嗎？其實格林對你們並不感興趣，他只是在做他的尋寶夢罷了。他潛入你們的房間和你潛入監獄的通氣管道沒什麼兩樣，反而你的罪名要重得多。唉，這二天奇奇怪怪，出乎意料之外的事情太多了，看來不必大驚小怪地在深夜把白房子的人全都吵起來，讓瓊安老太婆看笑話。還是裝得沒事人一樣，一切等阿心回來再料理吧。現在睡覺去，明天還有幾百英里的路要趕了。

他關上電視，把錄像帶倒回去，擱到樓下房間，和衣躺下，一會兒就深深地睡熟了。

50

醒來已經八點多了，柏克萊是個大好的晴天，一塊金色的朝陽從窗臺上斜切進來，細細的塵埃在光線中浮動。卻斯躺了五分鐘，一躍而起，往醫院撥電話，他已經有二天沒聽到阿心的聲音了。接線小姐讓他等了一陣，再接起來說找不到卻斯說的病人。卻斯告訴她是星期天晚上送進急診室的被蛇咬傷的病人。接線小姐要他把阿心的姓名一個字母一個字母地再拼一遍，說還是沒有，問他是不是確定是這家醫院。卻斯給她一問，自己也有點懷疑是不是搞錯了醫院。放下電話，他又打去問訊臺，自動操控設備還是給他同樣的號碼，這算這麼回事？他又一次打過去，跟那個不耐煩的小姐解釋了一通。那小姐聽了之後跟他說：也許病人有特殊需要從急診室直接轉去別的醫院了。卻斯問妳那兒有沒有記錄。小姐說現在我沒法替你查，七八條線等在那兒，中午過後再打來吧。說著就掛上了電話，卻斯心慌意亂地跳將起來，衝出門去。在迴廊上絆在卡羅琳的蘭花盆上，把一盆君子蘭帶下迴廊的臺階摔得粉碎，他顧不得收拾殘片，躍入車中，急速地滑下香樟木街，上了五八〇公路。

阿心怎麼了？怎麼了？怎麼了？坐在車中，腦中像走馬燈一樣旋轉；一個畫面是他走了之後，阿心又陷入昏迷，因為中毒太深了，醫生做了搶救，發現能力設備都不夠，用救護車送去另一家大醫院。第二個畫面是，他搞錯了醫院的名字，當他衝進那熟悉的醫院急診室之後，看到阿心好好地坐在那兒，焦急地等他來接，一見面就埋怨他電話也不來一個。他剛剛回答：「我搞錯了醫院，但妳也可以打回家來啊……」第二個畫面遽然中斷，阿心一定出了什麼事了，不然她不會一天一夜沒聲沒息地不跟他聯絡。他腦中又出現第三個畫面，阿心垂危，身上都是輸液管，所有的醫生束手無策，護士小姐急著通知病人的家屬。但他在登記時留了柏克萊的電話，有什麼事也應該被通知到了。想到這兒，心中大急，眼淚都湧上來了。根本不辨身在何地，完全只憑本能駕著車在五號公路上飛駛。

第四個畫面又來了；約翰帶了一幫員警，走進病房宣布她是重案嫌疑，把阿心看管起來，要醫院不許走漏風聲，等卻斯去自投羅網。所以接線小姐一直支支吾吾。約翰的臉突然幻為戴維，他沒有出車禍死去。不知怎的探到阿心的下落，潛入病房，苦苦哀求阿心再給他一個機會。而阿心搖擺不定地不知如何拒絕他。戴維威脅著要去自殺或殺人。卻斯想如果阿心真的有個三長兩短，他也會去殺人，第一個要殺的是那約翰狗娘養的。第二個要敲開腦袋瓜的是戴維，如果他沒有在車禍中死掉的話。第三個是樓下老太婆，她是整個事情的始作俑者。第四個呢？卻斯想來想去發覺第四個要殺的是他自己。他為什麼會同意阿心的計畫，他為什麼要阿心停在加油站，為什麼不告訴她可能有蛇，為什麼會忘了帶那瓶該死的威士忌，為什麼他不就近去把作案工具扔掉就回來陪著阿心，就是被員警抓住了又怎麼樣，至少他可以知道阿心平安無事。而不是像現在，彷彿坐在高入雲天的過山車中一樣，心在黑暗中不斷地向下滑去，向下滑去。

五個小時的車程三個半小時就到了，正是吃過午飯的時分，人們都還是懶洋洋的，血液還在胃裡消化那些牛肉餅和炸薯條。卻斯衝到前臺，發覺早上那個嗲聲嗲氣的接線小姐原來是個五十來歲的老女人，兩條人工畫的細眉一邊高一邊低，正在慢條斯理地往那張絲瓜臉上撲粉塗口紅。他耐著性子等她把化妝盒、眉筆口紅收進那個假的雪奈兒皮包，盡量有禮貌地問起阿心的床位。老女人朝他翻了翻眼皮，用兩隻留了一吋半長指甲的手在電腦中嗒嗒敲了幾下，再次斬釘截鐵地告訴他：「沒這個人。」

卻斯忍不住光火，用力一拍櫃臺：「我在星期天晚上送她進來的，妳說沒這個人是什麼意思。」老妖怪垂下眼皮看看她剛敲過電腦鍵盤的長指甲，心痛地在上面吹了口氣，說：「你懂不懂英文，沒這個人就是沒、這、個、人。如果你再拍一下櫃臺我就叫警衛。」卻斯按捺下心中的火氣：「對不起，小姐，我沒有意思衝撞妳，只是二天前我明明親自送病人進入急診室，在走的時候病人剛要轉進住院病房。今天怎麼會找不到人呢？妳處在我的地位急不急？」那女人看在一疊聲的「小姐」份上，又轉身在電腦上查詢了一番：「真的沒紀錄，不過有的時候紀錄也可能被意外洗掉，你確定是這個醫院？」卻斯轉身望望進門的入口，接待大廳和一排排的候診長椅。他有點懷疑自己的辨識能力，當初送阿心進來是黑夜，又急促，所有的細節一概沒有注意。來時他確定是這家醫院，現在經老女人一問，他有點吃不準了。「也許是，應該是。」他喃喃地轉身向老女人道。「你的『也許是，應該是』就有問題。」那老女人嘲笑道：「你不確定，是不是？這些醫院當初都是在同一套工程圖紙下造出來的，就像麥當勞出的兩個大麥克漢堡一樣。不要說你可能搞錯，我們工作人員有時暫時借調一下，接電話時還會報錯名字。年輕人，不要再在這兒胡搞蠻纏了，有這點工夫還是附近幾個醫院跑一下，說不定你的病人眼睜睜地在什麼地方等你呢。」

拿了附近醫院的位址之後，卻斯謝了長指甲。來到停車場看了看四周的環境，他的直覺告訴他是這家醫院沒錯，但經過老女人的一番話之後又疑疑惑惑，他不能肯定他的直覺，送阿心進來是夜裡，現在在大白天的光線下一切看來似是而非。

卻斯低頭看看手中的紙條，佛蘭斯諾醫院，佛蘭斯諾州立醫院，佛蘭斯諾州立紀念醫院，佛蘭斯諾地區紀念醫院。那些笨蛋當初設立醫院怎麼這麼沒想像力，連個像樣的名字都不會取。這些醫院都在方圓三十哩之內，看來沒有辦法，只能一家家地去跑一次了。

到了下午六點鐘，卻斯已駕車跑遍了紙條上所有的醫院。到處都是一模一樣的盒形建築，門口站著臉帶癡呆表情的警衛，櫃臺前的花瓶裡插著艷俗的假花。櫃臺裡的老女人、小女人們照例在電腦上敲擊一陣之後告訴他沒這個人。跑到最後一家醫院時，卻斯聽得見心臟在胸前怦怦地大跳，他不敢低頭看一眼胸前，生怕赫然發現心臟在體外跳動，一如阿心跟他講過那個終生住在玻璃罩內的小孩一樣。醫院的回答卻是一模一樣，卻斯忍不住一陣頭暈，在櫃臺前蹲了下來。這一切是在作夢，一個長長的噩夢，阿心和他在白房子裡，哪兒也沒去，微風飄拂著穹形長窗的紗簾，廚房裡在煮咖啡，阿心的畫像在畫架上微笑。卻斯聽到浴室的水流聲，等會她就會進來，在床邊停下，把手指插進他的頭髮裡，叫他「懶鬼」。卻斯喜歡這個將醒不醒的時刻，時空的束縛像一片停留在他肩上的落葉般地抖落，靈魂像遠古的鐘聲一樣，穿透昨日和明天，自由地馳騁在虛無之中。

一切是那麼平和安詳，藍色瓶子閃耀著音律般的節奏，像天堂的聖樂從二萬呎的海底升起。「你覺得怎麼樣，需要幫助嗎？」卻斯睜開眼睛，看到一張嘴在他眼前無聲地開合，吐出一個一個音節，意義卻全不連貫。再過了一下，眼前的金星逐漸退去，呈現在面前東方女人的臉，二十七八歲，黑頭髮小眼睛，穿一件無領碎花棉布襯衫，白褲白鞋，脖項掛了一副醫用聽筒。「我是吉田美子，這兒的急診室醫生。警衛說有人昏倒在大廳裡，你現在覺得好一點了嗎？」卻斯慘白著臉點點頭，在吉田的扶持下站了起來，走到候診室椅子上坐下。

吉田伸手搭住卻斯的脈搏。「心跳一百三十九。」她揮手招來醫院雜役，用手推車把卻斯推進治療室，馬上給他打了一針，又倒了一杯琥珀色的液體，湊到卻斯的唇邊，他一仰頭灌了下去，嘴裡一股劣質白蘭地的味道。「神經性心動過速。」吉田宣布道：「你躺在這裡，我等下再來看你。」卻斯撐著坐起來：「吉田醫生，我還有急事馬上要趕到佛蘭斯諾醫院去。」吉田一揮手：「你這個樣子怎麼開車，心跳不穩定下來隨時有昏厥的可能。我可不想負這個醫療事故的責任，好好躺著，我還有一個小時下班，也許我可以幫你什麼忙……」

也許是累，也許是那針劑的作用，卻斯在塑膠面的觀察床上斷續破碎地睡著了一下，意識卻始終像面風中的旗子，喇喇地抖著。一下子潛入深深的坑道，失重一般地往下飄，幾百萬年地漫長，黑暗中傳來阿心的召喚：「卻斯，我在這兒。」聲音像捉迷藏似的，不遠不近，不緊不慢，他撞在軟軟的牆壁上，召喚聲又越到他背後，他一回頭，驚惶地發覺他背對浩瀚的大海，雙腳腳弓著地站在懸崖之上。那個慵懶的聲音和著海濤的節拍在呼喚，「在這兒，在這兒，在這兒……」他的頭蓋骨延伸成天穹，一直展綿到海的盡頭，浪濤在其中晃動，落日餘暉斜映過來，一片刺眼的波光。

他睡得全身軟軟的，意識卻知道吉田醫生走了進來。睜開眼睛，看到吉田也換上日常的衣服，俯在床前觀察他，眼角的細紋清晰可見。看他醒來，點點頭道：「好了一點？但你還是需要休息，我已經跟護士室關照過了，她們會定時來探視你的情況。」她伸手按在他的手腕上，抬起另一隻手看腕錶：「九十六，明天一早就好了。小夥子，好好休息。」卻斯伸手一把拖住站起來要走的吉田衣袖。「醫生，我真的不能等在這兒，有比這重要得多的事情我得去辦。妳如果一定要我躺在這兒，等下我自己尋機會逃走。」吉田的臉上充滿迷惑：「你到底有什麼事？值得你這樣冒健康的危險要即刻去做。我是個醫生，除了給你醫學上的忠告之外，不能干涉你是否接受這忠告的自由。不過我現在下班了，你如覺得也許我可以幫一些別的什麼忙的話，不妨告訴我。」

卻斯聽著，感到快要哭出來了，二天來的憋悶，到處撞壁的感覺像決堤一樣湧動撞擊。他簡略講了一下二天前阿心被蛇咬傷，他把她送進醫院，去舊金山一趟回來之後卻找不到人了。講到現在不知阿心生死，眼淚不聽話地劃過面頰，收都收不住。吉田靜靜地聽完，抬腕看看錶說：「這樣吧，你在這兒再躺一個小時，我是個單身母親，現在必須去接我女兒了，我把她送到我姐姐那兒，再回這裡。那時你的情況如進一步好轉，我駕車陪你去佛蘭斯諾醫院，也許能摸出些門道……」

51

坐著吉田的吉普車再次來到第一家醫院已經近十點鐘了，卻斯這次確定必是這家醫院無疑，下午跑的那五六家醫院雖然相像，總有一些細節明確無誤地告訴他不是那晚送來的醫院。當吉田的車拐過街角，在急診室前停下來時，卻斯就彷彿在前世來過這裡一樣，一下子洞悉這兒的一角落，一草一木。阿心的氣息飄蕩其間，似真又幻。卻斯感到這家簡陋的地區醫院在冥冥中跟他有不解之緣，那個貼著假木紋的櫃臺，有著來蘇兒消毒水味兒的甬道，那油漆剝落的長椅似曾相識，在何年何月？他找了阿心有多久了？幾輩子輪迴過了；短暫的一遇又失之交臂。卻斯對這種念頭出現害怕起來，為什麼有這種生離死別的感覺，事情不至於那麼嚴重；他和阿心只是陷入官僚主義，低效率和人為錯誤的漩渦而已。阿心的病歷檔案也許在電腦中被電腦病毒吃掉了，被錯誤地刪去了，或者是那個新手根本就沒有登錄上去。她現在就在樓上哪個病房裡，跟他一樣焦急，打了無數次電話去柏克萊，擔心他會在路上發生車禍。等會兩人遇到了之後一通激烈的埋怨然後流著眼淚和好，慶幸一場虛驚之後又互相找到對方，知道對方在自己心中佔如何的份量。他聽到吉田在跟值班小姐講話，要求查看星期天晚上的急診紀錄。結果顯示出來急診室並沒有治療蛇咬傷的急救病人，但吉田同時要求調閱的藥房紀錄卻載明送過二支蛇毒血清去急診室。值班小姐問卻斯記不記得那晚急診醫生的名字？卻斯只記得好像是個希臘名字，他同時形容了那醫生的長相。值班小姐疑惑地說他們醫院沒這個醫生，倒有一個X光室的技術人員，跟卻斯講的很像，不過他怎麼會來急診室診視病人？大家聽了之後都百思不解。卻斯問能不能去病房親自找一下？那小姐說你不看看是什麼時候了，病人都睡下了，你能一間一間的病房撩開簾子去找嗎？還是明天早上去找醫院的經理，把你的問題告訴他，讓他來採取措施吧。他扭頭看了看吉田徵詢她的看法，吉田說看來也只好這樣了。二人走出醫院大門，來到停車場上。今夜是滿月，碩大的月盤懸在他們頭頂，銀輝洩地。卻斯在暖烘烘的夜裡突然打了一個寒噤；蘇東坡的二句詩遽然來到他的腦中「我欲乘風歸去，高處不勝寒。」

吉田打開吉甫車門，讓他上去。駛出醫院之後，默默地開了一段，卻斯看到吉田側過臉來審視他，眼神中滿含關切之情，不由嘆了一口氣，說：「謝謝妳了，吉田醫生，不是妳幫我真不知怎麼辦了。」吉田什麼也沒說，伸過手來拍拍他，卻斯順勢攥住她那隻骨節分明的手，雙手緊緊握著。像一個走夜路的小孩，在漆黑不見五指的渾沌中緊拉住一個依傍。吉田由他握著，過了一陣，借換排檔時輕輕抽出手。卻斯坐了一會發覺吉田不是朝他停放野馬車的醫院開，問道：「我們現在去哪裡？」吉田沒有正面回答，說：「你的身體還沒恢復，現在需要好好休息。」卻斯說我可以找個旅館。吉田說已經十一點多了，你難道還要一家一家去找空房嗎？不如去我家睡上一晚。卻斯說方便嗎？我找不到旅館可以睡在車裡。吉田說：「沒什麼不方便，我母親明天會送我女兒去托兒所，我要到十一點半才上班。你這種身體狀況晚上還要睡在車裡？」他沒有再堅持。

來到吉田坐落在一片新開發區的房子，卻斯看到四週有些建築還沒完工，巨大的水泥攪拌機和掘土機像怪獸一樣蹲在月光底下。吉田用遙控打開車庫門，把吉甫車駛了進去。脫鞋進了屋子，有些紙板箱放在客廳地板上還沒打開。吉田推開一扇房門，說：「這是專為客人留的，裡面套有浴室，你先洗個澡，我去廚房看看有什麼東西吃。」

卻斯站在全新的浴室中，看著映在鏡子中自己的面容，眼神空洞而憔悴，二天沒刮的鬍渣一片青黑，他下意識地打開盥洗臺上的櫥門，除了一套牙刷牙膏，別的什麼也沒有。他才想起是在一個差不多是陌生人的家中。他踏入從來沒啟用過的淋浴間，在溫水下沖了好久，真想就這樣站在一支水龍頭底下不再走出去，由急促的熱水永久地灑在他的肩胛上和脖項上。最後想到吉田醫生還等他一起去吃「晚餐」，才關上花灑，用潔白的浴巾擦乾身體，穿上衣服來到廚房。

吉田坐在小餐桌邊檢視著一批信件，桌上放了一個蓋了蓋子的青花大碗，吉田等他坐下之後揭開蓋子，一碗日本式的烏龍麵，麵上覆蓋著切得薄薄的黃色醃菜和白色煮蛋，吉田遞給他一雙長長的紅木筷子，說：「實在不好意思，我幾天沒買菜了，冰箱中沒什麼東西。」卻斯挑起麵條，用匙喝碗裡的湯，味道很清淡鮮美，麵條粗粗的，但韌軟可口。他恍然憶起阿心準備的簡單可口的飯食，燈光下二人恬靜地相聚進餐的情景，強忍著湧起的淚花。他怕被坐在對面的吉田發覺，很快地吃完那碗麵，說有點累了，想去休息了。吉田讓他伸出手來，試了一遍脈搏，說：「現在基本正常了，早點去睡吧。我的臥室在走廊另一頭，如有什麼不適可叫我。」

卻斯又一次地謝了吉田醫生，回到房間扯開潔白的床單躺下。黑暗的空間裡瀰漫著床單上烘乾的香味和房中新油漆的味道，他平時在任何環境中都可以很快地入睡，今夜卻輾轉翻復到二點鐘還是睡不著。想抽煙又不敢，起身去廚房喝了杯水，回來時看到吉田醫生的房裡還有燈光從門下透出來。到了三點終於睡著了，卻睡得很淺，腦子裡都是阿心的形象，總是擦身而過。他像一條狗抓自己的尾巴一樣在支離破碎的夢境中上下折騰，床單在他身下被揉得縐成一團。天濛濛亮的時候，他迷迷糊糊地覺得有道目光看著他，刺進他混亂不堪的夢中，睜眼看到吉田美子穿著浴袍站在他的床頭，擔憂地看著他。見他甦醒過來，說：「聽到你在大聲叫喚，生怕你不舒服，過來看看，應該是講夢話吧。」卻斯恍惚記得在夢中被人追趕，遂不好意思地說：「抱歉把妳吵醒。」吉田在床沿坐下，按著他的手腕數他心跳，一股女人的幽香傳來。卻斯自己也不知道手怎麼會碰到吉田的腰肢，輕輕一帶，吉田已經躺在他懷中了，默默地一聲不響雙手環著他的脖項，臉向他湊過來。卻斯吻到二片濕濕的嘴唇，心中卻一點沒有情慾，他渴望著一種慰藉，他需要一具實實在在的軀體摟在懷中，他的勇氣在隱隱約約的焦急和不安中消失殆盡。阿心的臉龐在眼前一閃，帶著鼓勵和理解的微笑。他的手在衣服底下摸到吉田美子有些鬆弛的乳房，奶頭大而硬。

他木然地搓揉著，焦急地等待下面硬起來。

吉田微微地呻吟，把身體緊緊地貼住他，像一隻貓似的在他懷裡蠕動。卻斯終於被這個久旱的女人撩撥起來了，一個翻身把吉田壓在身下，浴袍已經敞開，他解開她的胸罩，吉田的皮膚出奇地白皙細膩，只是奶頭的顏色深了些。又去脫她的內褲，在吉田的配合下把它扯到踝彎處。他看見一阜濃密的陰毛，吉田羞得二手摀著眼睛，整個人微微發抖。卻斯摸到那兒已是一片潮濕，把腰一挺進去。吉田像要扼死他似的緊緊抱住他的頭頸，在卻斯的撞擊之下抬起臀部，雙腳勾在他的腰後，一面發出哭泣般的呻吟。卻斯劇烈地聳動，心裡卻像荒漠一樣枯寂遼遠，好久了還沒有高潮的感覺。他又讓吉田翻過來，雙手托著她的臀部又是一輪衝擊，吉田忍不住大叫起來。卻斯覺得自己心硬得像塊石頭一樣，對身下的女人沒有一點憐香惜玉的感覺，彷彿吉田是一個填充塑膠泡沫的大型玩具，是一道宣洩心中苦悶的閘口，是他用最原始的動物本能反抗這邪惡世界的一場戰爭。

當一切完事之後，他像被抽掉筋骨般地癱在女人身上，吉田溫柔地雙臂環抱著他，兩隻手不斷地幫他做肩背按摩。一面吻著他的頭髮一面說：「好久沒這樣享受過了。」卻斯心中一陣慚愧；吉田醫生在急診室救他於昏暈，捨自己的女兒在一邊來幫他跑醫院，深夜不避嫌疑地帶他回家照顧他。他卻把這個對他有恩有情的女人當洩欲器。他還像個人嗎？難道人經歷了太多磨難之後只有變野獸一途嗎？他這個樣子跟約翰那些混蛋有什麼兩樣，卻斯後悔得臉都紅了。吉田好像讀懂他的心思，手上動作越發輕柔起來，吻著他的耳朵說：「不要不好意思，我自己情願的。我倒忘了你的心臟還不易作太劇烈的運動。你再小睡一下，我先去洗個淋浴，一會就來。」

卻斯如跌進黑暗王國似地深深睡去，連夢都不做一個。再次醒來已是滿室陽光，吉田已經換上日常的服裝，看到他醒來，遞給他洗淨烘乾的衣服。卻斯沖完澡穿上乾淨的衣服之後來到廚房，咖啡冒著香氣，盤子裡是二個煎蛋二片塗了果醬的烤麵包。吉田坐在對面看著他，眼中滿是愛憐的神情。出門前，吉田把家裡和醫院的電話都給了他，告訴他任何時候都歡迎他來。

取了野馬車，卻斯直奔醫院，那個長指甲老妖怪看見他又回來了，把一邊眉毛挑得高高的，整個臉上是一個「你怎麼又來找麻煩。」的表情。他沒跟她多費口舌，直接要求見醫院主管。醫院主管是個疲憊的中年人，長著一個猶太式的大鼻子。他像聽天方夜譚似的聽完了卻斯的敘述，一口否定道：「不可能，我們醫院不會出這種荒謬的差錯。」卻斯說他附近的醫院都走遍了，能不能親自去各病房找一找。主管搖頭道：「那牽涉到病人的隱私，我不能同意這荒誕的請求。」卻斯說急診紀錄說那晚沒有被蛇咬傷病人，但藥房提用的二支蛇毒血清又怎麼解釋呢？主管說醫院最近新安裝了電腦，工作人員弄錯也是有的。卻斯說照你的說法病人資料被丟失也是可能的，何不大家方便一下去病房看一看，半個鐘頭就分明瞭。主管叫來一個警衛，讓他陪卻斯去各病房巡視一圈，規定他只能在病房門前的走廊上探視，不得打擾病人。「小夥子」主管咳嗽一聲：「如果有病人抱怨，你再也不要踏進這醫院一步。」

卻斯在警衛虎視眈眈的監視下跑完了四層樓的病人區，這醫院收留了很多被農業機械事故傷到的病人，病房裡不時傳出病人呼痛的哀叫，護士們在病房中竄進竄出幫病人打嗎啡止痛。有的床位用簾子隔起，卻斯就叫「阿心，阿心。」一面撲通撲通心跳不已。有幾次看到一隻纖手撩開簾子，伸出卻是陌生的臉。全部病房都看過了，卻斯的心也沉到底了。回去的路上經過急診室，卻斯還不死心，雖然他明明知道阿心不會在那兒，一股不知什麼情緒使他進去看看那最後見到阿心的房間。那張阿心躺過的病床空著，另一張床用簾子隔起，他盯視著那張空床，好像一瞬眼之後阿心就會在那兒呈現似的，突然，他的視線被一件東西吸引住了。他不顧警衛的喝止，闖進房去，彎腰在那張空床下撈起那東西，一隻皮涼鞋，那晚他親手幫阿心脫下來的。

主管面對放在他辦公桌上的那只皮涼鞋聳聳肩：「這說明不了什麼問題，鞋子在各人百貨公司都有賣的。別的病人遺下的也有可能，你不能用一隻鞋子要求我還你一個大活人。你自己也親眼看過，我們這兒沒你要找的那個阿心。」

卻斯空洞地望著主管的禿頭，奇怪地發現他全禿的頭頂有一根剩餘的長長頭髮在莫名其妙地飄拂，滑稽地使人發笑，不過他笑不出來，他的神經已經沒有笑這種功能了。喃喃地問道：「現在怎麼辦？」

主管的嘴一張一合：「你現在唯一所能做的。」很長的一段停頓，好像最後的決定出來之前過濾掉所有別的途徑。最後二個字衝破卻斯的耳膜，嵌在他的胸肋之間，主管緩緩地輕聲吐出「報警」。

52

警局接待室櫃臺後面那個條子顯然是個新手，看他用殘缺不全的指甲笨拙地敲擊電腦鍵盤就可以看出他剛穿這套黑制服不久，同時又帶著可以管轄他人的沾沾自喜。跟卻斯講起話來有種睥視一切居高臨下的樣子，可惜他鄉下人的腦子太慢，卻斯解釋了半天他還沒弄清事情的來龍去脈。到最後只得跑進去叫了個老員警出來，那傢伙是個老油條，當卻斯重新開始解釋的時候；他打斷他問道：「你姐姐多大年紀？」卻斯摸不著頭腦，隨口答道：「二十二、二十三歲。」「那她是成年人了？加州法律說成年人失蹤要過七十二小時報案才能受理。算起來你要今晚或明天才能報案。」沒等他反應過來，眼光就越過他叫道：「下一個。」再也不抬頭看他一眼。

從警察局走到陽光明亮的街上，卻斯有一種五臟六腑被掏空的感覺。一點沒有目的地四下亂轉，接下來要做什麼全無頭緒。一個喝醉酒的印地安人，身上披著破爛不堪的衣衫坐在街角，向他伸出一隻五指不全的手掌乞討，臉上滿出一輪癡呆的笑容。卻斯掏了二個誇特放在那骯髒的掌上，漫無目的地想著；這漢子還要在這兒坐多久才能討到足夠的錢去拐角店裡買一瓶劣質的酒精？不過他的目的簡單手段直接，容易達到，容易滿足。不像他要滿世界地去尋找阿心，卻斯不禁羨慕起這個叫化子來了。

他坐在一個空曠無人的咖啡店裡抽掉半包菸之後，才稍微理清了一下思緒，一個無聲的鐘擺在他胸中盪來盪去「阿心失蹤了」。盪回來「阿心失蹤了」盪過來明明白白是事實，蕩回去又變為一個詭異的玩笑。怎麼可能？鏈條是從什麼時候斷的。難道阿心真的是藍瓶子的精靈，自被戴維打碎所有的瓶子之後就化為一縷輕煙嗎？還是她陷入一個設計精良的陰謀，被人所控制，自由意志受到壓抑。那又是誰在操縱著這一切，戴維？喬治？約翰？還是那個急診醫生？都像而又都不像，一切看來荒謬不經而又沒道理。但阿心經過他二十四小時的尋找就是不見蹤影，那又怎麼解釋？卻斯被那「失蹤、失蹤、失蹤」的鐘擺攪得腦袋都要炸掉了。

如果世界即刻灰飛煙滅，他也不會太驚奇，也許幽靈們可以越過時空的隧道，回到那斷開的鍊條環節，重新找到他們在前世的遺愛。想到最後，整件事最合理並且最樂觀的是，他和阿心由於某種誤解而形成陰差陽錯，阿心接不到他電話焦急起來，打去柏克萊又碰到他在路上或出去了，阿心遂自己離開醫院，趕回柏克萊去找他了。而他又正趕來這兒。這個推論有太多的漏洞，但卻斯寧願把眼光掉開去，如果他推敲一下不足把他最後的希望給扼殺了嗎，那他怎麼活得下去？現在離明天報案差不多還有一整天，何不回柏克萊一次。萬一阿心在白房子等他，而他在這兒報案，笑話不是鬧大了嗎？也許還帶來不必要的麻煩。是的，馬上就走，今晚無論如何不想再住到吉田那兒去了，那一夜情使他心裡非常不好受，對阿心，對吉田，對自己都不公平。

越駛近柏克萊，心情越是膽怯慌亂，焦慮之情像一根細細的絲線緊勒住他的心臟，拖拽著往前走。他靈魂出竅地滑過高速公路，橋樑，街道，人群。距離對他說來已沒意義，周圍的景物在他看來如照相機沒對準焦距。車子在白房子前停下時，他仰頭看了看二樓的窗戶，突然覺得腿軟得爬不上這十幾級樓梯。在門廳裡碰上格林，熱情地跟他打招呼，卻斯卻視而不見地擦過他身邊，腳步飄搖地上了樓，穿過餐廳，那扇撞裂的門還是虛掩著，卻斯站在門前整整一分鐘，手按在門柄上，如果推開這扇破碎的門扉，阿心躲藏在門背後，跛著腳跳出來，撲在他脖子上，細細的牙齒狠狠地咬進他的肩膀。他全身綳緊的神經會軟得像條水蛭，天空的陰雲一掃而空，晚上他要拖了阿心去那家西班牙酒館喝個大醉而歸。門被一吋一吋地推開，沒有任何動靜，沒人藏在布幔之後，沒有屏在喉嚨裡的歡呼，沒有任何暗示——在他離去的二天有人來過這裡。梧桐樹的光影在窗口搖曳，房間裡靜得像口深井，水波不興。卻斯站在房間的中央半晌不會動彈，像是被人從飛機上推出艙門，降落傘的背包帶卻無論如何打不開，無情的大地飛快地緩緩迎了上來。

53

電話錄音滿滿的，喬治打來五六個，接下來是律師喬的；他說有萬分緊急的事，要阿心給他回電。再有是寧波亨浪頭的，責怪女兒怎麼這麼長時間沒跟他聯繫。他母親在半途中加了一句，問卻斯還聽不聽話？他冷笑一聲，今天的一切就是他太聽阿心的話才變成這個局面。有醫院打來要阿心去面談的。還有信用卡公司打來說阿心的信用額滿了的通知。就是沒有他渴望聽到的熟悉聲音。關掉錄音，他順手撥了個電話給喬，五點半了，喬倒還在辦公室，聽到卻斯的聲音，緊張地問他現在在哪裡，卻斯說在穹彎街，喬說我還有一點事料理完了馬上過去，阿心呢？卻斯說不知道。喬在電話裡的聲音顯得迷惑不解，不過他說：「見面再說吧。」一掛上電話，看看錶，紐約是九點鐘左右，猶豫了半天，結果還是打了過去。寧波亨浪頭一聽是卻斯，就說讓你媽來聽，卻斯阻止了他，一面想怎樣開口，決定還是直截了當地說阿心失蹤了。寧波亨浪頭在那一端一聲不響地聽著，卻斯母親插進來，問他是不是你們又吵架了？卻斯心中把他母親恨得要死；什麼時候了？還提這種幼稚的問題。最後寧波亨浪頭說：「我們明天一早過來，今晚如有什麼消息請馬上打電話給我們。」放下話筒，喬已經出現在門口，說出去找個地方吃東西，一面談。卻斯本想守在屋裡等電話，但上次錄像帶的事件顯示這房子不保險，談這種事情卻斯可不想再被人錄音或錄像。他讓喬等一等，回到房間寫一張紙條留給阿心；「妳如回來哪兒都不要去，留在家裡等我。切切，卻斯」。下樓上了喬的寶馬轎車。喬問他想吃什麼，卻斯除了早餐之後一直沒吃東西，胃裡像貓抓似的，卻沒有食慾，只覺得嘴巴發乾發苦。結果喬在夏特克街上買了二份中國盒飯，驅車上了海灣大橋，從金銀島的岔道口出去，來到一片空曠的停車場。

隔著海灣，對面舊金山金融區的剪影映在淡紫色的天幕上。喬停好車子，取出一份盒飯遞給卻斯，一面好像閒聊一樣說：「你聽說了嗎？戴維越獄了。」卻斯在路口就想，喬一定是談與戴維有關之事，有了思想準備之後，就顯露出恰當的驚奇，說：「什麼時候？你聽誰說的？」喬在他說話時十分注意著他的面部表情。「監獄方面昨天下午通知我的，不過他們沒說太多的細節，看來明後天我得過去一次。」卻斯緊張地思索著：喬到底知道多少？喬治有沒有把一切和盤托出？照他們的關係喬治找不到他和阿心之後所能求助的只有他的老同學。他現在要怎麼對喬說？說什麼？說多少？喬不是員警，但喬首先是喬治的朋友，他知道太多的內幕之後會不會為了保護喬治而把責任轉移到他們身上呢？想到這兒，他決定盡量少開口，少露破綻。車廂裡一片靜默，過了一陣，喬開口道：「阿心呢？」卻斯說：「我正為這事神不守舍，阿心失蹤了。」遂把從阿心被蛇咬一直到今天下午他趕回柏克萊的經過告訴了喬。喬捧著盒飯忘記進食，聽完了卻斯的敘述，他開口問道：「你看這件事和戴維的越獄有沒有關係？」卻斯聳聳肩，「我要能知道就好了。」喬拍的一聲合上盒飯的蓋子，放回紙袋扔到後座，雙手放在腦後，仰面朝著近在咫尺的車廂天花板，逐字逐句地像是自言自語：「我是個律師，但我同時也是你、阿心、喬治和戴維的朋友。也許我能幫上什麼忙，也許事情已經脫出了控制。我看到過太多的案例，人們眼睜睜地看著事件在身邊發生，看著它朝不能逆料的方向發展，卻在一邊束手無策。好像看見一個醉漢，打開一部大馬力汽車車門坐了上去，歪歪扭扭地絕塵而去，你沒有辦法阻止他，一眨眼你就看到他撞在電線杆上。」

說到這兒喬停頓了一下：「我不知道阿心的失蹤和戴維的越獄其中有沒有聯繫，但在同時同地二個偶然的事件也許有它的必然性，不過這個答案我們可能永遠找不到。」卻斯想喬知不知道戴維可能已捲入一件致命的車禍，但他自己也不能確定，就把到嘴邊的話嚥了回去。喬看他欲語又止的樣子，又緩緩地說：「卻斯，你知道的不必全說出來，作為一個律師，有時知道太多並不是一件好事。從今天即刻起，你所要做的，第一，是好好地保護你自己。第二，想辦法找到阿心。第三，必要時找一個好的律師，我回頭可以給你一份名單。記住，在事情發生之後，我們最需要的是冷靜，再冷靜。我們不能讓事情從頭來過，不過我們可以控制事情對我們的傷害程度。」他伸手指指卻斯手中一動未動的盒飯：「這家店的東西味道不怎麼樣，我看你好像也不感興趣。」卻斯搖搖頭，喬接過他的盒飯，連同後座的那一份，打開車門走到垃圾箱扔掉。駕車回到柏克萊，在白房子門口下車時，二人揮了揮手，卻沒說再見，喬在他的目送下離去。

卻斯本來想一早離開柏克萊去法蘭斯諾的，在半夜二點半給電話鈴吵醒，寧波亨浪頭說，他們已在甘迺迪機場，馬上就要登機。卻斯問要不要接機，寧波亨浪頭說好吧，給了他班次和到達時間。他掛了電話之後，一宿半睡半醒，早晨聞到卡洛琳煮咖啡的味道，他悄悄地掩出門去，他實在受不了房東太太的猜忌的眼光和善意的訊問。

九點鐘，飛機到了，卻斯隔著玻璃窗看到寧波亨浪頭神色匆匆地走出出口甬道，他母親則腳步零碎地跟在後面。打過招呼之後，卻斯問他們現在就去法蘭斯諾呢還是先休息一下？亨浪頭淡淡地說在飛機上已經休息過了，我們還是上路吧！

駛出機場，上了海灣大橋，交通比較順暢，卻斯趁這個機會把阿心失蹤的事情儘量客觀地敘述一遍。寧波亨浪頭一聲不響地聽著，眉頭皺得很重。他母親則不時地插嘴，一再問你們是不是吵架？卻斯知道她的意思；阿心是出走而不是失蹤，像他上次出走西雅圖一樣。心中的火竄上來，如果不是亨浪頭在旁邊坐著，他真想回過頭去要她閉嘴。寧波亨浪頭說：「現在只有報警一途了？」卻斯說：「這是最後逼不得已的一條路，沒有辦法的辦法。為了早日找到阿心，我們只能出此下策。」寧波亨浪頭眼皮顫動一下：「如果真有什麼事，現在已經出事了。我一向不相信那幫穿狗皮的傢伙，事情到了他們手上，方圓長扁由他們扭弄了。我看還是先去一次醫院，沒有結果再報警不遲。」卻斯點點頭。他母親則說：「一個傷患，行動不便，又沒有交通工具，她能去哪兒呢？」車中沒人說話。不過她無意的話語使卻斯心中豁亮了一下；是呀，既然阿心沒有回去柏克萊，她應該守在醫院裡等他去接的。現在看起來已經不是醫院疏忽的問題了，他們在掩蓋什麼，醫療事故嗎？應該沒這個必要，哪個醫院能保證從來不出醫療事故？看那個主管理直氣壯，一副肆無忌憚的樣子，好像有誰撐他腰的樣子。卻斯眼前浮起那天晚上約翰攔下他們車子，百般刁難的樣子。前一陣子他為找不到阿心昏了頭，腦中對這片記憶一直是段空白。現在他母親的一語驚醒夢中人，現在所有的碎片漸漸清晰起來，雖然還拼不攏一幅完整的圖畫，但已露出崢嶸的端倪。當約翰擺脫了典獄長的監管之後，馬上帶人追蹤了所有可能的醫院，他們發覺了正在診療的阿心，把她監管起來，或轉移到一個不為人知的地方。這些行動都是以警方的名義執行的。所以醫院方面只能配合，從電腦中抹去了所有的資料。

但其中也有許多解釋不通的地方——如果是把他們當作嫌疑的話，為什麼他卻斯沒事，他在醫院進出幾次，甚至還去過警局，卻什麼事也沒有，另外，約翰在什麼證據也沒有的情況下，敢於越出他的權限，祕密拘留一個在醫院中留醫的病人嗎？這個地頭蛇真敢這麼無法無天嗎？阿心現在怎麼了，是否被關押在一個祕密的地方，受到審問，恐嚇，要她招出策劃和執行幫戴維越獄的一切呢？是否警方已經抓到喬治，而他牽扯出所有捲入越獄計畫的人員呢？也許，他今天再到警局去報失蹤人員，等待著他的是一副冰涼的手銬，當著他母親和寧波亨浪頭的面給他套上呢？如果真是這樣也罷了，只要知道阿心還在這個人世，官司和牢獄之災他也認了，他和阿心總有重新聚首的日子。什麼樣的結果都比現在懸在半空，不上不下永遠沒有安心的日子來得好。

54

醫院方面看到阿心的父母特地從紐約趕來，倒也不怎麼怠慢。主管很快地接見了他們，三人一字排開在辦公桌前面坐下，主管在六道目光的逼視之下不像上次單獨對卻斯那樣從容了。不過他還是一口咬定，醫院方面的紀錄從來沒收過阿心這樣一個被蛇咬傷的病人：「我不可能二十四小時待在診療室，我所能做的只是應你們的要求把所有的紀錄查一遍。」他聳肩攤手，一副愛莫能助的樣子：「上次我就建議卻斯盡早報警，不過我們到現在還沒接到警方要求調查的任何通知。」寧波亨浪頭開口道：「我的律師正從舊金山趕來，我們從這兒出去之後就直接去警局，或FBI。在這之前我們想瞭解幾件事，第一件，你說我女兒從來沒來過這家醫院，但她的鞋子為什麼會出現在急診室的床底下？你說可能是別的病人掉的，那你能不能告訴我們，那天晚上你們收了幾個年輕的女病人有可能穿這種鞋子，是否有人告訴醫院當局她丟失了鞋子？請你先不要搖頭，你別看這鞋子蒙滿了灰塵，可它是二百六十塊一雙的古奇產品。沒人把這種名牌不當一回事的，除非那晚你們醫院收了馬可仕夫人。第二，藥房為什麼調用蛇毒血清，據我們所知，這種藥除了救治蛇咬傷病患是沒有可能用到任何別的病症的。你說是電腦錯誤，但你的醫院一年發生幾次這種錯誤，很少？那為什麼蛇咬傷病人失蹤那晚偏偏發生了這樣的錯誤？你認為偶然嗎？第三，我想你一定保存著所有在你醫院行醫的醫生執照吧，包括急診室醫生，對了，我想請你拿有照片的副本讓卻斯認一認，當晚的醫生在不在其中。不可以？涉及到個人資料隱私？那也好，請你把當晚值班醫生請來，讓他親口告訴我們絕對沒處理過阿心這樣一個蛇咬傷病人。」

主管臉色陰沉地聽完寧波亨浪頭的要求，搖搖頭：「很遺憾，你的要求我一個也沒法滿足，醫院沒有病人的同意，不能把他們的資料，包括姓名、病情、就醫的時間交給第三者。而你要見的那個急診室醫生，非常不巧，兩天前休假了，我們不知道他旅行的目的地。醫院方面理解你們的心情，所以盡量耐心地配合你們。我一天工作十三四個小時，抽出時間來跟你們討論一個無中生有的病人，實在是我們所能做的極限了。你們如認為有刑事的因素在裡面的話，我們最好還是現在就停止這樣的對話，讓執法機關來調查好了。」

主管站起身來，把手伸向門邊，作出送客的樣子。卻斯覺得主管的話雖然很硬，而且滴水不漏，但眼睛的神色卻不斷閃爍，顯然寧波亨浪頭的話切中某些要害。當主管一臉僵笑地跟他們一一握手時，卻斯把主管的手握得緊緊的，看進他的眼睛，問道：「我還有一點小事，不知該不該跟你講？」主管滿臉不自然的假客氣：「儘管講，儘管講。」卻斯說：「萬一阿心有什麼意外……」他看到主管屏氣等他的下文，把頭湊到他耳邊，作出推心置腹般密語的樣子，用中文出其不意地大吼了一聲：「我殺了你。」

扔下驚慌失措的主管，他們離開醫院。寧波亨浪頭說先找個旅館吧。進了旅館房間，他在電話上跟他在紐約的律師談了很久，又從黃頁電話簿上找出當地的私家偵探的目錄，一一打電話過去。最後約了一個叫漢斯的私家偵探，說好一起在旅館的咖啡廳吃午飯。三人點了飲料等候，卻斯就近看到寧波亨浪頭眼眶發青，顯然接到消息之後，一宿沒合眼。他母親則是一副不能置信的樣子，卻斯在車上沒告訴他們關於戴維越獄的事，否則他母親也許會昏過去。過了一陣，侍者帶了一個高瘦、滿頭花白鬈髮、眼睛像鷹隼一樣的男人來到他們桌邊。大家一一握過手後，寧波亨浪頭把菜單遞給他請他點菜，漢斯說他中午只喝啤酒和吃阿斯匹林，從來不吃任何固體食物。大家聊了一陣，漢斯說他有很多東方朋友，大部分是他在越南服役時就認識的。轉到正題，卻斯又把事情複述了一遍，這已經是他第六或第七遍向人敘述這個至今他還覺得荒謬的事實。漢斯一聲不響地聽著，同時在小筆記本上記載著要點。卻斯講完之後，三個人都盯著漢斯，他面前放著大型啤酒杯，不斷地從隨身帶的藥瓶中倒出一把一把阿斯匹林吞服。最後，他問道：「阿心有沒有自行出走的可能性？」

「沒有。」寧波亨浪頭和卻斯異口同聲地回答。

「那她有沒有男女感情的糾紛？」

寧波亨浪頭顯然不知道女兒的感情生活，不置可否。三人都把目光轉向卻斯，他跟阿心一起生活了幾個月，比較有發言權。他考慮了一陣：「她以前有一個男朋友，不過近幾個月前分手了。」

「是她主動分手的還是男友提出的？」

「好像是她提出的。」

「那麼，那以前的男友有沒有不甘心，繼續回來糾纏，或發出任何的威脅呢？」

卻斯躊躇了一下，這問題不好回答，他要仔細不要讓這個眼睛像老鷹一樣的偵探挖到任何越獄的蛛絲馬跡。「據我知道，沒有。」

「你能確定嗎？」偵探冰冷的藍眼珠一眨也不眨地盯在他臉上：「如果阿心沒有向別人提起她的感情糾紛並不表示這種糾紛不存在。據我的經驗；很多女孩跟前男友分手之後多多少少會受到騷擾，威脅，甚至是傷害的，特別她是主動提出分手的一方。」

這個偵探的問題像把錐子一樣刺中卻斯難言的癥結，怎麼辦，如果照實地把阿心和戴維的關係從實告知，那不可避免地會牽涉到更深的內幕，而至今他還把這幕帷掩蓋得嚴絲不漏。但從整個事件中抽去戴維這個因素，是否會誤導偵破的方向？他覺得左右為難。看到桌上三個人都靜等他的回答，他遲疑一下開口道：「至少她從來沒跟我提起任何受騷擾或威脅的事，據我知道，他們分手之後還維持著朋友關係。阿心是個非常開朗的個性，任何人很難對她抱有敵意的。」

「小夥子，你對人性險惡的一面還知道太少。很多攻擊，傷害行為都是突發性的，事先沒有預謀，只是為了一段口角，一個鄙夷的眼神，一句賭氣話。連攻擊者事後都不明白當時怎麼會釀成一場慘禍，當他後悔時，傷害已經造成，遺憾的事情不可挽回了。所以，我想再聽一些關於阿心前男友的細節，如果你回憶得起來的話。」

卻斯感到他已被逼到牆角，退無可退了。他點上一支煙，裝出盡量回憶的樣子，腦中飛快地轉著念頭；既然戴維不知阿心在醫院，他作出傷害，劫持阿心的可能性非常之小，另外，說不定他已車禍身亡，沒有必要把事情弄得複雜。他想起喬給他的忠告：「保護你自己」。只有是自由之身才能盡最大努力尋訪阿心的下落。主意想定，他噴了一口煙，緩緩道：「她的前男友叫戴維，是個量子物理學家，在加大柏克萊分校做博士後研究。」

他看到寧波亨浪頭和他母親都好像鬆了一口氣，意思是這樣一個受過高深教育的人不會做出不文明的舉動來。但漢斯不動聲色，又吞了一把阿斯匹林，灌了一口啤酒把藥片送下肚之後問道：「聽起來倒是滿配的一對，但他們為什麼分手呢？」

「這我就不知道了！」卻斯找到這個機會堵了回去：「這種私人之間的事她怎麼會跟我講？」

「這是什麼時候發生的？」漢斯一點沒放鬆。

「幾個月之前吧。」卻斯含糊道。

「你有沒有看到他們吵架或爭執？」

卻斯搖搖頭。

「那阿心在和戴維分手之後有沒有交新的男朋友？」

「據我知道沒有。」卻斯的語氣有一絲不耐煩：「她近來忙著找工作。」

「找到沒有？」偵探鍥而不捨的問題使卻斯有被審問的感覺，想到漢斯是站在他們一邊幫助尋找阿心，他盡量保持平靜的語氣回答一個個像釘子一樣的問題。

「聽說有幾個醫院約見她，其中包括史丹佛醫學院的附屬醫院，結果如何我就不清楚了。」

漢斯合上記錄的本子，轉頭看著寧波彎浪頭：「周先生，二十年辦案下來，各種案子我都經歷過，這也算是個奇怪的案例。你在電話中提到報警，在這之前我們先要排除種種因素後才有作用。你們說阿心沒有自行出走的可能，錢財糾紛看來也不像，男女感情的牽扯，往往是最不可捉摸的，最出人意料之外的因素。我們知道她前幾個月跟男友分手，照卻斯看來一切平靜無事，但平靜的表像之下是否暗潮洶湧，我會作必要的調查。」

「阿心被蛇咬傷是個突發事件」，寧波亨浪頭皺著眉頭道：「事先沒人知道會發生這種意外，也沒有人知道在哪個醫院診療，醫院又不在舊金山附近，我的意思是說就是戴維想有什麼舉動的話也沒有這麼巧。我看問題的癥結還是在醫院本身，那個主管好像在隱瞞什麼。跟你通電話之前我徵詢了我的律師的意見；他說失蹤人員越早報案越好，時間一長線索都抹掉了。但我生平不相信政府機構的辦事效率，我女兒的性命完全交在他們手上我不放心，我得自己放一條眼線在這裡。別人告訴我你是這方圓三百里內最好的私家偵探。請你用所有可能的手段（包括合法和不合法的）來弄清我女兒的下落。不要顧慮費用。」說到這兒，寧波亨浪頭從套裝內袋中抽出一個信封：「這是第一筆預付款，五千塊，你用完直接打電話跟我秘書聯絡，我會讓她用西聯公司匯給你。我希望你在走出這個餐館的門之後立刻開始工作，有什麼進展即刻告訴我，我會住這兒一二天。不，不，不要留話，只需留個電話號碼，我一小時查詢一次，有留號碼我馬上給你回電。」

送別偵探漢斯之後，三人驅車來到警局，向一個女警報了人員失蹤，先填了一張表格，女警收進去之後讓他們等著，十分鐘之後出來一個便衣員警，自稱警探路易。坐下之後先瀏覽一遍表格，接著問了一串問題，第一個問題跟那個私家偵探一模一樣；有沒有可能自行出走。第二個問題是阿心有沒有智能不全？三人被這問題弄得哭笑不得。那警探瞪著他們，冷冷地說：「這是例行問題。」卻斯母親說：「沒有，她剛獲得醫學博士。」那警探好像沒聽到後半句話。「第三，你們有沒有跟所有的親戚朋友都聯繫過了，阿心是否會到他們那兒去？」三人一齊搖頭。路易警探低頭疾書了一陣，說：「我會盡快提交上去，估計明後天就可以立案。」

「接案的警官會跟你們聯繫，這兒有旅館的電話，好了，今天就這些。」站起身來送客的樣子。「慢著，」卻斯有點急了，他本想馬上帶了員警找上醫院去的：「我們還要等幾天嗎？我以為這應該是萬分火急的事！人不見了，生死不知，而警察局卻慢慢地公文旅行。納稅人的錢是作什麼用的？」路易警探不動聲色地等他發完牢騷，說：「小夥子，我不知道你交了多少稅，不過我可以告訴你，市裡已欠了員工一個半月的工資了。我們這個區的警察局，人員裁減了三分之一。我是個刑警，但除了我本職之外我要值普通員警的班，還要做文書工作。近來經濟不好，地區失業，犯罪增加。各種各樣以前聽都沒聽過的怪案接二連三。大家忙得連放屁的時間也沒有。對不起，女士。」他轉向卻斯母親說。

「我們心急如焚，講錯話請你不要在意，我們沒想到此地員警在這麼艱苦的情況下辦案。只是請你體諒我們的心情，能不能盡早地去醫院查詢一下。」卻斯母親打圓場道。

路易的臉色緩和了一點：「女士，我現在手上有三件謀殺案，二件入屋搶劫。現場都等著去勘察。我正傷腦筋如何抽調人手。人口失蹤案子，有百分之六十是當事人為了什麼想不開，避開大家一個人出去走走，散散心，一兩個禮拜之後想通了，或乏味了那種流浪生活之後又自己回來了。你們想在這種情況下我怎麼可以抽調已經缺乏的警力去專注於你們的案子呢？」他頓了一頓，看到眾人臉上失望的神情：「我已說過，對每一項報案我們都不會忽略，我會在宗卷上加注請盡快查核。不過照局裡的人手看來，最快也是明天的事了。」

55

卻斯在等候的二天裡如熱鍋上的螞蟻，他母親發覺他明顯地消瘦下去了，食飲無心，精神不定。有時候突然想起什麼，開車出去亂轉一陣，半夜恍恍惚惚地回來，倒頭就睡。問他去了什麼地方，他說去醫院附近尋找守候。看著他像夢遊者一樣的表情，他母親把對阿心失蹤的焦慮轉移到擔心卻斯是否在身心二方面會垮下來的問題上來了。在百般勸慰都沒有作用之下，她不禁想到如果當初大家平平安安地待在中國是否更好些；如今她守著一個心事重重的丈夫，擔心著一個神不守舍的兒子，為了一個從沒見過面的女兒，窩在這個二流旅館的房間裡度日如年。

路易警探來過一次，告訴他們警局已立案，而他就是負責這案子的警探；醫院方面請了律師，非常善於打太極拳，一口咬定沒來過病人，藥房紀錄搞錯了，鞋子的問題說也許是卻斯乘警衛不注意時放在那裡。意思是卻斯給他們栽贓。路易說看來只得等那休假的醫生回來再說了，但具體的歸期又不知道。路易提供了當地失蹤人員協助尋找中心的電話；說他們對這方面比較有經驗，在等候期間不妨去那兒諮詢一下。

漢斯每天有二、三個電話來，報告他偵探的結果；在某些方面他取得進展，在某些方面他卻碰了壁。他說戴維雖然是個物理學家，但與警方屢有衝突，並有販賣違禁藥物的紀錄。他登記的電話一直打不通，漢斯已委託當地的同行協助偵訊他的下落，不久就會有回音來。醫院方面好像是主管下了命令；他找了幾個值班的護士每人都拒絕他的談話約會。最後他塞了三百塊錢給一個在病房中收垃圾的雜役。那人告訴他當晚的確看到這樣一個女孩，描述的樣子也跟阿心相像。但漢斯給他看照片，他又不能百分之一百確定，而且死也不肯作證。

另外他告訴寧波亨浪頭，附近的一個監獄的典獄長也去同一個醫院尋找過阿心，還帶了一束鮮花，最後很失望地離開了。這使得他百思不得其解，他會順著這條線去查一查，也許會有什麼結果也不一定。

他們三人一起去了失蹤人員協助中心，接待他們的是一個看不出年齡、性別的女人，粗粗矮矮，肚子比胸部高，剪了一個蓋子般的髮型，耳輪上穿了無數的銀耳環。人倒是挺熱情，嘰嘰呱呱地說個不停，不時爆發出一陣聲震屋瓦的大笑，好像人員失蹤是件捉迷藏般的有趣事情。她告訴他們人員失蹤主要有二種可能：一是被劫持，一是自行藏匿。被劫持的情況可用張貼尋人啟事，通過電視臺發布消息，請民眾協助尋找，而且被劫持者自己會找機會逃出來。自行藏匿的就比較麻煩，上述的辦法都沒有用，一直要等到他或她自己回心轉意才會現身。卻斯說阿心不會自行藏匿。那人就說協助中心可以幫助印刷尋人啟事和聯繫電視臺。又說這是個民間自發組織，所有的經費希望大家捐助。寧波亨浪頭掏出支票簿，認捐了二百塊錢，不過他說上電視發布消息和張貼尋人啟事我們還要想一想，諮詢一下我們的律師。那女人大概嫌錢少，態度一下子冷淡下來，說：「那好吧，我們保持聯繫。」

吃晚飯之前寧波亨浪頭接了一個電話，他聽了一下之後就跟卻斯和他母親說：「你們去樓下咖啡館等我，你們先點菜，我可能會有一陣子話要講。」他們在咖啡室坐了差不多三十分鐘，才見寧波亨浪頭下來。卻斯母親一個勁地問：「有沒有新的消息？漢斯那兒有沒有進展？」寧波亨浪頭卻好像聽而不聞，一直顧左右而言祂。大家匆匆地吃完晚飯，他對卻斯說：「你想不想散散步？我有些事想跟你聊聊。」卻斯點點頭，於是他們讓卻斯母親守候在房間裡等電話。

走到外面，寧波亨浪頭說你是否知道附近哪兒有比較僻靜的地方。卻斯預感到寧波亨浪頭可能有要緊的消息要告訴他，就開了野馬車來到死谷的一個供人遠眺的瞭望平臺，時值黃昏，遠處起伏的山嶺沉浸在一片金黃和橘紅的光線之中，卻斯想到上次看見這片景色還是第一次跟阿心拜訪查爾斯一家的時候，只不過二個多月，如今人事面目全非，心中一陣悲涼，強忍著湧上眼眶的眼淚，如果不是寧波亨浪頭在，他可能會對著這片瑰麗淒遠的雲彩大哭一場。他從來沒覺得像現在這樣無助、軟弱。命運對他年輕的生命開了一個不大不小的玩笑；阿心走進一片乳白色的迷濛大霧，回過頭來微笑著向他揮手，他拔步追過去，卻發覺腳底是一片陷阱般的沼澤。阿心就離他不遠，但漫天迷霧使他不辨方向。他的心泣血般地高聲呼喊，喊聲被像夢境般的崖岩迴蕩過來，近在咫尺，卻如隔天涯。這一個禮拜來他如行屍走肉，活在這鬼影幢幢，冷冽森森的世界上。如果是噩夢，也總有夢醒的一刻。卻斯，卻斯，你什麼時候會醒來？醒來時世界是否還像以前一樣美好？

寧波亨浪頭沐在黃昏的餘光中像一座石雕，他無動於衷卻斯的悲慟，空洞的眼神直視遠方延綿的山嶺。二人一言不發地坐了很久，天暗下來了，一隻遲歸的烏雀劃過天空，四周傳來一陣陣夏季的蟲鳴。

「漢斯今天打電話給我。」寧波亨浪頭猝然開口。「戴維在幾個月前因販賣大麻被捕，審判下來被三振出局。這些事你知道不知道？」

卻斯無言地點點頭，他覺得一切的遮掩都是徒然，如果找不到阿心，這個世界還有什麼意義呢？一切順其自然吧。

「戴維服刑的監獄就在阿心被蛇咬現場附近。這你也知道？」

卻斯點點頭。

「你大概不知道，戴維在那個晚上越獄了。」寧波亨浪頭側過頭來望著卻斯，他期望卻斯聽到這個消息會驚跳起來。

沒有，卻斯臉上的肌肉不曾顫動一分，車廂裡一片靜寂。

「卻斯，」寧波亨浪頭在默然一陣之後開口：「你雖然不是我親生的孩子，但自從我在甘迺迪機場見到你之後就默認你為自己的兒子，也許這只是我單方面的一廂情願。但無論如何，我希望能得到你的信任。如今阿心生死不明，我覺得你知道的比你講出來的更多。整件事情撲朔迷離，看在阿心的面上，你能不能告訴我一個父親應該知道的呢？阿心的失蹤和戴維的越獄到底僅是偶然，還是有某種聯繫？」

「不是偶然。」

一個很長的停頓，寧波亨浪頭屏氣等他說下去。

「戴維的越獄，是阿心一手策劃的，而具體的執行者，就是戴維的哥哥喬治，和我。」

天已經黑透了，在黝暗的車廂裡看不到寧波亨浪頭的表情，那身影一動不動，過了好久，作了個手勢，請卻斯講下去。

「我到現在還奇怪，我們那幾個人怎麼會起了那個瘋狂的念頭，又怎麼會愚蠢到一致同意，又怎麼會碰到不可相信的好運氣，順順利利地把一個服刑犯人從警備森嚴的監獄重地挖了出來。當我們自以為像一隻蜻蜓劃過水面一樣不留痕跡地全身而退時，一條匍匐在地爬行的蛇，一個冷血的低等生物，如何在該死的地方出現，如何撐大牠那猙獰的口顎，露出尖尖細細帶毒液的針牙。只是那幾分之一秒，一切都改變了，一切從雲霄中跌落地面，所有的精心策劃變成反過來套住我們自己脖子的繩索，所有的冀望變成不可收拾的全面潰敗。就像一個小孩把積木搭得高聳雲端，一陣輕風而過，所剩下的只是滿地狼藉而已。」

郤斯覺得有一種不可遏制的訴說衝動，胸中的塊壘一旦鬆動，那盤旋急湧的水流一瀉而下，沖毀任何的口齒關防。他向一動不動的寧波亨浪頭敘述了所有的起因和過程；他談到戴維越獄之後重訪白房子，談到他如何留下遺書之後毀掉阿心所有的藍瓶子，他回家時看到的車禍，他談到送醫途中怎樣被約翰留難，那個典獄長如何見義勇為地協助他們。談到那卷奇怪的錄影帶。

他在敘述中游離了自己，變成了一個冷靜的旁觀者；引領著寧波佬在光怪離奇的故事脈絡裡穿行，審視著他們精心編織的一個個環節，追蹤著瘋狂而不知天高地厚的冒險身影。郤斯不知道寧波亨浪頭在他似近又遠，似真還假的敘述中聽懂了多少。他自己在吐盡塊壘之後變得冷靜的一剎那時，覺得整件事像一幕荒誕的舞臺劇，由關在瘋人院裡夜夜失眠的人一手導演，阿心、戴維、喬治、約翰還有他自己都如提線木偶般地在白房子精緻的背景中你唱罷了我上場。

「事件複雜得不可思議，但又簡單得像一句話——我們搬起石頭砸了自己的腳。我們費了九牛二虎之力想把那個傢伙從洞裡拉起來，不想腳下一絆，我們自己一起栽了進去。你還有什麼不瞭解的地方嗎？」

半晌，聽得寧波亨浪頭幽幽地說：「我老了，越來越看不懂這個世界了；今天你好好地在堤岸上走，明天你就發覺不知怎的你已經在沒頂的水裡了。我勞碌了一輩子，本想有個平靜的晚景的，看來這麼小小的一點心願也很難達到。我只有阿心這樣一個女兒，她從小乖巧，善體人意，我一直對她放心得很，絕對想不到她會捲進這樣一件如噩夢般的事件中去的。她如有個三長兩短，我真不知道如何跟她在香港的祖母交代了。」他長嘆了一聲：「事到如今，很多事情不是人力所能及的，每個人命運都由我們所不知的冥冥之數操控。我想明後天回紐約去了，那兒不管怎樣也是二三十個家庭吃飯的問題得去照應。這兒的一切就全力委託你和漢斯協同奔走幫忙了，反正有什麼一通電話我馬上可搭機過來。」

「錢該用的地方你放手用，這麼多年努力工作賺來的錢財，如果能幫助我找到女兒的話是適得其所。你母親一直不放心你的狀況；你要記住，在阿心這個事件裡，你如果再有什麼意外，我們都會受不住這個打擊的。」

夜深了，包圍著瞭望平臺的黑暗一片沉寂，一顆流星無聲地劃過天空，像一道緩慢的閃電，墮落在延綿不斷的山峰後面。

「我還有最後一個問題一直不解。」寧波亨浪頭小心翼翼地開口道：「阿心做出這種事情，雖然出乎我意料之外，但仔細一想是可能的，她秉承了她母親的某些特質，獨立不羈，我行我素，把個人的承諾放在社會準則之上。當初她一個威徹斯特古老家族出身的女孩要嫁給一個中國水手是驚世駭俗的；阿心顯然比她母親更進了一步。喬治參加你們的行動也是可以理解的。但，你，很大部分是個局外人，為什麼冒著生命和前途的危險，捲進這樣一個照你說來瘋狂的行動中去呢？你母親一直說你少年老成，明辨是非，自己非常會照顧自己。難道你沒想過這件事會給你帶來的深重危害性嗎？」

「什麼都想過了，我不能拒絕。」

「為什麼？」

「因為我深深地，深深地不可自拔地愛著阿心。」

56

送走了一下子顯得極端蒼老的父母，郤斯又回到白房子來，他總覺得阿心會在一個猝不及防的時間出現在那個充滿了她倩影和氣息的古老建築中，他的心魂如一隻兔子般地躲在破碎的巢中等待著它那被獵人追趕的伴侶會平安歸來。在穹彎街停好車，他發現平時空曠的街道上鄰居們聚成一堆，看到他回來大家用一種陌生的表情默默地注視著他。他三腳兩步地衝進門廊，在樓梯上碰到格林，老頭用一種誇張卻真誠的姿態問他一切都怎麼樣了？阿心應該還好吧！郤斯心中起了一個惡毒的念頭，一聲不響地抓住格林的袖口，把他帶到阿心的房間，推開那扇虛掩的房門。

當格林對著滿房間散碎的藍色玻璃目瞪口呆之時，郤斯嘲諷而又傷心地說：「你不是一直在尋找寶藏嗎？你不是乘我們不在時多次潛入過這裡嗎？諾曼羅夫先生來過了，這些藍色的像淚珠一樣的寶石是不是你所企望的？去取吧，取多少都可以，因為它的主人已經對它們不在意了。」

後記

我環顧我的房間，稿紙紛亂地散在桌上，架子上，地板上。垃圾桶裡空的方便麵盒子已經滿了出來，牆角疊著一列外賣披薩的紙盒，燈光下一隻投火的青蛾撲來撲去，煙頭堆滿了煙灰缸。房間裡窗簾低垂，一縷陽光從縫隙中灌了進來，空氣中凝滿了尼古丁、燒焦的咖啡味，厚重得彷彿能用刀子切開來。多少個夜晚坐在這斗室中，我把五指插進虯結的頭髮中，臉上的鬍子像砂皮一樣扎手。多少天來，我伴隨著卻斯，阿心在故事中跋涉，勞心兼傷神，從心理到體力上都像塊擰了又擰的抹布，失去了彈性，變得皺疲不堪了。這幾個禮拜我一直忍著衝動回頭去看故事是怎麼展開的誘惑，因為嚴歌苓告誡我：如果作者一直回頭觀望的話會有起不完的開頭和永不來到的終結，在這個大千世界中故事可以不斷地隨心所欲起頭，出其不意地展開，寫作者紮在紙堆中永遠不要掙扎出來了。而我是太需要浮上水面深深地吸一口氣了。

但是這條寫作的心路歷程卻使我對這個結局惶惑不已，就像一個旅者沿著一條鳥語花香的小徑前行，所有的路標都暗示著前面將是花好月圓的人間勝景，在峰迴路轉之時你突然看到一個蕭肅的古戰場，狂風捲地而來，殘盔敗甲在風中嗚咽叮噹，夕陽如血。這景色雖然悲愴壯烈，畢竟跟你原來閑庭勝步而來的期望相差實在太遠；一個柏克萊的童話，一對年輕人在一所老房子裡的戀愛演成這一幕實在是我當初始料不及的。

像一個剛剛分娩的產婦，在手術甦醒過來之後不敢相信抱到她床前的嬰兒是她十月懷胎而生的。現在怎麼辦？一是原路回去，一頁一頁地找出那個出錯的關節，撕掉後面的文章，把故事改成一個大家所能接受的；愛情經過一波三折，最後又團圓的結局？雖然不免甜俗，但我們大眾又有幾人是能直面悲劇的呢？這樣對讀者、編輯、書商，甚至我的銀行帳戶都好，一個皆大歡喜賺人眼淚的愛情肥皂劇。

我在神思恍惚中看到嚴歌苓擺出一副先知的臉孔，跟我搖著一根手指，一副世事難逃法眼的表情：「萬變不離其宗……修行不夠不要勉強。」

我太敬重嚴歌苓了，不過這次我決定把她的話當耳邊風。我累了，不能也不敢想像再一次地跋涉在人類感情的坑谷中，不時提防激情的洪流把我帶離正道，再一次地陷入魑魅魍魎的迷宮之中不能自拔。謝了，不管另一種許諾是如何精彩，而我必須「Exit」了。

我腳步踉蹌地站起身來，伸手撩開厚重的簾子，陽光像水一樣浸進房間，在那一剎那，我聽到一聲低微而清楚的話語「好自為之」。

不過我對讀者的責任還沒卸完，我必須有個交代——各人的命運不管如何起伏，卻草率不得，我不能憑空臆造。書中的人物將定格在上一篇章完成的時刻，我牽著他們的手交代給你們，好心而敏感的讀者，以後的路就由你跟他們一塊走下去吧。

喬治等不到任何的回音之後，獨自去了艾爾帕索，蛇頭還算仗義，仍舊把他帶過邊境，他現在在中墨西哥的一個不太知名的濱海勝地生活，找了一個年輕他二十歲的潛水手作他的新情人。他很少跟我們聯繫，恕我不能透露他具體的位址。

卡洛琳在事件發生之後很久沒把那間房間租出去，她同時對她以前那麼鍾愛的蘭花一下子心灰意懶，由它們去瘋長，常常嘆道：「花開花敗，花開花敗……」

格林夫婦跟卻斯和解了，他們真心地為所發生的事情難過。在卻斯潦倒不堪，三餐無心時把他強行拖去他們的閣樓，用義大利麵食餵養支撐他，使他不至於在健康上一如精神上一樣崩潰下來。

瓊安發了一次嚴重的心臟病，自從她聽說戴維越獄之後就徹夜無眠，老是心驚肉跳惶惶終日，她發心臟病那晚卻斯聽到隔壁房裡傳來像摩斯電報一樣的敲擊聲，二長一短。他叫起卡洛琳，打了九一一。瓊安出院之後跟鄰居們的關係並沒有改善，不過她心臟病發作的間隔越來越近了。

查爾斯升了官，像他那樣性格隨和，樂天知命的不升官也難。全家搬離維薩勒，卻斯的那張畫像一直被當成傳家寶似地供奉著。查爾斯太太的義大利式中國菜在新居的社交圈子裡取得極大的成功。吉米又學了幾手驚險的車技，指望有一天讓卻斯大吃一驚。

約翰警長和那個黑人典獄長在犯人越獄的事上扯了好久的皮，約翰顯然是失職，但上級考慮到很少有人願意在那個苦地方長久待下去，所以二人都受到訓誡，但是官職如常。寧波亨浪頭指示漢斯徹底調查追蹤了約翰很長一段時間，最後的報告是那晚約翰好像沒有作案的時間，日常也看不出什麼異樣。漢斯收到的指示是繼續咬住這個嫌疑的目標。

卻斯沒看錯，戴維的那部車的確捲入了迎頭相撞的車禍，高速公路員警的報告中旁觀者證詞說法不一；有的說是無緣無故地歪出車道撞向對流的車群，也有的說是被一部蛇行的跑車逼出公路的。奇怪的是漢斯去縣裡的紀錄處查戴維的死亡證書卻一直沒找到。

關於阿心的傳說太多了，有幾個版本南轅北轍，但都有一定的邏輯支持；第一個說法是那個一直沒回來的急診醫生是個魅力不可阻擋的美男子，阿心和他一見鍾情，二人學識背景相像，有說不完的共同語言。他們倆捨棄了原有的一切在一個偏遠的印第安人部落行醫，受到那兒的首領特別保護，任何的刺探在部落邊界上就被擋了回來。第二個說法是由於阿心被蛇咬之後耽擱了一陣，送到醫院之後雖然生命無虞，但記憶神經受了損傷，她不認得以前發生的事。遊蕩出醫院之後在某個修女院中作雜事，有時她會清醒一會，柏克萊的白房子藍瓶子會在眼前像幻燈片樣一幕幕閃過，不過她老是認為那是很久以前看過電影中的情節，而現實中的她安心生活在晨鐘暮鼓之中。

第三個比較聳人聽聞的說法是：阿心被FBI徵用，FBI在追查犯人越獄的案子中查到了醫院，他們發覺阿心是他們一直在尋找的人選。國家決策者有時會患小兒科般的疑難雜症，

ＦＢＩ需要一個專業人員長期在華盛頓駐守，他們跟阿心展開談判；如果阿心應徵那個職位的話，所有捲入越獄事件的人員一概赦免，否則每個人都會被追究，等著他們的是長期的刑期。在沒有選擇的餘地下阿心同意了ＦＢＩ的方案，不過她把十年的任期磋商減到八年。在其間她不得和任何過去的人事接觸，她現在在華盛頓特區近賓夕法尼亞大道的一幢警備森嚴的樓房工作，有從加州去的旅遊者曾驚鴻一瞥地見過她。持這種說法的人振振有辭地解釋；為什麼醫院的檔案不見了，為什麼那個主管有恃無恐，為什麼喬治順利地滑了出ㄙ，為什麼卻斯沒有受到任何追究。

我還常常見到卻斯，自從寧波亨浪頭和他妻子結束了在曼哈頓的海產生意，遷來柏克萊，在瑪黴亞街買了一幢四單位的公寓，卻斯搬離了白房子，在新樓的底層住了下來。他並不安於室，經常午夜清晨地在穹彎街一帶的山麓上悠轉出沒。對那些傳說他一概不信，他總覺得阿心會在下一刻出現，也許她正踏上蘭花瘋長的迴廊，也許在山麓小徑中不期相遇，他晚上去酒館時特別注意叫西班牙雞尾酒的女客人。眼光直直地盯在人家臉上，一副迷惘的樣子。

卻斯開始收集藍瓶子，把它們羅列在他房間的窗前，他覺得阿心不可能徹底忘懷她的藍瓶子——那快樂日子的承諾。總有一天，她會憑著神祕第六感覺的指引，前來輕叩他的窗子。

離他住處不遠大學街上，有一家小小的門面，一個吉普賽女人在那兒看星象和手相。在一個陰雨的下午，他推開那扇吊滿了彩色貝殼和奇怪珠子織成的門簾。

「你終於來了。」那個黑髮棕眼的女人似曾面熟。

卻斯默默地伸出手去，那女人的指甲輕輕劃過他的掌心，審視良久。卻斯聽到空洞如夢囈般的聲音：「你的感情掌紋綿長而盤旋，如蛇附身，你抵擋不了牠的誘惑。牠的牙齒嵌在你的骨節之間，牠在你生命中盤旋纏繞。所以你要遠離溫柔之鄉，不要去摘採盛開的毋忘我花。當你老年時，你會走出這片沼澤，過去的日子卻像一片褪色的夢境，伴著你去到恬息的地方，你會跟一生的思念相聚，那是一個燦爛和平的世界。」

卻斯聽得似懂非懂。離開那間安息香繚繞的小小店堂，站在細雨綿綿行人杳跡的街上，他突然想到，應該找個時間去看看吉田醫生。

釀小說72　PG1440

白房子、藍瓶子
——社會邊緣人心靈小說

作　　者　范　遷
責任編輯　陳佳怡
圖文排版　周妤靜
封面設計　王嵩賀

出版策劃　釀出版
製作發行　秀威資訊科技股份有限公司
114 台北市內湖區瑞光路76巷65號1樓
電話：+886-2-2796-3638　傳真：+886-2-2796-1377
服務信箱：service@showwe.com.tw
http://www.showwe.com.tw
郵政劃撥　19563868　戶名：秀威資訊科技股份有限公司
展售門市　國家書店【松江門市】
104 台北市中山區松江路209號1樓
電話：+886-2-2518-0207　傳真：+886-2-2518-0778
網路訂購　秀威網路書店：http://www.bodbooks.com.tw
國家網路書店：http://www.govbooks.com.tw
法律顧問　毛國樑　律師
總 經 銷　聯合發行股份有限公司
231新北市新店區寶橋路235巷6弄6號4F
電話：+886-2-2917-8022　傳真：+886-2-2915-6275

出版日期　2015年9月　BOD一版
定　　價　350元

國家圖書館出版品預行編目

白房子、藍瓶子：社會邊緣人心靈小說 / 范遷著. --
一版. -- 臺北市：釀出版, 2015.09
面；　公分. -- (釀小說；72)
BOD版
ISBN 978-986-445-034-3(平裝)

857.7　　104012327

讀者回函卡

感謝您購買本書，為提升服務品質，請填妥以下資料，將讀者回函卡直接寄回或傳真本公司，收到您的寶貴意見後，我們會收藏記錄及檢討，謝謝！如您需要了解本公司最新出版書目、購書優惠或企劃活動，歡迎您上網查詢或下載相關資料：http:// www.showwe.com.tw

您購買的書名：______________________________

出生日期：________年________月________日

學歷：□高中（含）以下　□大專　□研究所（含）以上

職業：□製造業　□金融業　□資訊業　□軍警　□傳播業　□自由業

□服務業　□公務員　□教職　□學生　□家管　□其它______

購書地點：□網路書店　□實體書店　□書展　□郵購　□贈閱　□其他

您從何得知本書的消息？

□網路書店　□實體書店　□網路搜尋　□電子報　□書訊　□雜誌

□傳播媒體　□親友推薦　□網站推薦　□部落格　□其他__________

您對本書的評價：（請填代號　1.非常滿意　2.滿意　3.尚可　4.再改進）

封面設計____　版面編排____　內容____　文／譯筆____　價格____

讀完書後您覺得：

□很有收穫　□有收穫　□收穫不多　□沒收穫

對我們的建議：______________________________

____

____

____

請貼
郵票

11466
台北市內湖區瑞光路 76 巷 65 號 1 樓
秀威資訊科技股份有限公司 收
BOD 數位出版事業部

（請沿線對折寄回，謝謝！）

姓　　名：____________ 年齡：______ 性別：□女　□男

郵遞區號：□□□□□

地　　址：________________________

聯絡電話：(日) ____________ (夜) ____________

E-mail：________________________